W0290135

Uli Hambüchen
Café Entengrütze

Diese Erzählung ist eine kleine Hommage
an das südliche Ruhrgebiet.
Die Handlung und die darin vorkommenden
Akteure sind allerdings frei erfunden.
Jede Ähnlichkeit mit lebenden Personen wäre
rein zufällig.

assoverlag

Für meine Frau!

I.

Es war einer dieser seltenen Abende, die den Winter bereits verlassen hatten, ohne aber schon so recht im Frühling angekommen zu sein. Leichte Nebelschwaden lagen auf der jetzt wieder träge fließenden Ruhr, die gerade das Stauwehr überwunden hatte und deshalb hier eine übergebührliche Breite besaß. Die Sonne hatte sich Richtung Westen verabschiedet und einen rötlich schimmernden Himmel hinterlassen. Im Zusammenspiel mit dem bleiernen Graublau des Flusses ergab das einen eigenwilligen Kontrast, der die Stimmung dieser Jahreszeit widerspiegelte. Kitschiges Postkartenidyll – vor der malerischen Kulisse der bergauf gelegenen Altstadt war dieses Urteil durchaus nicht unangemessen. Der alte Richter pflegte solche Impressionen gerne mit ›Seelenquark für Träumer‹ zu umschreiben. Nicht ganz zu Unrecht, wenn man zur anderen Ruhrseite sah und dort das rote Gasthaus erblickte. Es glitzerte in der untergehenden Sonne, wurde durch geschickt angebrachte Scheinwerfer in Szene gesetzt und ließ eine behagliche Gastlichkeit erahnen. Im Sommer ein Magnet für Radfahrer und Wanderer, jetzt in der Übergangszeit eher verschlafen und ohne übermäßigen Zuspruch von zech- und zahlungsfreudigen Besuchern! Aber gerade dieser Mangel an Mensch und Bewegung verlieh der Szenerie einen Hauch von Surrealität.

In diesem Theater der Sinne spielten nicht nur die optischen Reize eine Hauptrolle, auch die Geräuschkulisse war durchaus beachtlich. Denn das Stauwehr machte seinem Namen alle Ehre: Während sich der Fluss in normalen Zeiten durch die mehr oder weniger geschlossenen Hubtore des Wehres zwängte und dabei ohne Eile vorankam, hatte das winterliche Schmelzwasser seit geraumer Zeit schon einen erheblichen Druck am Oberwasser erzeugt, den es nun abzuleiten galt. Zur Steuerung der Fließdynamik waren die Tore weit geöffnet und die Wassermassen donnerten ins Tosbecken. Dort überschlugen sie sich, bildeten gefährliche Strudel und Neere, es zischte und gurgelte, Wassernebel waberten flussabwärts und verschmolzen später wieder mit dem sich allmählich beruhigenden Flusslauf. Wenn – wie heute – das Hochwasser mit mehreren Tausend Kubikmetern pro Sekunde in die Tiefe schoss, lag ein Hauch von Niagara über der Ruhr. Das Spektakel dieses geregelten Infernos war beeindruckend, hatte aber durchaus auch einen praktischen Nutzeffekt, denn das RWE konnte sich an Tagen wie diesen über Millionen von zusätzlichen Kilowattstunden aus seinen drei Kaplan-Turbinen freuen.

An der Brücke über den Mühlengraben, dem Tor zur Oberstadt, ließ sich das Panorama besonders gut nachempfinden. Hier präsentierte sich der künstliche Wasserfall mit seiner martialischen Kraft und Bedrohlichkeit, wenn auch mit deutlich weniger Getöse als auf dem Wehr selbst. Gleichzeitig bewirkten Licht und Luft eine nachhaltige Beruhigung und man konnte leicht der wunderschönen Abendstimmung verfallen – ein guter Platz also, gleichermaßen geeignet für Liebespaare und Selbstmörder.

Ein junges Paar schlenderte eng umschlungen über den Leinpfad und genoss die romantische Abendstimmung. Sie waren sehr in sich und in ihr Gespräch vertieft und gehörten damit offensichtlich nicht zur Gruppe der Selbstmörder. Zwei Oberschüler aus besserem Hause, wahrscheinlich aus einer der Abschlussklassen des hiesigen Gymnasiums!

»Ich weiß nicht, ob meine Eltern das so ohne Weiteres zulassen werden.«

»Warum nicht?«, fragte Paul. Er war sportlich, groß gewachsen und besaß trotz seiner Jugend schon ein sehr ebenmäßige Gesicht – das Vermächtnis seiner arabischen Mutter. Paul gehörte zum Establishment der Oberstadt; sein Vater war wohlbetuchter Zahnarzt und wahrscheinlich hatte er auch von ihm diesen Anflug von Arroganz geerbt, der den meisten Medizinern so wesenseigen ist. »Wir wollen doch nur im Land deiner Vorfahren Urlaub machen, ein bisschen Rom, ein bisschen Rimini und Riccione, was sollten sie dagegen haben?«

»Du weißt doch, ich bin noch keine 18 Jahre und italienische Familien sind immer 'n bisschen konservativ, wenn es um unverheiratete Paare geht – besonders bei Mädchen!«, meinte Claudia achselzuckend. Sie war ausnehmend hübsch, verfügte über klassische Modelmaße und zudem über eine besondere kulinarische Option, die sie zusätzlich attraktiv machte: Ihr Vater Paolo besaß das beste Eiscafé in der Oberstadt und sah es gerne, wenn seine Tochter ihre Freunde mitbrachte. ›Lieber ein paar Eisbecher investieren als die Tochter nachts in der Disco suchen!‹ war sein Wahlspruch, denn Paolo wusste aus eigener Anschauung nur zu gut, wie hilflos junge Frauen oft männlichen Versuchungen ausgesetzt sind. »Und ob dein gestrenger Herr Papa uns nach Italien reisen lassen wird, wage ich auch zu bezweifeln.«

»Ich bin schon fast 19…«, murmelte Paul ärgerlich.

»…und möchtest es dir nicht mit dem alten Herrn verderben!«, unterbrach ihn Claudia spöttisch, denn sie wusste nur zu gut, dass Paul nach Schulabschluss und Studium liebend gern in die väterliche Goldgrubenpraxis würde einsteigen wollen. »Also, bleib' realistisch, ich sehe da keine großen Chancen für uns.«

»Ich red' mit meinem Alten und du mit deiner Familie, wir werden ja sehen!« Paul sah die Dinge immer optimistisch, auch wenn er sein häusliches Negativvotum gut erahnen konnte. Denn der Vater blockte alles, was dem Sohn Freude machte – warum sollte jener schon in jungen Jahren genießen können, was der Alte sich bis heute versagt hatte?

Sie verließen den Leinpfad und wandten sich der steinernen Brücke über dem Mühlengraben zu. Einst ein wichtiger Ruhrarm vor den

Toren der Oberstadt, war der Mühlengraben später versandet und heute nur noch rudimentär vorhanden. Auch seine Funktion als Löschteich hatte er verloren, dafür aber eine neue Aufgabe erhalten: Als Blickfang vor der Fassade mittelalterlicher Häuser hatte die Stadt dort einige Entenpaare und sogar einen Schwan angesiedelt, die sich schnell einlebten und heimisch wurden – weitgehend sicher vor Fressfeinden und niemals hungrig, weil die von der Weißen Flotte angelieferten Touristen immer reichlich Futter mit sich führten. Dass dafür die Wasserqualität des Mühlengrabens im Laufe der Zeit deutlich gesunken war, ertrugen die Wasserbewohner mit stoischer Gelassenheit, konnten sie doch zur Pflege ihres Gefieders jederzeit in der nahe gelegenen – sauberen – Ruhr ein erfrischendes Bad nehmen.

Claudia und Paul wussten, dass sie zu Hause erwartet werden. Vielleicht um den Abschied für Liebespaare zu erleichtern, hatte Engelbert Kleinhans, der die Brücke über den Mühlengraben aus bestem Ruhrsandstein erbaut hatte, schon 1786 genau in Brückenmitte einen winzigen Rundbalkon eingeplant, der gerade zwei Personen – Romeo und Julia – aufnehmen und es ihnen ermöglichen konnte, sich aus dem Strom der Reisenden auszuklinken. Nun waren heute allerdings keine Reisenden in die Stadt und um diese Uhrzeit erst recht niemand mehr unterwegs, der ein junges Paar am gefühlvollen Abschiednehmen hätte hindern wollen. Trotzdem – ein kurzer Halt auf den Spuren des Veroneser Liebespaares musste sein. Paul umfasste seine Liebste gefühlvoll und ermaß die Schönheiten ihres Körpers mit den Händen. Er schloss die Augen; in der kühlen Abendluft verwirbelte sich ihr Atem und er spürte Claudias Bereitschaft, seinen Kuss zu erwidern. Das Paar schien völlig miteinander verschmolzen und die Spannung des Augenblicks wurde noch dadurch erhöht, dass sie mit beiden Beinen auf festem Brückengrund standen, der Abgrund in Form des dunklen Mühlengrabens aber unmittelbar hinter ihnen lauerte. Der Kuss schien ewig zu dauern; beide genossen den Augenblick und um sie herum versank die Welt. Claudia löste das Bild als erste auf, öffnete wieder den Blick und meinte, ein wenig unromantisch: »Warum gackern die Enten so laut?«

»Enten schnattern«, wurde sie belehrt, »aber du hast Recht, sie machen heute ziemlich viel Lärm! Und der Schwan – der hockt auf einem Inselchen, das ich bislang auch noch nicht gesehen habe.«

Beide liefen von der Brücke hinunter zum Ufer des Mühlengrabens, von dort ließ sich das Gewässer besser überblicken. Anders als sonst kamen die Enten nicht futterheischend ans Ufer geflogen, sondern umkreisten weiterhin aufgeregt und laut schnatternd das neue Inselchen. Auf diesem thronte unverdrossen der Schwan als dessen Eigentümer und gab deutlich zu erkennen, von dort nicht mehr weichen zu wollen. Sein Inselreich schien aber recht fragil und im Mühlenteichgrund noch nicht fest verankert zu sein; gerade jetzt bewegte es sich auf das Ufer zu und ermöglichte dem jungen Liebespaar ein paar deutlichere Einblicke. Claudia rief noch leicht irritiert »Das sieht nach Lederjacke aus!« und ihr Held stotterte »Hosenbein«, bevor beide entsetzt feststellen mussten, dass ihnen unter der vermeintlichen Schwaneninsel ein Paar glanzlose Augen entgegenstierten.

II.

›Gallia est omnis divisa in partes tres…‹ Diesen Eingangssatz aus Caesars ›De Bello Gallico‹ hat noch so mancher im Gedächtnis, auch wenn er vielleicht nicht mehr genau weiß, dass die drei geschilderten Regionen von Belgiern, Aquitanern und Kelten bevölkert wurden. Unsere Stadt ist beileibe nicht so groß wie Gallien und vom Grundsatz her auch nicht dreigeteilt, wenn man einmal von den in den 70er Jahren hochgezogenen Schlafburgen absieht, mit denen die Stadt sich gegen die kommunale Neugliederung wehren und ihre alte Selbständigkeit bewahren wollte. Dieser Plan ist gründlich schief gegangen, und zwar so sehr, dass die Hochhäuser bis heute als Fremdkörper und nicht als integrativer Bestandteil der Stadt angesehen werden. Aber sie sind trotz nicht immer optimaler Bausubstanz weiterhin präsent, und wohin dieses Viertel nun konkret gehört, ob es vielleicht sogar als ›pars tres‹ in die Stadtgeschichte eingehen wird, mag man derzeit noch nicht abschließend bewerten. Wir wollen die Geschichte aber auch nicht unnötig dramatisieren und, da die Neubürger zudem ziemlich weit oben am Berg wohnen, also quasi den städtebaulichen Abschluss zur Oberstadt bilden, ist nichts dagegen einzuwenden, dass sie auch gebietsmäßig derselben zugeordnet werden. Da mag man sich in der Oberstadt drehen und wenden, wie man will, aber zumindest aus Sicht der Unterstädter ist diese Klassifizierung goldrichtig.

Und damit sind's nur noch zwei – Oberstadt und Unterstadt, Julius Caesar wird's egal sein. Sie sind getrennt durch den mittelgroßen Fluss, dessen Schönheiten schon beschrieben wurden, aber beileibe nicht nur durch diesen. Die früher katholisch geprägte Oberstadt besteht zum einen aus pittoresken kleinen Fachwerkhäusern, zum Teil noch aus dem 17. Jahrhundert, an denen der Jakobsweg entlang führte, ist den Bodenbegebenheiten folgend recht hügelig angelegt und lädt mit ihren hübschen Geschäften und Cafés trotzdem zum Bummeln und Flanieren ein. Claudias Vater betreibt hier seinen italienischen Eissalon. Die Oberstadt ist ein touristisches Kleinod, aber weiter bergan zeigt sich auch noch ein anderes Gesicht, denn – hier beherbergt sie das Kapital. Letzteres erschließt sich gut bei einem Spaziergang durch das Villenviertel, dessen Straßen Namen tragen wie ›Schöne Aussicht‹, ›Hügelblick‹ oder ›Jungbrunnensteig‹, obwohl die dort versammelten Latifundien allesamt schon ein wenig in die Jahre gekommen sind. Es ist eine dieser typischen Wohnlandschaften mit schmucken Häusern, die meisten zu groß für den eigentlichen Wohnbedarf, und parkähnlichen Gärten, die ganz wesentlich dem Zweck dienen, den Hausherrn über die Güte und – vor allem – die Kosten des Gärtners lamentieren zu lassen. Nach außen werden Wohlstand und Wohlbefinden demonstriert, Blicke in die gelegentlichen Untiefen des Familienlebens aber gewissenhaft mit dichten Lamellen und schwerem Brokat verstellt. Bezeichnenderweise werden die Grundbedürfnisse der dort lebenden Menschen nur sehr unzureichend gedeckt – es gibt in der Nähe weder Bäcker noch Metzger, keinen Supermarkt und erst recht kein Eiscafé. Genau dort lebt Paul mit seiner Sippe.

Ganz anders die Unterstadt, im städtebaulichen Ursprung mindestens so alt wie ihr Pendant auf der anderen Ruhrseite. Hier war und ist man seit alters her preußisch verpflichtet und erst 1930 fanden sich beide Flussseiten zu einem gemeinsamen Stadtverbund zusammen. Doch noch heute, so wird berichtet, soll es einen Geheimbund ›Freiheit für die Unterstadt‹ geben; ob dem wirklich so ist und ob er gar dem Gemeindeverfassungsrecht widerstrebende Aktionen plant – wir wissen es nicht! Die Unterstädter galten früher als besonders kirchenhörig, obwohl sie hier nicht gläubiger sind als anderswo. Der Grund mag darin liegen, dass sich Kirchen damals nur in der Oberstadt befanden und die Oberstädter zudem das Wegerecht über die Ruhrbrücke kontrollierten. Wer von der Unterstadt, aus welchem Grunde auch immer, auf die andere Ruhrseite gelangen wollte, musste Wegezoll entrichten – nicht viel, aber immerhin! Es gab allerdings eine gewichtige Ausnahme: Wer zum Kirchgang in die Oberstadt wollte, der brauchte nichts zu berappen. Wen wundert's, dass es die Unterstädter scharenweise in die beiden oberstädtischen Kirchengebäude zog, um sie dann stante pede durch den Nebenausgang wieder zu verlassen? Dieser Spuk hatte erst ein Ende, als das Zollrecht an der Brücke entfiel. In der Unterstadt lebt es sich jedenfalls beschaulich, Fachwerk findet sich nur wenig und Touristen verirren sich selten hierher. Dasselbe gilt übrigens auch für das Großbürgertum, man bleibt ›oben‹ lieber unter sich! Die beiden Hälften der Stadt sind also sehr unterschiedlich, aber beileibe keine feindlichen Brüder, wie es die Burgherren von Sterrenberg und Liebenstein der Sage nach im 14. Jahrhundert noch mit Kanonenkugeln zelebriert haben. Man lebt problemlos nebeneinander, akzeptiert den gemeinsamen Status quo und überbietet sich wechselseitig in wohlmeinender Ignoranz. Nichtsdestotrotz, gute Nachbarschaft sieht anders aus! In diesem Umfeld wohnt und lebt KHK1 Horst-Ulrich Bader.

III.

»Können Sie schon etwas Näheres sagen, Doc?«

»Es dürfte sich um einen Mann handeln, der schon einige Zeit im Wasser liegt!«, raunzte der Angesprochene unwirsch zurück und es war ziemlich offensichtlich, dass KHK Bader und der Gerichtsmediziner heute nicht mehr die besten Freunde werden würden.

»Vielen Dank, Doc, für diese erschöpfende Auskunft! Es ist immer von großem Vorteil, einen studierten Mediziner zur Seite zu haben.« Bader blieb betont höflich und neigte in solchen Situationen leicht zum Sarkasmus. Er schätze den Kollegen von der forensischen Medizin und eigentlich verstanden sich die beiden gut, aber manchmal eben auch nicht. Vielleicht lag es an der späten Stunde – wer liebt schon Abendeinsätze? – oder an der eigenwilligen Atmosphäre, denn die inzwischen hereingebrochene Finsternis wurde durch das rotierende Blaulicht von Polizei und Rettungswagen gespenstisch durchbrochen. Von romantischer Abendstimmung, wie sie noch Claudia und Paul vorgefunden hatten, war weit und breit keine Spur.

Mit etwas mehr Professionalität meinte der mit ›Doc‹ angesprochene nun: »Wir haben eine männliche Leiche, 60 bis 65 Jahre alt,
keine Ausweispapiere, normaler Ernährungszustand, ordentlich gekleidet und nicht ungepflegt. Er schwimmt wahrscheinlich schon einige Stunden hier herum – erstaunlich, dass er erst jetzt gefunden worden ist. Genaues kann ich aber erst nach der Obduktion sagen.«

»Todesursache Ertrinken?«

»Vielleicht, aber die tiefe Schlagwunde am Hinterkopf scheint dagegen zu sprechen!«

»Wäre es Ihnen möglich, Doc, das noch etwas zu konkretisieren?«, fragte Kommissar Bader, weiterhin betont ruhig und freundlich. Auch er war nicht glücklich darüber, dass sein wohlverdienter Montagabend im Brauhaus ›Waldesruh‹ so jäh unterbrochen worden war.

»Er dürfte mit einem stumpfen Gegenstand – einem Holzprügel oder der Rückseite eines Beils – gefällt worden sein. Ob das zum Tode geführt hat oder sein unfreiwilliges Bad im Mühlenteich, das kann ich erst morgen sagen!«

Der Kommissar dankte und wand sich an seinen Begleiter: »Was meinen Sie, Borkowski, gibt's schon eine Vermisstenanzeige?«

Der so Angesprochene hüpfte aufgeregt von einem Bein auf's andere; schließlich hatte er erst kürzlich seinen Bewährungsaufstieg zum Kriminalobermeister – kurz KOM – hinter sich gebracht und dies war seine erste Leiche im neuen Job. »Meines Wissens nicht! Weder hier bei uns noch im Nachbarrevier ist etwas gemeldet worden. Aber ich werde mich gleich morgen früh beim LKA[2] in der Vermisstenkartei erkundigen.«

»Tun Sie das – und bleiben Sie dem Doc auf den Fersen, damit wir möglichst bald den OB[3] bekommen. Was sagt die SpuSi[4]?«

»Die Kollegen haben einige Fußspuren gefunden, die aber noch nicht zuzuordnen sind. Die Kinder, die die Leiche entdeckt haben, sind hier herumgetrampelt ebenso wie der Haufen Schaulustiger, die ich nur mühsam hinter unsere Absperrungen bugsieren konnte...«

Bader spürte das unbändige Verlangen seines neuen Kollegen, sich mit seinen Taten ins rechte Licht zu rücken, und wandte sich deshalb mit einem kurzen »Danke, sehr gut« der neben ihm stehenden Streifenpolizistin zu: »Sorgen Sie bitte nach dem Abtransport unserer Wasserleiche dafür, dass der Tatort ordentlich gesichert und abgesperrt wird. Vielleicht finden wir bei Tageslicht doch noch ein paar brauchbare Spuren. Und – die Leute hier sollen verschwinden, es gibt nichts mehr zu gaffen!«

»Klar, wird gemacht! Wir werden auch in der Nacht öfter hier vorbeifahren und nach dem Rechten sehen...« Die junge Polizistin lächelte charmant und begann sogleich mit fächerartig rudernden Bewegungen ihrer ausgebreiteten Arme, die wenigen verbliebenen Schaulustigen auf den Heimweg zu schicken. Kurze Zeit später entfernten sich auch die Polizei, der nicht mehr benötigte Notarzt und der eilig herbeizitierte Leichenwagen. Der Mühlengraben schimmerte wieder ruhig im Mondlicht; nur der seiner Eroberung jäh beraubte Schwan konnte sich nicht recht beruhigen und zelebrierte noch lange seinen traurigen Gesang.

KHK Bader hatte es nicht weit nach Hause, aber dahin zog es ihn noch nicht. Er war unverheiratet, ohne Verpflichtung – wenn man von einer neuen und hoffnungsvollen Beziehung zu Lisa absah – und lebte jetzt seit einigen Jahren in der Unterstadt. Er hatte sich bewusst für diesen Teil der Stadt entschieden, denn nichts zog ihn in die Oberstadt, zumal dort auch das Kommissariat lag, dem er vorstand. Der Arbeitstag hatte reichlich Stress gebracht und am Abend konnte er sich nur ein kurzes Bier gönnen in seiner Stammkneipe, bis er zum Fundort der Leiche gerufen wurde. Er hatte Rufbereitschaft und war einerseits sauer über die Störung der feierabendlichen Ruhe, andererseits aber auch nicht unglücklich, weil ansonsten der Kollege Borkowski wahrscheinlich vor Wichtigkeit geplatzt wäre. Die nahe Kirchturmuhr schlug gerade zehnmal und deutete damit an, dass in der ›Waldesruh‹ wohl noch nicht Schichtende war.

IV.

»'n Abend, H-U«, sagte eine freundliche Stimme, die offensichtlich von dem großen Eichentisch herrührte, auf dem kunstvoll das Wort ›Stammtisch‹ aufgewimpelt war. Sie gehörte dem alten Richter, der oft an diesem Platz, aber selten zu so später Stunde anzutreffen war. »Wer ist die unbekannte Wasserleiche?«

»Du bist aber verdammt gut unterrichtet!« Bader war überrascht – nicht von der Ansprache ›H-U‹, denn so nannte man ihn hier in Abgrenzung zu Dr. Horst-Ulrich Pabst, dem alten Richter, der schon länger dem Stammtisch angehörte und deshalb ein Anrecht auf volle Namensnennung besaß; er wunderte sich vielmehr über die Geschwindigkeit, mit der neue Nachrichten in der Unterstadt die Runde machten.

»Gut informiert zu sein gehört zum Geschäft«, meinte der alte Richter lakonisch, wobei es ihn nicht im Geringsten störte, dass er als Pensionär gar keinem regelmäßigen Geschäft mehr nachging, wenn man einmal von seiner fast täglichen Anwesenheit im Brauhaus absah. Dieser Zyklus des Alltags hatte sich durch die alkoholbedingte Erhöhung der Gefäßpermeabilität bereits in einer leichten Rötung der Gesichtshaut niedergeschlagen und auch die Nase sah nicht mehr ganz jugendlich-frisch aus. Aber im Kopf war er beweglich und topfit – oft gab er dem Stammtisch schlagfertige Kostproben davon. Eigentlich war der alte Richter ein typischer Weintrinker, aber in einem Brauhaus ist das ein gewisses Problem: Als er früher einmal nachgefragt hatte, ob es guten Wein gebe und wenn ja, welchen, bekam er die hier selbstverständliche Antwort »Ja, weiß und rot«, woraufhin er sich spontan für

Bier entschieden hatte. Das war absolut richtig so und dabei blieb er zukünftig!

»Wir tappen noch absolut im Dunkeln, uns liegt bis dato keine Vermisstenanzeige vor. Und brauchbare Spuren – ebenfalls Fehlanzeige!«, seufzte ein enttäuschter KHK Bader. Meistens liebte er die Gespräche mit dem alten Richter, der ihm mit seinem klaren Verstand schon so manch wertvollen Tipp geliefert hatte, aber heute stand der Frust im Vordergrund, denn ein Kapitalverbrechen ohne jeden Verdacht ist für einen Kriminalen immer unbefriedigend.

»Morgen ist auch noch ein Tag und dann besichtigst du den Tatort im Hellen«, tröstete der alte Richter. Er trank sein Glas ruhig zur Neige und bestellte die Rechnung. »Und da du keine ergiebigen Neuigkeiten bringst, kann ich jetzt nach Hause gehen.« Sprach's, zahlte mit einem üppigen Trinkgeld und verabschiedete sich vom Kneipengeschehen.

»Lisa, noch ein Pils, bitte!« Eigentlich war Horst-Ulrich Bader das krasse Gegenteil von Lisa. Sie war noch recht jung, hübsch, mit den fraulichen Polstern an der richtigen Stelle, mal blond, mal schwarz, meist locker und frech gekleidet, hatte gute Manieren und war immer freundlich. Sie kellnerte einige Abende in der Woche in der ›Waldesruh‹ und bei Hochbetrieb gelegentlich auch am Wochenende, um sich ihr Lehramtsstudium zu verdienen. Das zog sich jetzt zwar schon über ein paar Semester hin, aber Lisa war munter entschlossen, es irgendwann – »zum richtigen Zeitpunkt«, wie sie immer sagte – zu Ende zu bringen. Sie war ziemlich erwachsen für ihr Alter und hatte ein paar flüchtige Abenteuer mit jungen Männern ihres Jahrgangs hin2ter sich, die offensichtlich weniger zufriedenstellend verlaufen waren. Vielleicht war das der Grund für den Beginn ihrer Liaison mit dem fast fünfzehn Jahre älteren H-U, der zwar einigermaßen gut aussah und über eine sportliche Figur verfügte, mit seiner Fliege, die er fast ständig statt einer Krawatte trug, aber eher hausbacken, trocken und konservativ wirkte. Den Fliegentick hatte sich Bader übrigens schon in der

Schulzeit zugelegt, weil er ansonsten keine Chance sah, an eine Freundin heranzukommen. Das hatte damals funktioniert und so hatte er es bis heute beibehalten, was im Kommissariat oft für Kopfschütteln sorgte, denn Baders Farbkombinationen von Jackett, Hemd und Fliege waren oft mehr als waghalsig.

»Trink nicht so viel«, flüsterte Lisa lächelnd, als sie ihm das bestellte Pils brachte, »vielleicht möchte ich mir heute noch einmal deine Bierdeckelsammlung anschauen.«

»Für dich würde ich sogar Briefmarken sammeln«, lachte H-U, der Sammelsurien aller Art verabscheute. Aber Lisa war schon wieder entschwunden und bediente weitere Gäste.

Bader wusste, dass er noch ein wenig warten musste, bis Lisa Feierabend machen konnte. Das Brauhaus war immer gut besucht und selbst um diese späte Uhrzeit reichlich gefüllt. Die letzten Gäste aus dem Biergarten – dort gab es wegen der Nachbarn ab 22 Uhr keine Bedienung mehr – waren längst für einen Absacker in den Schankraum gewechselt und sorgten bei Lisa für einen spätabendlichen Arbeitsanfall. Bader fühlte sich wohl in diesem Brauhaus und genoss die regelmäßig gute Atmosphäre, seit er vor knapp drei Jahren aus Freiburg ins Ruhrgebiet gewechselt war. Warum die Wirtsleute ihr Haus allerdings ›Waldesruh‹ genannt hatten, blieb ihm bis heute unerklärlich. Zum einen lag das Brauhaus nicht im Wald oder unmittelbar am Waldesrand und von ›Ruh‹ konnte man bei der Wuseligkeit des Schankbetriebes erst recht nicht reden; zum anderen deutete der Name mehr auf ein Friedhofscafé hin, was dieser gutgehenden Gaststätte wirklich nicht gerecht wurde. Vielleicht hatte der Name historische Wurzeln und man wollte die eingeführte Marke später eben nicht mehr umbenennen. In der Unterstadt hatten sich mehrere Gastbetriebe angesiedelt, sogar ein Sterne-Restaurant, aber der Dreh- und Angelpunkt des unterstädtischen Lebens lag eindeutig in der ›Waldesruh‹ – hier trafen sich Geschäftsleute aus der Umgebung, Gewerbetreibende, Handwerker, Schwule und Lesben und sogar Beamte. Das Essen war gut und preiswert und die Küche wegen ihrer üppigen Fleischgerichte wohlbekannt. Trotzdem – Oberstädter verirrten sich selten hierher.

In diesem bunten Brauhaustreiben hielt sich ehern eine Institution, wie man sie ansonsten nur noch selten vorfindet – ein etablierter und gut funktionierender Stammtisch! Wahrscheinlich war es das besondere Verdienst des Wirtes Hermann Primus, einem gebürtigen Unterstädter mit slawischen Vorfahren und glühenden Schalke-Fan, dass er mit seinem Brauhaus nicht nur Geld scheffeln wollte, was ihm trefflich gelungen war, sondern es auch als Plattform für Nonsens und Narreteien sah. Im Laufe der Zeit fand auf seine Initiative eine interessante Mischung witziger und kreativer Menschen zusammen, die sich zwar zuvorderst zur Löschung des Durstes mittels Gerstensaft trafen und deshalb zu Recht ›Stammtisch‹ nennen durften, aber auch gemeinsame Reisen und andere außer-gasthäusliche Aktivitäten vornahmen und so fast zu einem Freundeskreis zusammenwuchsen. Erinnert sei nur an diverse Minigolfturniere, die bewegenden Touren zum Ballermann auf Mallorca, damals noch nicht so verrufen wie heute, aber auch längst kein beschauliches Balneario mehr, oder die Gründung der ›Gesellschaft für unbotmäßiges Wissen und Causal-Linguistik‹, bei deren rituellen Treffen wunderliche Reden geschwungen und Debatten geführt wurden, deren wesentlicher Sinn darin bestand, alle anderen über denselben möglichst im Unklaren zu lassen. So diskutierte man gerne darüber, ob sich Flusspferde besser für den Trabrennsport oder zum Springreiten eigneten oder ob es nach dem Zusammenbruch der ehemaligen DDR zulässig sei, nunmehr auch im Osten Westen zu tragen. Über weitere Details soll an dieser Stelle fügsam das Mäntelchen des Schweigens gebreitet werden. Der Kreis der Stammtischler war immer fluktuativ und durch die allseits verbindende Liebe zum Alkohol zudem natürlichen Abgängen unterworfen, er besaß aber auch Kräfte mit nachhaltigem Bestandvermögen: Allen voran der Wirt Hermann Primus, ohne den gar nichts lief, sein bester Freund Uwe Dietlein, der smarte Handelsvertreter, sein ebenfalls bester

Freund Peter Prosch, der pensionierte Brauereidirektor, und weitere beste Freunde wie Torsten Michalski, rund vier Zentner schwer und allseits nur ›Rehlein‹ genannt, Klaus van Kaldowein, der als Gymnasiallehrer nicht mehr an die Jugend von heute glauben mochte, Gerhard Flammer, der träge Frührentner, Karl-Heinz Jonas, ewig griesgrämig und stets retorten-gebräunt, Horst-Ulrich, der alte Richter, … und als jüngster Zuwachs H-U, der Kriminale! Und wie wird man Mitglied eines solch erlauchten Kreises? Nun, man kann sich bewerben – dann wird man es in aller Regel nicht! Für H-U war es ein Glücksfall, dass er den alten Richter zum Nachbarn hatte; der nahm ihn eines Tages mit, führte ihn ein und alles andere ergab sich!

H-U zahlte und auch Lisa war gerade dabei, ihre Tageseinnahmen mit Hermann abzurechnen. Sie zwinkerte H-U zu, der diesen Wink richtig verstand, das Lokal verließ und an der nächsten Straßenecke wartete. Nicht lange, dann eilte Lisa auf ihn zu und beide machten sich auf zur nahen Wohnung von H-U, in der es dieses und jenes gab, vor allem ein schönes warmes Bett, aber ganz sicher keine Bierdeckelsammlung.

V.

Es war ein schöner Morgen und die noch blasse Frühlingssonne gab sich redlich Mühe, den Frühnebel zu vertreiben und ein wenig Wärme zu verbreiten. H-U war spät dran, aber trotzdem beeilte er sich nicht. Den kurzen Fußweg zur Dienststelle kostete er heute aus und ließ die vergangenen Stunden noch einmal Revue passieren. Er hatte Lisa zu Hause ein Glas vom roten ›Cantus Avis‹ – ein Spitzengewächs seiner badischen Heimat – angeboten, was diese dankend annahm, denn Hermann duldete bei seinen Kellnerinnen keinen Alkohol während der Arbeitszeit. H-U hatte ihr vom Leichenfund im Mühlenteich erzählt und dass man noch keine Ahnung habe, wie sie dorthin gekommen sei. Lisa hatte nur halbherzig zugehört und schien innerlich mehr mit der Klausur beschäftigt, die sie am nächsten Morgen zu schreiben gedachte. Dann waren beide zu Bett gegangen, aber ans Schlafen war vorerst nicht zu denken. Lisa besaß die wunderbare Gabe, ein arbeitsmüdes männliches Geschöpf durch gezielten Einsatz ihrer körperlichen Anmut auch noch zu später Stunde zu Höchstleistungen zu animieren. Und sie tat das so geschickt und unbefangen, dass H-U sich dem nicht entziehen konnte. Er hatte sehr schnell seinen neuen Kriminalfall vergessen und war in das Liebesspiel mit Lisa eingetaucht… Und als der Wecker viel zu früh und mit schriller Unfreundlichkeit das Ende dieser Nacht herbeiläutete, hatte H-U sich noch einmal zu Lisa umgedreht, die aber ruhig und gleichmäßig neben ihm atmete und offensichtlich schon darauf eingestellt war, ihre Klausur wieder einmal sausen zu lassen.

Versunken in seine nocturnen Erinnerungen überschritt der Kommissar die Ruhrbrücke und hätte beinahe übersehen, dass gestern hier in der Nähe seine jüngste Leiche gefunden worden war. Er lenkte seine Schritte zum Mühlengraben, der inzwischen wieder sanft und unschuldig in seinem Bette lag; auch der seiner vermeintlichen Eroberung beraubte Schwan hatte sich augenscheinlich beruhigt. H-U ließ die weiß-rote Absperrung hinter sich und begutachtete den Ort des gestrigen Geschehens im Morgenlicht, ohne etwas Besonderes entdecken zu können. Die Uferböschung erschien unauffällig und auch das Gewässer selbst spiegelte sich schwarz-grün wie immer. Seltsam – ein Tatort so ganz ohne Spuren? Der Kommissar beschloss, sich vor Dienstantritt einen kleinen Kaffee zu genehmigen, und zwar im ›Café Entengrütze‹, genau an der Brücke über den Mühlengraben und damit vis-à-vis dem Fundort des bedauernswert Ertrunkenen gelegen. Pardon – das Café hieß natürlich anders und wurde schon seit Jahrzehnten von der Familie Brasch geführt, die es bestens verstanden hatte, gute Konditorqualität mit einem hübschen Ambiente zu kombinieren, wobei in jüngerer Zeit die Preisgestaltung im Café nicht mehr so recht zu dem gebotenen Service passen wollte. Aber ›Lage, Lage, Lage‹ und wer einmal auf der Sonnenterrasse des Café Brasch gesessen hat, mit Blick auf den pittoresken Mühlengraben und die sich anschließende Ruhrlandschaft, wird zugeben müssen, dass kaum ein hübscher gelegenes Café vorstellbar war. Der Name ›Café Entengrütze‹ hatte sich übrigens schon lange vor H-U's Zeit in der Dienststelle eingebürgert, weil sich dem Cafébesucher von der dortigen Terrasse aus ein erstaunlich pointillistisches Szenario öffnete, wie es der Maler Paul Signac nicht trefflicher hätte entwerfen können. Auf der Wasseroberfläche des Mühlengrabens schwebten im Frühling und Sommer oft Myriaden kleiner glitzernder Grünpunkte, auf denen Enten und Schwäne zu tanzen schienen. Da es sich um ein weitgehend stehendes Gewässer handelte, konnte sich die Kleine Wasserlinse dort ungestört entfalten und einen dichten grünen Teppich bilden. Im Volksmund bezeichnet man sie gerne als Entengrütze, da sie Enten und Gänsen, aber auch den Fischen als willkommene Nahrungsquelle dient. Und wer merkt sich schon den Namen eines Neo-Impressionisten, zumal wenn der sich Ende des 19. Jahrhunderts neue wissenschaftliche Erkenntnisse der Farbtheorie zu Nutze gemacht und in seinen Werken Farbpigmente in zahllosen Pünktchen einfach nebeneinander gesetzt hat? Dabei hätte es gut geklungen, ›Café de Pointillisme‹ oder ›Casa Signac‹; doch so kam das Café zu einem etwas profaneren Spitznamen, was dem Besucherzuspruch aber offenkundig keinen Abbruch tat.

»'n Morgen, Frau Brasch!«, grüßte der Kommissar die Chefin des Hauses freundlich, »einen doppelten Espresso, bitte!«

»Kommt sofort« flötete es beflissen zurück und H-U wusste, dass Frau Brasch es sich bestimmt nicht nehmen lassen würde, den Espresso persönlich zu servieren. Sie platze fast vor Neugierde, denn der gestrige Leichenfund hatte sich in frühmorgendlicher Windeseile in der Stadt herumgesprochen. Die Gerüchte wucherten wild, aber natürlich wusste niemand etwas Genaues. H-U war es sehr lieb, in diesem Fall quasi ›als Amtsperson‹ angesehen zu werden; so konnte er neugierigen Schnüfflern selbst ein paar unverfängliche Fragen stellen, ohne eigene Antworten geben zu müssen – die er im Übrigen auch noch gar nicht hatte.

»Wozu diente denn das große Polizeiaufgebot am gestrigen Montagabend hier am Mühlengraben?«, fragte Frau Brasch wie erwartet und platzierte den bestellten Espresso mit einem Glas eiskalten Wassers vor ihren Gast.

»Sie werden gehört haben, dass wir eine männliche Leiche aus dem Wasser …«

»Ja, natürlich! Wissen Sie schon, wer es ist?«

»Nein, wir tappen noch völlig im Dunkeln und sind auf die Mithilfe der Bevölkerung angewiesen. Haben Sie oder Ihre Mitarbeiter gestern irgendetwas Auffälliges beobachtet oder verdächtige Personen gesehen – der Mann wurde schließlich genau vor ihrer Terrasse gefunden?«

»Nicht, dass ich wüsste.« Die Enttäuschung über die magere Informationsausbeute war der Caféhauschefin deutlich anzumerken. »Aber ich werde mich umhören. Gestern war recht viel los hier, vielleicht haben mein Mann oder unsere Serviererin etwas Interessantes mitbekommen.«

»Danke – und Sie wissen, wo Sie mich erreichen können!« H-U zahlte und verließ das Café, um seinen unterbrochenen Weg zum Kommissariat fortzusetzen. Er war gespannt, ob die Kollegen schon etwas herausbekommen hatten.

Im Büro traf der Kommissar zunächst einmal nur gähnende Leere an. KOM Borkowski war nirgends zu sehen und selbst Robert Marek nicht, der allseits beliebte und meist allgegenwärtige Aushilfspolizist. Wie im Ruhrgebiet nicht unüblich, hatte auch er slawische Vorfahren, die irgendwann einmal von den Verheißungen der Industrialisierung angelockt worden waren. Er lebte nun in 3. Generation an Rhein und Ruhr und war ein typisches Kind des Potts geworden – liebenswert, schlagkräftig, pfiffig, fleißig und gleichwohl mit einem guten Schuss savoir-vivre gesegnet. Er wollte immer zur Kripo, hatte aber nie die polizeiliche Basisausbildung geschafft. Nach einigen weiteren beruflichen Fehlversuchen konnte er dann doch noch als Angestellter im Polizeidienst landen; seitdem hieß er allenthalben nur ›Bobby‹. Seine Aufgaben umschrieb er selbst gerne mit ›Junge für Alles‹. Als H-U gerade mit einem lauten »Hallo« auf sich aufmerksam machen wollte, öffnete sich die Tür seines eigenen Büros und heraus trat Marek mit wichtigem Gesicht.

»Schön, dass wenigstens einer von der Mannschaft da ist«, blaffte der Kommissar. »Gibt es schon etwas Neues?«

»Kann man so sagen, Chef«, säuselte es zurück, »wir warten bereits geraume Zeit auf dich!«

»Nun sag schon, was habt ihr rausgefunden, habt ihr unseren Toten identifiziert?«

Statt einer Antwort deutete Marek nur mit dem Kopf Richtung Büro und meinte nach einer bedeutungsschwangeren Pause: »Ich glaube, wir haben da eine Vermisstenanzeige …«

Der Kommissar schoss vorwärts in sein Büro und hätte den guten Bobby beinahe über den Haufen gerannt, wenn dieser nicht geistesgegenwärtig zur Seite gesprungen wäre. Vor seinem Schreibtisch saß – gebeugt und mit dem Rücken zu ihm – eine Frau in fortgeschrittenem Alter, die nun erschrocken auffuhr und den hereinstürmenden Wirbelwind mit Fliege verwirrt ansah.

»Guten Morgen«, sagte H-U, »und entschuldigen Sie, dass ich so hereinplatze. Wir hatten gestern Abend einen langen Arbeitseinsatz und heute Morgen war ich schon mit Untersuchungen vor Ort befasst. Ich bin Kriminalhauptkommissar Bader, was können wir für Sie tun?«

»Ich möchte meinen Mann als vermisst melden. Er ist ein guter Mann und so zuverlässig, aber seit gestern Morgen ist er nicht mehr zu Hause aufgetaucht. Ich bin total in Sorge«, schluchzte die Frau. Sie war etwa um die 60, sauber und adrett gekleidet, doch ihr gegerbtes Gesicht zeigte, dass sie im Leben nicht viel geschenkt bekommen hatte.

»Darf ich Ihren Namen wissen und wie heißt Ihr Ehemann?« KHK Bader gab seiner Stimme eine betont ruhige Note, er wollte die Frau durch seine routinemäßigen Fragen nicht noch mehr in Aufregung versetzen.

»Eva Funkel und mein Mann heißt Karl!«

»Kommt es öfter vor, dass Ihr Mann über Nacht wegbleibt?« fragte H-U vorsichtig.

»Nein, eigentlich nicht – besser gesagt, nie!«

»Haben Sie sich denn nicht gewundert, dass er gestern Nacht nicht nach Hause gekommen ist?«

»Ja, schon … Aber dass er nicht da ist, habe ich doch erst heute Morgen bemerkt!« Eva Funkel war sichtlich durcheinander und schien das nun auch selbst zu bemerken, denn ohne weitere Nachfrage fuhr sie fort: »Wissen Sie, mein Mann war bis vor kurzem Zeitungsausträger für die RuZ und musste immer ziemlich früh am Morgen los, um die Zeitungen in der Stadt zu verteilen. Nun ist er in Rente, aber seinen Rhythmus von früher hat er beibehalten, weil er einfach nicht länger schlafen kann. Er geht morgens immer noch oft um Fünf aus dem Haus und dreht seine Runden, um ›nach dem Rechten zu sehen‹, wie er gerne sagt. In der Regel kommt er gegen Acht nach Hause und ich habe dann das Frühstück fertig. Doch heute ist er nicht zum Frühstücken gekommen.« Ein Schwall von Tränen beendete die Schilderung der Zeugin.

H-U reichte ihr ein Päckchen Tempos und fragte behutsam weiter: »Aber wieso haben Sie ihn nicht schon gestern Abend vermisst?«

»Karl hat, seit er Rentner ist, viel Zeit und hilft deshalb oft im Kiosk von Paula aus, Paula Penquitt. Wir sind gut befreundet und Karl kann so seine karge Rente etwas aufpolieren. Gestern war er fast den ganzen Tag dort und sollte abends noch die neue Getränkelieferung annehmen, die Paula bestellt hatte. Dabei ist es wohl etwas später geworden; ich habe deshalb nicht mit dem Abendbrot auf ihn gewartet und bin früh ins Bett gegangen. Erst heute Morgen habe ich gemerkt, dass sein Bett völlig unberührt ist. Ich mache mir solche Sorgen, er bleibt doch nie über Nacht weg!«

»Beruhigen Sie sich, manchmal gibt es ganz einfache Erklärungen«, meinte Bader, obwohl er die Unruhe der Frau nach dem gestrigen Leichenfund sehr gut nachvollziehen konnte. »Wissen Sie, was Ihr Mann anhatte?«

»Er ist wie immer aus dem Haus, dunkelgraue Hose, Pullover und darüber die olle Lederjacke, die er schon seit zwanzig Jahren trägt – davon kann er sich nicht trennen«, und ein kurzes Lächeln huschte über das verweinte Gesicht.

Die Tür von Baders Büro öffnete sich und der Kopf von KOM Borkowski lugte herein. »Das LKA hat keine Erkenntnisse, aber …«

»Danke, ich komme schon!« Und zu Eva Funkel gewandt sagte H-U: »Bitte gedulden Sie sich einen Moment, ich bin gleich wieder bei Ihnen!«

»Nun, was gibt's Neues?«

»Das LKA hat keine Erkenntnisse, die unmittelbar unsere Region betreffen und auch nicht zum aktuellen Verschwinden eines 60- bis 65jährigen Mannes. Es gibt zwar eine Menge vermisster Personen, die …«

»Ja, kann ich mir denken«, unterbrach Bader den Redefluss seines diensteifrigen Mitarbeiters, »haben Sie schon mit dem Doc gesprochen und konnte die SpuSi etwas entdecken?«

»Der OB liegt noch nicht vor, aber die Rechtsmediziner arbeiten daran – in Kürze sollten wir klüger sein. Und die SpuSi meint, dass sie noch nie einen solch unberührten Tatort vorgefunden hat. Offensichtlich hat es vor Ort weder einen Kampf gegeben noch finden sich brauchbare Hinweise am Uferstreifen. Eine Menge Fußspuren, aber alle ziemlich unspezifisch! Es dürfte am wahrscheinlichsten sein, dass unser Mann unmittelbar von der Mühlengraben-Bücke gefallen ist – oder man ihn von dort hübsch reingeschubst hat«, konnte Borkowski einen gewissen Sarkasmus nicht unterdrücken.

»Danke«, entgegnete KHK Bader betont sachlich, »dann müssen wir unsere Zeugin wohl oder übel mit unserer Leiche konfrontieren. Ich hoffe, ich irre mich, aber ich fürchte, dass Herr Funkel unser unbekannter Toter ist. Bobby, würdest du diese unerfreuliche Aufgabe übernehmen? Ich rede aber vorher noch einmal mit Frau Funkel! Und Borkowski, Sie sollten sich zum Kiosk einer gewissen Paula Penquitt begeben und dort nachforschen, was sie alles über einen Karl Funkel zu sagen hat. Er soll dort regelmäßig ausgeholfen haben und auch gestern den ganzen Tag bis zum späten Abend im Einsatz gewesen sein.«

»Mach ich, Chef«, lächelte Borkowski schief, »das ist ja ganz in der Nähe von der ›Waldesruh‹, Ihrem Stammlokal.« Jetzt fiel auch H-U wieder ein, dass er schon öfter an dem gut geführten Kiosk Zeitungen gekauft hatte. Die Inhaberin war ihm vom Ansehen bekannt, einen männlichen Gehilfen hatte er aber nie wahrgenommen.

»Frau Funkel, wir haben gestern Abend in der Nähe des Mühlengrabens eine männliche Leiche gefunden. Nein, nein, es muss durchaus nicht Ihr Karl sein«, beschwichtigte H-U die Frau sofort, als er ihren entsetzten Gesichtsausdruck wahrnahm. »Aber Sie könnten uns eine große Hilfe sein, wenn Sie sich den Toten einmal anschauen würden. Sie und auch wir wären doch sehr froh, wenn es nicht Ihr Karl ist.« Der Kommissar versuchte zu lächeln, was ihm aber offensichtlich misslang, denn Frau Funkel begann sofort wieder zu weinen. Man konnte deutlich spüren, dass ihr der Gedanke, ihrem Karl gleich im Leichenschauhaus zu begegnen, unendlichen Schmerz bereitete. Doch nach kurzer Zeit fing sie sich wieder und nickte bedächtig. »Natürlich«, sagte sie, »ist Gewissheit für alle Seiten das Beste! Was muss ich tun?«

»Mein Kollege Marek wird Sie begleiten und anschließend auch nach Hause fahren. Wenn Ihnen noch etwas Wichtiges einfällt, dann rufen Sie mich an. Wir bemühen uns, das Verschwinden Ihres Ehemannes so schnell wie möglich aufzuklären!«

H-U erhob sich und Frau Funkel folgte seinem Beispiel wie in Trance. Er nahm ihre zitternden Hände in die seinen und drückte sie stumm – Worte waren absolut überflüssig. Der Kommissar rief Bobby Marek zu sich und dieser begleitete Frau Funkel auf ihrem schweren Weg mit ungewissem Ausgang.

Es klingelte und das bedeutete im Allgemeinen nichts Gutes. Das Kommissariat war aus Platzgründen in denselben Räumlichkeiten wie die örtliche Wache der Schutzpolizei untergebracht. Das war in gewisser Weise sinnvoll, dienten doch beide als Hilfsbeamte – oder besser gesagt: als Ermittlungspersonen – der Staatsanwaltschaft und mussten insoweit Hand in Hand arbeiten. Das gelang im Grundsatz sehr gut, weil man sich die anfallenden Aufgaben unprätentiös und ohne Ansehung von Dienstgraden verständnisvoll aufteilte. War die eine Seite in Personal- oder Zeitnot, half die andere Seite tatkräftig aus – und umgekehrt, natürlich. Störend war aber die Tatsache, dass die Kripo gelegentlich auch mit Dingen befasst wurde, die nun gar nicht zu ihrem speziellen Aufgabenbereich passen wollte. War ein Kater entlaufen, ein Vogel entflogen, hatten zwei Autos zu intensiven Blechkontakt oder spielten die Nachbarn verrückt, gehörte dies vor allem zur Zuständigkeit der Schupos und hatte nur wenig mit kriminalpolizeilichen Ermittlungen und Vernehmungen, mit der Spurensuche und -sicherung bei Kapitalverbrechen oder mit Durchsuchungen und Festnahmen zu tun. Doch wenn es klingelte und ›Dein Freund und Helfer‹ war gerade auf Streife, dann mussten auch die Kriminalen ran.

KHK Bader drückte auf den Türöffner und traute seinen Augen nicht. Herein stolzierte ein Mann, besser gesagt – ein ziemlich kleines und schmächtiges Mannlein. Es war etwa einhundertfünfundsechzig Zentimeter groß, sehr schmächtig, fast schon dürr. Es trug das Hemd offen, darüber eine dunkle Gabardineweste und einen Lodenmantel über dem Arm; nach unten wurde die Figur durch eine hellgraue Kammgarn-Flanellhose abgedeckt, die mit einem Ledergürtel gehalten wurde, der in Anbetracht fehlenden Volumens fast doppelt um den Körper geschlungen war. Das Gesicht gab sich kantig mit leicht vorgerecktem Kinn, etwa nach dem Motto ›Hoppla, jetzt komm' ich!‹ Trotzdem wollte die bewusst selbstbewusste Miene nicht so recht zum übrigen Habitus passen.

Sein »Guten Tag, Sie wünschen?« konnte H-U gerade noch von sich geben, da kam es auch schon geschossen: »Gestatten, PRA5 Enno von Bennerle, ich melde mich zum Dienstantritt!«

KHK Bader war völlig perplex! Zum Glück hatte das Kerlchen bei seiner Begrüßung nicht auch noch die Hacken zusammengeschlagen, doch die preußisch-militärische Attitüde war nicht zu übersehen. H-U wusste zunächst nicht, was ihn mehr irritierte – diese bewusst präsentierte Persönlichkeitsstruktur seines Besuchers oder die diametral entgegenstehende körperliche Erscheinung. Und dann fiel ihm siedend heiß ein, dass es sich offensichtlich nicht um einen hilfesuchenden Bürger handelte, sondern um die avisierte temporäre Verstärkung seines Kommissariats. Natürlich, PRA von Bennerle! Ihn hatte er im Drang der Geschäfte völlig vergessen, obwohl er noch vor einigen Tagen im Ukas des Polizeipräsidenten angekündigt worden war. Seit Neuestem war man dazu übergegangen, Studierende an der Polizeihochschule in Münster einige Zeit lang in normalen Dienststellen berufsspezifische Praktika ableisten zu lassen, bevor man ihnen eine Leitungsfunktion im höheren Polizeidienst übertrug. Als deutlich zu wirklichkeitsfremd hatten sich die Hochschulabsolventen erwiesen, wenn sie nach zweijährigem Hochschulbesuch in die Praxis entlassen wurden – deshalb vorab die obligatorische Konfrontation mit derselben! Ein offensichtlich ganz besonderes Exemplar dieses polizeilichen Führungsnachwuchses gehörte nun temporär auch zu H-U's Mannschaft!

»Herzlichen Willkommen!« H-U konnte seine Verwirrung immer noch nicht ganz überwinden. »Wir haben gerade einen akuten ungeklärten Todesfall und Ihre Ankunft deshalb total verschlafen – 'tschuldigung!«

»Macht nichts, jetzt bin ich ja da. Wo ist die Leiche und wie sind Ihre bisherigen kriminologischen Erkenntnisse?«

H-U erinnerte sich, dass im Ukas des Polizeipräsidenten konkret darauf hingewiesen worden war, dass die Praktikanten vor Ort ›in Linie‹ und nicht in Leitungsfunktion eingesetzt würden; an der dienstlichen Hierarchie sollte sich also partout nichts ändern. Mit anderen Worten – die zukünftigen Herren Polizeiräte sollten während des Praktikums wie normale Beamte des mittleren oder gehobenen Dienstes behandelt werden und mussten sich insoweit auch Weisungen des Dienststellenleiters unterwerfen. Deshalb meinte H-U betont gelassen: »Wir sind noch am Anfang der Ermittlungen und über Ihre konkreten Aufgaben werde ich Sie bei Gelegenheit näher informieren. Für heute schlage ich vor, dass Sie erst einmal den Schreibtisch im Nachbarzimmer belegen und sich dort häuslich einrichten!«

Von Bennerle schluckte ein wenig, muckte aber nicht auf, da auch ihm sein Praktikantenstatus bekannt und damit die Rollenverteilung vor Ort durchaus geläufig war. Fügsam folgte er KHK Bader ins Nachbarzimmer, ließ sich auf dem unbequemen Bürodrehstuhl nieder und packte seine Schreibutensilien aus, um sein büromäßiges Zuhause für die nächsten sechs Monate zu gestalten.

VI.

Im Hause Dr. Lahnstedt hing der Haussegen schief. Pauls Vater hatte sich ziemlich entrüstet gezeigt, als sein Sohn seinen Plan offenbarte, mit Freundin Claudia zwei oder möglichst drei Wochen nach Italien zu entschweben. Besonders missfiel ihm, dass der Filius diese wollüstige Reise – den Ausdruck ›Wollust‹ hatte der Alte tatsächlich benutzt – schon in den kommenden Sommerferien und damit im Jahr vor dem Abitur antreten wollte. Als treusorgender Vater hatte er konkrete Pläne für das nächste halbe Jahr geschmiedet – Pläne, die im Wesentlichen darauf hinausliefen, Paul für die Abiturprüfungen fit zu machen. In der Tat stand zu befürchten, dass der junge Nachwuchs ohne intensive und qualifizierte Nachhilfe besonders in den naturwissenschaftlichen Fächern das erstrebte Klassenziel nicht würde erreichen können. Nein, Paul würde das Abitur bestehen, natürlich, das war heutzutage nun wirklich kein Problem, aber mit welchem Notendurchschnitt? Um Medizin zu studieren, hatten die Götter ein ziemlich hochgestecktes Ziel ausgegeben und vom erforderlichen Numerus clausus war der Spross derzeit meilenweit entfernt. Eine Reise nach Italien, zumal mit der schönen Claudia, wäre vor diesem Hintergrund äußerst kontraproduktiv. Pauls Vater erinnerte sich mit leichtem Schaudern an seine eigene Studentenzeit, als er selbst Probleme hatte, in annehmbarer Zeit einen akzeptablen Abschluss zu erzielen. Seine Eltern hatten damals zu einem rigorosen Mittel gegriffen und ihn einfach für einige Wochen zu Hause eingesperrt, bis er ihnen nachweisen konnte, dass der zahnmedizinische Prüfungsstoff saß. Das war eine schlimme Zeit, doch im Nachhinein hatte ihnen sein beruflich sehr erfolgreicher Lebensweg Recht gegeben. Und auch Paul würde früher oder später erkennen, dass eine harte Hand für ihn das Beste ist. Für Dr. Lahnstedt war eine ›kommunikative‹ Erziehung oder gar eine im anti-autoritären Stil nur ein Ausdruck von Schwäche; er wusste genau, dass seine Erziehungsmethoden antiquiert waren, aber im Ergebnis zum Erfolg führen, und er würde sie durchsetzen – um jeden Preis!

»Du wirst die Ferienzeit zum Pauken brauchen, denn ansonsten sehe ich schwarz für deinen Notendurchschnitt. Und überhaupt, wie wolltest du drei Wochen Italien finanzieren?«, fragte Dr. Lahnstedt, der die nicht immer rosige Finanzlage seines Sohnes ebenso kannte wie dessen Hang zum verschwenderischen Leben.

»Ich habe etwas gespart und wir brauchen auch nicht viel – uns genügen Luft und Liebe«, entgegnete der Filius spitz, denn er wusste, dass sein Vater amouröse Abenteuer vor der Ehe gar nicht schätzte. Doch mit seinem Trotz verschärfte Paul die Situation nur zu seinen Ungunsten.

»Ich habe einen naturwissenschaftlichen Repetitor für dich engagiert, mit dem du in den Ferien zwecks Notenverbesserung tagtäglich arbeiten wirst«, entgegnete Dr. Lahnstedt kühl, »und wenn du dich bewährst, darfst du am Ende der Ferien eine einwöchige Reise zu Tante Auguste machen.«

Tante Auguste, Vaters Schwester in den Staaten – die Höchststrafe! Nicht wegen Amerika, das war für Paul immer eine Reise wert, aber Tante Auguste war noch konservativer und unbeweglicher als sein Herr Papa. »Die liebe Tante, vielen Dank! Ich will mit meiner Freundin in Urlaub fahren, wie es alle jungen Leute heute tun. Und ich werde mit Claudia in Urlaub fahren, denn ich bin volljährig und kann tun und lassen, was mir beliebt. Komm mir bloß nicht mit deinen alten Erziehungsgeschichten und dass erst der Verzicht den richtigen Mann ausmacht. Ich kann's nicht mehr hören!«

»Du musst wissen, was du tust«, tat Dr. Lahnstedt mit hochrotem Kopf kund. »Solltest du meine Pläne wirklich durchkreuzen, wird meine gutgehende Zahnarztpraxis verkauft sein, bevor du aus Italien zurückkommst. Dann kannst du dir den Plan vom gemachten Nest gründlich abschminken!«

Damit war das Gespräch beendet; die Kombattanten hatten sich tiefer in ihre Schützengräben eingebuddelt als je zuvor. Eine Lösung war nicht in Sicht und keine Seite spielte ernstlich mit dem Gedanken des Nachgebens.

Etwa zur gleichen Zeit geriet das Thema ›Urlaub‹ im Hause Carfiola ebenfalls in einen dialektischen Diskurs. Claudias Vater Paolo hatte sich schweigend die Urlaubsvorstellungen seiner Tochter angehört, doch seine zusammengezogenen Brauen verhießen nichts Gutes für ihre Pläne. Wie alle Eltern wollte er für sein Kind nur das Beste, wobei er sich durchaus bewusst war, dass die Vorstellungen über ›das Beste‹ je nach Standpunkt und Interessenlage deutlich divergieren können. Allerdings war Paolo nicht so vermessen anzunehmen, dass Claudia sich nur in einen Italiener, möglichst noch in einen Sizilianer, verlieben dürfe. Und anders als Dr. Lahnstedt kannte er die Bedürfnisse junger Leute und war weit davon entfernt zu glauben, dass die harten Erziehungsmethoden seiner Kindheit heute noch akzeptable Früchte tragen könnten. Aber trotzdem – Claudia war sein Augenstern, erst 17 Jahre alt, angehende Abiturientin und zudem mit einem jungen Mann befreundet, dessen Lebenseinstellung der Vater nicht ohne Argwohn betrachtete. Doch um die Tochter nicht zu verletzen, sagte er vorsichtig: »Ich glaube nicht, dass das eine sehr gute Idee ist. Du bist noch so jung und unerfahren, warum willst du dich schon so eng binden?«

»Es geht doch nicht um Bindung, sondern um einen wunderschönen Urlaub mit meinem Freund; ich möchte ihm meine Heimat zeigen!«

»Dazu hast du nach dem Abitur noch genug Zeit! Und zudem glaube ich nicht, dass Vater Lahnstedt seine Einwilligung zu einer solchen Tour geben wird.«

»Das ist eine völlig andere Frage«, schluchzte Claudia, die ihre Felle langsam davon schwimmen sah, »seit wann versteckst du dich hinter anderen Leuten?«

»Das tue ich nicht«, entgegnete Paolo sanft, »aber wir sollten abwarten, wie sich die andere Seite entscheidet. Wenn Paul definitiv reisen darf, reden wir noch einmal darüber, okay?« Die Fronten waren nun auch im Hause Carfiola klar, aber mit seiner diplomatischen Charmeattacke hatte Vater Paolo wenigstens vorübergehend den familiären Frieden gerettet.

VII.

Bobby Marek war inzwischen wieder im Kommissariat eingetroffen und konnte berichten, was H-U eigentlich schon vorher klar war – bei der Wasserleiche aus dem Mühlenteich handelte es sich in der Tat um Karl Funkel. Seine Ehefrau hatte ihn eindeutig identifiziert, ein Zweifel war ausgeschlossen.

»Bewundernswert«, meinte Bobby, »wie die Frau die Fassung bewahrt hat. Sie hat zwar pernament leise vor sich hin geweint …«

»… permanent …«, korrigierte H-U, der Bobbys stetigen Kampf mit den Fremdwörtern nur zu gut kannte und es sich zur stillen Aufgabe gemacht hatte, ihm diesbezüglich sprachlich den rechten Weg zu weisen.

»… aber ihre Aussagen waren in sich schlüssig und verständlich. Sie muss schon nach dem Verlassen unseres Büros geahnt haben, dass sie ihren Karl auf so schreckliche Art wiedersehen muss. Der Mann war die Zuverlässigkeit in Person und vorher nie über Nacht weg gewesen, das hat sie mir auf dem Weg aus der Gerichtsmedizin noch einmal bestätigt. Ich habe sie anschließend nach Hause gebracht, die Arme.«

»Hast du den Doc gesprochen, weißt du etwas über die konkrete Todesursache und wann können wir mit dem OB rechnen?«

Bobby zuckte mit den Schultern: »Der Doc tat ziemlich geheimnisvoll und muss wohl noch ein paar Untersuchungen machen. Er will mit dir sprechen und heute Nachmittag zu uns rauskommen. Er hat wohl … werwiewas ist denn das?«

Von Bennerle hatte weisungsgemäß seine wenigen Utensilien auf dem Schreibtisch im Nachbarzimmer drapiert und war wieder nach vorne gekommen, weil er Stimmen vernahm; er wollte schließlich am Puls des kriminologischen Geschehens sein. Bobby hatte ihn nicht kommen hören und blickte nun mit offenem Mund in Richtung des Erschienenen, den er offenkundig für einen Geist hielt.

»Sie haben Ihre Wasserleiche endlich identifiziert«, merkte von Bennerle an, »schön, wie geht's jetzt weiter?«

»Bobby, das ist PRA Enno von Bennerle! Er hat seine Ausbildung an der Polizeihochschule in Münster für ein Praktikum unterbrochen und ist uns für einige Monate zur Dienstleistung zugeordnet. Du weißt, bei unserer schmalen Personaldecke können wir Verstärkung sehr gut gebrauchen. Herr von Bennerle, das ist Bobby Marek, ziviler Polizist aus Leidenschaft und die Seele des Kommissariats.«

Nach dieser knappen Vorstellung des Chefs gaben sich die beiden mit einem wechselseitigen ›Hallo‹ etwas steif die Hand und Bobby stellte zu seiner Erleichterung fest, dass sein Gegenüber tatsächlich aus Fleisch und Blut bestand, wenn auch mengenmäßig in nur sehr geringem Maße. Allerdings saß ihm der Schreck immer noch in den Gliedern und er beschloss instinktiv, den Neuen aufmerksam zu beobachten – ganz geheuer kam ihm diese dürre Gabardine-Kammgarn-Flanell-Erscheinung nämlich nicht vor. Von Bennerle seinerseits schenkte Bobby ein abschätziges Lächeln, welches seine Meinung über den Hilfspolizisten ziemlich klar zum Ausdruck bringen sollte – und es verfehlte seine Wirkung durchaus nicht.

KOM Hannes Borkowski hatte es nicht eilig. Nachdem er den Auftrag bekommen hatte, Paula Penquitt zu befragen, schlenderte er gemächlich Richtung Unterstadt und beschloss, erst einmal im ›Café Entengrütze‹ einzukehren. Er liebte die Atmosphäre dort, vor allem wenn man draußen sitzen konnte, aber dafür war es jetzt noch zu frisch. Natürlich war er im Dienst und nicht auf Kaffeefahrt, aber zum einen sonnte er sich immer noch in seiner neuen beruflichen Position und hielt es deshalb durchaus für legitim, auch während der Dienstzeit einmal einen Kaffee zu schlürfen, zum zweiten hätte er seinem Chef leicht verklickern können, dass er nicht zum Vergnügen eingekehrt sei, sondern den Tatort aus anderer Perspektive habe betrachten wollen. Borkowski bestellte einen Mokka und wartete freudig erregt auf Frau Braschs neugierige Fragen, die allerdings ausblieben. Der Laden brummte heute mehr als sonst und die Caféhauschefin musste unten einen Haufen Kunden bedienen, die das eine oder andere Stück Gebäck erstehen, vor allem aber unverfänglich erfahren wollten, was denn gestern Abend im Mühlengraben passiert sei. Frau Brasch gab Antworten nach bestem Wissen und Gewissen und sogar unter dem Siegel der Verschwiegenheit, doch so recht zufrieden war die Kundschaft nicht – die Backwaren mundeten zwar wie immer köstlich, die kriminologischen Erkenntnisse der Bäckersfrau blieben aber reichlich dünn.

KOM Borkowski genoss seinen Mokka auch ohne caféinterne Befragung der Bäckersfrau und wollte gerade zahlen, als sein Handy klingelte. »Wo sind Sie?«, fragte ein ungeduldiger KHK Bader.

»Auf dem Weg zum Kiosk der Frau Penquitt. Ich habe mir gerade noch einmal den Tatort aus anderer Perspektive angeschaut, konnte aber nichts Außergewöhnliches entdecken.«

»Aha, wohl vom Café aus!«, brummte H-U, um diesen Gedanken dann aber nicht weiter zu verfolgen. »Wir wissen doch gar nicht, ob es der Tatort ist, dort haben wir die Leiche nur gefunden. Was wir wissen ist, wer der Tote ist – es handelt sich in der Tat um den Karl Funkel, den seine Frau heute Morgen als vermisst gemeldet hat. Wenn Sie gleich zu Paula Penquitt gehen, dann fragen Sie sie vorsichtig aus und erwähnen Sie zunächst nicht, was konkret passiert ist. Mal sehen, was die Dame uns zu sagen hat.«

»Wird gemacht«, flötete Borkowski eilfertig und froh, so glimpflich aus der Caféhausnummer herausgekommen zu sein. Er zahlte und machte sich auf in die Unterstadt, nicht ohne seinen Blick noch einmal kritisch über den Mühlengraben schweifen zu lassen. Doch es ließ sich absolut nichts Verdächtiges erblicken.

Der Weg zur Kioskfrau Penquitt betrug jetzt nur noch wenige Minuten und KOM Borkowski nutze die Gelegenheit für einen kurzen Abstecher zum Ruhrufer, um sich einen Überblick über das Bauvorhaben ›Ruhr-Karussell‹ zu verschaffen. Auf dem Gelände der ehemaligen Maschinenfabrik Scheuermann & Storb hatte die Stadt ein großes Neubauviertel geplant und durch einen Investor bereits umfangreiche Bodenarbeiten ausführen lassen – das Gelände glich nun einer zerklüfteten Mondlandschaft, ließ die Umrisse der geplanten Bebauung aber schon gut erahnen. Zunächst hatte man einen reinen Bürokomplex angedacht, doch dann schnell festgestellt, dass Wohnungen direkt an der Uferpromenade mehr Sinn machen würden. Deshalb sah die Planung zwischen Ruhrufer, Durchgangsstraße und S-Bahntrasse jetzt ein gemischtes Quartier mit Eigentums- und Mietwohnungen auf den Ufergrundstücken sowie Ateliers und Büros auf den Seiten zur Stadt und zur S-Bahn vor. Hier eine Wohnung zu mieten oder gar kaufen zu können – das war der Traum von KOM Borkowski, dem er nur zu gerne nachhing. Aber noch fehlten dem Junggesellen die finanziellen Mittel und ob der geplante Bewährungsaufstieg in den gehobenen Polizeivollzugsdienst jemals klappen würde, stand in den Sternen. Also nur ein schöner Traum – seufzend wandte sich der Kriminale ab und setzte seinen unterbrochenen Dienstgang fort.

Der Kiosk Penquitt lag schräg versetzt gegenüber dem Brauhaus ›Waldesruh‹ und war gar nicht so klein, wie es Borkowski erwartet hatte. Groben Schätzungen zufolge gibt es heute immer noch fast 20.000 dieser Reminiszenzen an die große Zeit des Kohlebergbaus und der Stahlkocher zwischen Rhein und Ruhr. Während der Industrialisierung entstanden hier die ersten Trinkhallen, an denen hungrige und vor allem durstige Arbeiter auf dem Weg zur Maloche einen kurzen Stopp einlegen konnten. In den 60er und 70er Jahren starben die Zechen, doch die Trinkhallen blieben, und wenn irgendwo Klischee und Realität übereinstimmen, dann in und an den Kiosken der Metropole Ruhr. Ob Trinkhalle, Kiosk, Bude oder Büdchen – sie alle trotzen tapfer der Konkurrenz der Supermärkte und Tankstellenshops, obwohl sie oft teurer verkaufen müssen als diese Großanbieter. Doch die Kioskbesitzer können mit anderen Pfunden wuchern: Hier trifft man Nachbarn und Freunde, kann mit ihnen über Fußball und Weltpolitik diskutieren, alte Zeiten heraufbeschwören und sein Unverständnis über die GroKo artikulieren; hier gibt es wichtige Informationen gratis – wer etwa eine Wohnung zu vermieten hat, welcher Handwerker gerade frei ist oder in welcher Beziehung es knistert und bröckelt. Dabei trinkt man ein Bier aus der Flasche oder auch nur einen Kaffee – und ja, kräftig geraucht wird natürlich auch!

Die Kioskbesitzerin Paula Penquitt war eine beliebte und allseits geachtete Kleinunternehmerin der vorstehend geschilderten Art. Sie hatte ihre Bude noch als kleine Klitsche übernommen und Zeitschriften, Zigaretten und Getränke in Mini-Mengen feilgeboten. Doch sie war äußerst fleißig und zudem sehr geschäftstüchtig: Als erstes hatte sie einen kleinen Anbau hinzugefügt, um ihre Warenbestände ausbauen und besser lagern zu können. Der Nachbar wetterte zwar beständig gegen diese seiner Meinung nach illegale Zusatzbebauung, aber vergeblich; irgendwie hatte sich Frau Penquitt die erforderlichen Genehmigungen von der Stadt verschafft. Als nächstes wurden zwei Stehtische angeschafft, die sie deutlich sichtbar unter dem Vordach ihres Etablissements aufgestellt hatte und an denen fast immer irgendwelche Kunden zu finden waren. Nachdem der letzte Kurzwarenladen in der Unterstadt dicht gemacht hatte, erweiterte sie ihr Sortiment beträchtlich; sie verkaufte nun auch noch Knöpfe, Zwirne, Schnallen, Nadeln, Reißverschlüsse und so manches mehr; selbst Präservative waren bei ihr zu haben. Den größten Geschäftserfolg brachten aber ihre beiden bislang letzten Geschäftsideen: Da ihr Goldgrübchen an einer befahrenen Durchgangsstraße lag, die frühmorgens von zahlreichen Pendlern auf dem Weg zur Arbeit benutzt wurde, hatte sie flugs einen Frühstücksservice eingerichtet. Ab 6 Uhr morgens gab es ›Coffee to go‹ und vor allem eine erkleckliche Auswahl frisch geschmierter und belegter Brötchen. Meistens brachte Karl Funkel 100 bis 120 knackige Kötsching-Brötchen von seinen frühmorgendlichen Wanderungen durch die Ruhrauen mit und Paula Penquitt fügte gute Butter und nicht zu dünn geschnittenen Aufschnitt hinzu – Schinken, Käse, Wurst oder Ei. Der Kaffee zu 2 Euro und das halbe Brötchen im Schnitt für 1 Euro; um 9 Uhr hatte es schon ordentlich in der Kioskkasse geklingelt.

Die zweite Geschäftsidee war ebenso simpel wie genial: Paula Penquitt hatte schnell begriffen, dass die meisten ihrer frühmorgendlichen Kunden per Auto kamen und feierabends wieder denselben Weg nach Hause nahmen. Also musste der morgendliche Kaffeekunde dazu gebracht werden, auch abends etwas bei ihr zu kaufen. Kurzwaren und Präservative schieden aus, aber Bier nach dem Frust des Arbeitstages, das kam an! Deshalb hatte sie links und rechts neben dem Kiosk massenweise Bierkästen gestapelt und so drapiert, dass der heimwärts strebende Autofahrer gar nicht anders konnte als anzuhalten und fix ein Kistchen einzuladen. Das ging schnell, ohne Umweg zum Getränkemarkt und in Penquitts Sortiment war immer etwas Passendes dabei, zur Not sogar Fassbrause. Allerdings rief diese erneute räumliche Ausdehnung des Geschäftsbetriebes wieder den Nachbarn auf den Plan, der seine Garagenzufahrt beschnitten sah und deshalb gelegentlich auch schon mal einen der Kastentürme umfuhr. Die streitbare Frau Penquitt rief dann ihren Rechtsbeistand an, der die Angelegenheit meist dergestalt regelte, dass der Schaden zum Einkaufspreis beglichen wurde und die Kastentürme insgesamt etwas zurückwichen – bis zum nächsten Eklat! Und auch Hermann Primus, der Wirt der ›Waldesruh‹, äußerte gelegentlich seinen Unmut über den ausufernden Getränkemarkt vor seinem Brauhaus, weil er seinen Umsatz gefährdet sah. Seine Drohung indes, das Ordnungsamt einzuschalten, machte er nie wahr, denn zum einen zeigten die Umsatzzahlen des Brauhauses keinerlei adäquaten Einbruch und zum anderen hatte ihn der alte Richter schon früh und nicht ganz zu Unrecht darauf hingewiesen, dass eine behördliche Überprüfung auf der jenseitigen Straßenseite möglicherweise auch bauordnungsrechtliche Ungereimtheiten auf der diesseitigen zutage fördern könnten. So blieb alles beim Alten!

Der Kiosk brummte und der Umsatz stimmte, doch die Kehrseite der Medaille war nicht zu übersehen. Paula Penquitt rackerte von früh bis spät, ihr Arbeitsalltag umfasste meist mehr als zwölf Stunden. Sie öffnete um 6 Uhr mit dem Brötchenverkauf, musste dieselben aber zuvor schon geschmiert und belegt haben. Den Laden schloss sie um 18 Uhr, brauchte dann aber auch noch einige Zeit, um aufzuräumen und die Bierkästen von der Straße in den Anbau zu bringen; vor 19 Uhr war sie selten zu Hause. Und da sie nicht mehr die Jüngste war und schon als Kind auf dem Lande schwer schuften musste, blieb dieses Arbeitspensum nicht ohne gesundheitliche Folgen. Deshalb war sie froh, mit Karl Funkel einen Gehilfen gefunden zu haben, der ihr zumindest morgens und abends zur Hand ging. Nur – wo blieb der Kerl?

POM Borkowski steuerte einen der beiden Stehtische an, die jetzt zur frühen Mittagszeit fast ohne Kundschaft in der Frühlingssonne blinkten. Lediglich ein weiterer Gast hielt sich an seinem Kaffee fest. »Hallo, 'nen Kaffee bitte und 'ne Bockwurst mit Brötchen und doppelt Senf«, orderte er.

»Kommt sofort«, tönte es von drinnen und Paula Penquitt machte sich an die Arbeit. Bockwurst und Buletten waren die einzigen Mittagsgerichte, die sie feilbot.

»Wenig los heute«, meinte Borkowski, als ihm die Bockwurst gebracht wurde. Er wollte die Kioskerin in ein unverfängliches Gespräch verwickeln.

»Wenig los? Ich bin seit sieben Stunden auf den Beinen – Sie hätten heute Morgen sehen sollen, was da los war. Brötchen, Kaffee, Zeitungen, Zigaretten, Süßkram und um 9 Uhr war ich schon total geschafft!«

»Und das alles ohne jede Hilfe?«, fragte der Kriminale und verbarg sein berufliches Interesse geschickt hinter dem nächsten Bissen Bockwurst.

»So hilflos ist sie gar nicht, die gute Paula«, kicherte es vom Nebentisch, »dein Galan hilft dir doch bei Tag und Nacht, oder?«

»Nun übertreibe mal nicht, Karl-Rainer, denn erstens ist der Karl nur ein guter Freund, zweitens ist er nachts da, wo er hingehört, nämlich bei seiner Frau, und drittens habe ich die Schweinebacke seit zwei Tagen nicht mehr gesehen. Gestern Morgen sollte er mir die Brötchen bringen und am späten Nachmittag die neue Getränkelieferung annehmen, doch er ist einfach nicht gekommen. Spurlos verschwunden – wenn ich den in die Finger kriege …!«

Borkowski konnte sein Interesse an dem Gespräch nur mühsam unterdrücken, doch Paula Penquitt hatte sich in Rage geredet. Auf sein Fragefragment »Gestern den ganzen Tag …« legte sie gleich los: »Ich musste mir gestern die Hacken ablaufen. Zuerst stand ich frühmorgens hier ohne Brötchen, dann tauchte die Fa. Meckerland mit dem neuen Warensortiment auf und abends die Getränkelieferung – und von meinem Gehilfen keine Spur! Bin ich etwa unfreundlich oder zahle ich nicht genug? Ich ruiniere meine Gesundheit und der Herr geht spazieren!«

»Beruhige dich, Paula«, meinte der mit Karl-Rainer Angesprochene, »wir wissen, dass du fleißig und eine gute Geschäftsfrau bist; der Karl wird schon bald wieder bei dir auftauchen.«

Paula Penquitt seufzte vernehmlich und zog sich wieder ins Innere des Kiosks zurück. KOM Borkowski hatte genug gehört, stürzte den letzten Schluck Kaffee hinunter und zahlte. Er hatte es plötzlich eilig, seine Neuigkeiten an den Mann zu bringen; der Fall nahm eine sehr interessante Wendung.

VIII.

Dr. Pietro Teutschenrath, von allen meist nur ›Doc‹ genannt, war durchaus kein geborener Forensiker. Und anders als sein Vorname vermuten lässt, stammte er aus dem tiefsten Ruhrgebiet – aus dem einst vom Bergbau auf Zeche Holland geprägten Gelsenkirchen-Ückendorf – und war keineswegs südländischen Ursprungs; der Vorname resultierte lediglich aus einem schwer erkämpften elterlichen Kompromiss. Mutter Teutschenrath liebte Namen aus dem klassischen Sprachenschatz – vor allem aber den Vornamen Peter, d.h. soviel wie ›Fels in der Brandung‹. Teutschenrath senior verfolgte in allem einen mehr mediterranen Lebensstil und hätte das Neugeborene lieber Romano oder gar Casanova getauft, um ihm schon früh die Leichtigkeit des Seins zu vermitteln; doch das war mit der Wochenbettlerin absolut nicht zu machen. Selbst perfide Hinweise des Vater auf gehässige Abwandlungen wie ›Ziegenpeter‹ und ›Schwarzer Peter‹ brachten sie nicht von ihrem Lieblingsnamen ab. Die Geburt des Statthalters bot also schon früh nachhaltigen Konfliktstoff und erst Patenonkel Jan-Josef hatte die wunderbare Idee, das Klassische mit dem Romanischen zu verquicken und den hoffnungsvollen Spross als ›Pietro‹ ins Leben zu schicken. Mit diesem Kompromiss kam Teutschenrath junior allerdings zeit seines Lebens nicht so recht klar, denn manchmal bestimmten Sachlichkeit und Klarheit sein Handeln, während beim nächsten Mal Bruder Leichtfuß sein Ratgeber war – beides leider meist zur unrechten Zeit. Doch wenigstens bei der Berufswahl hatte er sich goldrichtig entschieden. Zwar war ihm der ersehnte Weg zum Chirurgenskalpell durch nicht ganz gelungene Examensnoten verbaut, aber er fand seine Erfüllung in der Rechtsmedizin und vor allem in der Thanatologie, also der Leichenschau bei außergewöhnlichen Todesfällen. Dr. Pietro Teutschenrath entwickelte sich schon bald zu einem außergewöhnlichen medizinisch-juristischen Spürhund, dessen Fachkunde allgemein anerkannt war, so dass man ihm im Übrigen manche Marotte gern verzieh. Das galt vor allem für eine Unart, wie sie häufig bei Medizinern anzutreffen ist: Man quatscht ständig über den Beruf, meist in unverständlichem Latein, wobei insbesondere die eigenen Leistungen ins rechte Licht gerückt werden. Zu dieser Spezies gehörte auch Dr. Teutschenrath; selbst in der ›Waldesruh‹ dozierte er gerne über rechtsmedizinische Fälle und seine bescheidenen Beiträge zur Lösung derselben. Nicht sehr nachhaltig verliefen auch seine Bemühungen in der Damenwelt: Als in die Jahre gekommenem Frauenschwarm gelang dem Junggesellen so manche Eroberung, die aber meist nicht von Dauer war. Wie gewonnen, so zerronnen, irgendwie fehlten ihm die Glückshormone und so blieb er ständig auf der Suche nach dem besseren Ich. Als emotionalen Ausgleich – wie er es selbst nannte – suchte Dr. Teutschenrath die Nähe zu alten Autos; folgerichtig fuhr er auch einen echten Oldtimer, nämlich einen 1957er ›Chevrolet Two Ten 210 Townsman Station Wagon‹. Dieser viertürige Kombi war in ›Harbor Blue‹ gehalten und wies die langen funktionslosen Heckflügel auf, mit denen Autos im Amerika jener Zeit typischerweise ausgestattet sein mussten. Der Hubraum von über 4 l diente einem V8-Motor als gemütliche Spielwiese und die Doppelrohrauspuffanlage lieferte dazu einen satten Sound. Auf seinen ›Bel Air‹ ließ der Doc nichts kommen und auch der innerstädtische Verbrauch von mehr als 20 l pro 100 km schockte den Mediziner nicht. Selbst die Witze der Kollegen, die sein Gefährt gerne als Leichenwagen titulierten, nahm er gelassen hin. Nur als Pathologen durfte man ihn nicht bezeichnen; zu Recht sah er sein Aufgabengebiet deutlich umfassender als das jener Kollegen, die sich allein mit den krankhaften und abnormen Vorgängen und Zuständen im Körper sowie mit deren Ursachen beschäftigen, also gerade nicht im Auftrag der Staatsanwaltschaft oder eines Gerichtes investigativ tätig werden.

Wie von Bobby Marek angekündigt, erschien der Doc am frühen Nachmittag im Kommissariat. Seinem freudig-erregten Gesicht war anzusehen, dass er das Rätsel um den Toten im Mühlengraben gelöst zu haben schien und Wichtiges mitzuteilen habe; genüsslich wedelte er mit dem OB vor dem Gesicht des Kripo-Chefs. Wie allen eitlen Menschen fiel es ihm aber schwer, sich so ohne weiteres von seinem Herrschaftswissen zu trennen, deshalb meinte H-U auch sofort: »Hallo Doc, ich darf annehmen, Sie haben wieder einmal gute Arbeit geleistet. Überraschen Sie uns …!«

Dr. Teutschenrath drapierte den OB auf H-U's Schreibtisch – aber so, dass dieser ihn nicht sogleich einsehen konnte – und begann seine Vorlesung: »Über die Identität des Verstorbenen haben wir ja nun Gewissheit. Die arme Frau Funkel tut mir echt leid. Unsere Leiche Karl Funkel ist trotz seiner 65 Jahre in gutem Ernährungs- und Allgemeinzustand, mit normaler Muskulosität und er war offensichtlich immer noch fit und aktiv. Wir wissen von empirischen Untersuchungen bei Zeitungsausträgern, die lange in diesem Metier tätig waren, dass sie über eine sehr gute Kondition verfügen. In den Staaten gibt es statistische Erkenntnisse …«

»Doc, bitte, nur das Wesentliche!«

»Todeszeitpunkt war gestern, etwa im Morgengrauen, ganz genau kann man das nicht mehr feststellen. Das heißt, der Tote hat etwa 10 Stunden im Wasser des Mühlengrabens gebadet und mit dem Schwan gespielt, bevor ihn die Kinder entdeckt haben«, setzte der Doc seine Ausführungen sarkastisch fort. »Und was Sie noch wissen sollten, lieber Herr Kriminalhauptkommissar, Karl Funkel war schon tot, als er dort ins Wasser fiel. Ich konnte keine Wasseraspiration feststellen, die Lunge ist strohtrocken und in den Lungenbläschen finden sich keine Wasserablagerungen.«

»Aber er war doch ziemlich mausetot, als er aus dem Mühlengraben gefischt wurde. Wenn er nicht ertrunken ist, woran ist er dann gestorben?«, fragte Bobby Marek, der gerade ins Kommissariat trat.

»Man hat ihm eins über den Schädel gezogen, und zwar recht kräftig. Die Schädeldecke ist mit einem großen Schlaggegenstand dorsal zertrümmert worden; in Betracht kommen Hammer, Axt, grobes Kantholz oder auch ein Baseballschläger. Genaueres vermag ich vielleicht in einigen Tagen zu sagen, wenn wir die Verletzungen der Schädeldecke instrumentativ vermessen haben.«

»Können Sie uns etwas über den Tatort verraten?«, fragte H-U. »Ich nehme nicht an, dass er direkt am Mühlengraben erschlagen worden ist, sonst hätten wir irgendeine Spur finden müssen.«

»Nichts Genaues«, meinte der Gerichtsmediziner gedehnt, um dann nach einer ziemlich langen Kunstpause fortzusetzen: »Merkwürdig ist allerdings, dass der gute Karl Funkel ein wenig verseucht gewesen ist. An seiner Kleidung, insbesondere aber an den Haaren habe ich Bleioxyd und Pechblende festgestellt – in geringen Mengen zwar, aber immerhin. Und wir haben minimale Spuren eines silberglänzend weißlichen Metalls gefunden. Es ist stark radioaktiv, kommt äußerst selten vor und ist unbezahlbar teuer; es wurde 1898 vom Ehepaar Pierre und Marie Curie entdeckt und …«

»Doc, bitte, die Fakten! Was ist es?«, fragten H-U und Bobby unisono.

Noch eine kleine Kunstpause und dann kam aus des Mediziners Munde nur ein einziges Wort: »Polonium!«

Mehr war aus dem Gerichtsmediziner nicht herauszubekommen und KHK Bader schätzte das auch an ihm, denn in der Tat wäre alles Weitere zum jetzigen Zeitpunkt nur Spekulation gewesen. Inzwischen war KOM Borkowski wieder zur Dienststelle zurückgekehrt und hatte seinen Bericht erstattet, der nun gar nicht mehr so überraschend erschien, weil der Doc den Todeszeitpunkt ziemlich klar in die frühen Morgenstunden des gestrigen Tages hatte legen können. Paula Penquitt hatte also deshalb vergeblich auf die Hilfe des Karl Funkel gewartet, weil er da schon nicht mehr unter den Lebenden weilte. Aber wieso hatte seine Frau ihn nicht früher vermisst?

KHK Bader rief seine Leute zusammen, um die bisherigen Ergebnisse mit ihnen zu diskutieren und weitere Aufgaben zu verteilen. Bobby Marek und KOM Borkowski waren schon zugegen und auf dem Hinterzimmer holte H-U seinen PRA von Bennerle hinzu. Die Gruppe wurde durch PMA'in6 Anna Nork vervollständigt – die junge hübsche Streifenpolizistin, die am Vorabend den Tatort so umsichtig gesichert hatte. Angesichts der knappen personellen Ressourcen im Kommissariat waren derartige Hilfeleistungen der Schutzpolizei durchaus an der Tagesordnung, vor allem, wenn es wieder einmal um ein ungeklärtes Verbrechen oder gar um ein Tötungsdelikt ging. Für beide Seiten war diese Kooperation von Vorteil: Die Kriminalen konnten sich über einen weiteren Mitarbeiter freuen und für die Schupos stellte die kriminaltechnische Ermittlungsarbeit eine willkommene Abwechslung dar. Und für die Bürger der Stadt war es auch nicht nachteilig, blieb doch so vielleicht das eine oder andere Knöllchen ungeschrieben …

KHK Bader ließ sein Ermittlungsteam Platz nehmen, wobei sich Bobby Marek und KOM Borkowski in Ermangelung einer ausreichenden Bestuhlung auf der breiten Fensterbank niederließen. »Zunächst einmal möchte ich PRA von Bennerle herzlich in unserer Mitte willkommen heißen. Wie Sie wissen, wird er unser Team in den nächsten drei Monaten verstärken. Darüber sind wir sehr glücklich, denn wir können jeden Mann gebrauchen, gerade jetzt! Und natürlich auch jede Frau«, lächelte H-U charmant, »vielen Dank, Frau Nork, dass Sie uns bei der Lösung dieses Falles helfen wollen!«

»… mindestens drei Monate, es können aber auch vier oder fünf werden, wenn es sich dienstlich so ergibt«, ergänzte PRA von Bennerle süffisant, »die Zuweisung durch die Polizeihochschule in Münster ist nicht auf einen festen Zeitrahmen bezogen, sondern hängt davon ab, ob ich mich hier bewähre – oder ob Sie mich nach drei Monaten unbedingt wieder loswerden wollen!«

»Also mindestens drei Monate«, echote H-U, »warten wir die erst einmal ab! Doch nun zu unserem Fall: Wir haben einen eindeutig identifizierten Toten, über den wir ansonsten allerdings relativ wenig wissen, eine Fundstelle ohne Spuren, die offensichtlich nicht der Tatort ist, eine Schädelverletzung, die auf starke äußere Gewalteinwirkung hindeutet und eine geringe Verseuchung von Kleidung und Haaren mit Bleioxyd und Pechblende, dazu minimale Spuren von Polonium. Wir haben eine trauernde Ehefrau, die ihren Mann 24 Stunden lang nicht vermisst hat, obwohl er sonst doch nie über Nacht weggeblieben ist, und eine agile Kioskbetreiberin, die schon am frühen Morgen des Tattages das Ausbleiben ihres Gehilfen Karl Funkel beklagt hat. Wie passt das zusammen?«

»Die Ehefrau war's nicht, ich kann mir das nicht vorstellen«, warf Bobby treuherzig ein, »ich glaube eher …«

»Glauben führt uns hier nicht weiter«, unterbrach ihn von Bennerle und Bobby wusste nun, dass sie niemals Freunde werden würden, »da wir ansonsten nichts Konkretes haben, sollten wir uns an das halten, was wir gefunden haben – Bleioxyd und Pechblende. Schauen wir uns diese beiden chemischen Verbindungen doch einmal genauer an: Bleioxyd besitzt ein hohes Oxydationsvermögen und wird zur Herstellung von Farbstoffen, Chemikalien und als Reibmasse an Streichhölzern verwendet. Außerdem findet es Anwendung in der Feuerwerkerei, als Elektrode in Akkumulatoren und zur Härtung von Sulfidpolymeren…«

»… was für Meere?«, fragte Bobby entgeistert.

»… so eine Art hochtemperaturbeständiger leitfähiger Kunststoff«, füllte H-U Bobbys Wissenslücke.

PRA von Bennerle ließ sich nicht irritieren: »Pechblende heißt eigentlich Uraninit und ist ein wirtschaftlich bedeutendes Uranmineral. Früher wurde es zur Herstellung von Farben sowie zur Erzeugung von Radium gewonnen. Später, in der Zeit des Kalten Krieges, bestand ein großer Bedarf für die Fertigung von Kernwaffen und zur Herstellung von Plutonium in Kernreaktoren. Mit der politischen Wende ab 1989 spielte die Uranproduktion für Kernwaffen der beiden Supermächte aber keine wesentliche Rolle mehr und der Bedarf zur Energiegewinnung in Kernkraftwerken wurde zunehmend durch neue Produzenten mit Niedrigpreisen aus Zentralasien gedeckt. Soll ich fortfahren?« Von Bennerle genoss sichtlich das maßlose Erstaunen seiner Zuhörerschaft und lehnte sich genüsslich zurück.

»Wow, was für 'ne geile Vorlesung!«, KOM Borkowski staunte mit offenem Mund und blickte begeistert auf den neuen Zuwachs im Kommissariat. »Klein, aber oho!«, murmelte er dann leise vor sich hin.

Auch H-U war sichtlich irritiert. »Herzlichen Dank, das war beeindruckend. Woher haben Sie diese Kenntnisse?«

»Bevor ich zur Polizei ging, habe ich einige Semester Chemie studiert. Eine tolle Wissenschaft, aber das Studium dauert einfach zu lange und wenn man endlich den für die Praxis notwendigen Doktortitel hat, winkt bereits die Pensionierung. Dann lieber Beamter im höheren Polizeidienst!«

»Wenn ich Sie recht verstehe«, fragte H-U weiter, »waren Bleioxyd und Pechblende früher industriell weit verbreitet, sind aber heute auf dem Rückmarsch, zumindest in unseren Gefilden.«

»Für Pechblende, also Uraninit, würde ich das bejahen, zumindest soweit es sich um Deutschland handelt. Bleioxyde werden aber nach wie vor industriell verwendet, auch bei uns. Haben wir hier in der Gegend einen Betrieb, der dieses umweltgefährdende und gesundheitsschädliche Gift verarbeitet?«

»Nicht, dass ich wüsste«, meinte H-U, und Anna Nork ergänzte: »Ich bin hier geboren und mir ziemlich sicher, dass wir in unserer Stadt keine Umweltsünder haben – jedenfalls nicht in dem Ausmaß, wie es Herr von Bennerle schildert.«

»Und was können wir nun für unseren Fall daraus schlussfolgern?«, fragte ein immer noch sprachloser KOM Borkowski.

»Moment«, warf Bobby Marek ein, »da war doch noch dieses Polengift – was ist denn damit?«

»Das … was?«, fragte H-U, doch von Bennerle hatte schon begriffen: »Richtig, der Doc hat auch Spuren von Polonium gefunden. Das ist ein chemisches Element, ebenfalls radioaktiv, und hat mit Polen nur insoweit etwas zu tun, als es zu Ehren der polnischen Heimat seiner Entdeckerin entsprechend benannt worden ist. Polonium ist ein silberweiß glänzendes Metall, welches in der Kernforschung Verwendung findet. Bekanntgeworden ist es in jüngster Vergangenheit aber als heimtückisches Gift: Der ehemalige KGB-Agent Alexander Litwinenko starb 2006 an den Folgen einer durch Polonium-210 verursachten Strahlenkrankheit. Frühere Kollegen hatten ihm das Gift wohl über kontaminierten Tee verabreicht. Und beim 2004 verstorbenen Jassir Arafat wurden ebenfalls Spuren von Polonium festgestellt, als man ihn 2012 ausgebuddelt hat – Genaueres weiß man aber nicht. Man kann vermuten …«

»Danke, Kollege, mehr will ich über das Dreckszeug gar nicht wissen«, beendete KOM Borkowski den Monolog des Gelehrten. »Nochmals, was bedeutet das konkret für unseren Fall?«

»Dass Karl Funkel wahrscheinlich ein arabischer Potentat oder ein russischer Spion war!«, lachte PRA von Bennerle spitzbübisch in die Runde.

»Quatsch, jetzt reicht's!«, schimpfte ein inzwischen sichtlich genervter KHK Bader. »Wir wollen uns nicht mit unsinnigen Spekulationen befassen, sondern nüchtern unserer Arbeit nachgehen. Dazu gehört vor allem konzeptionelles Vorgehen mit klar definierten Aufgaben. Also: Bobby und ich werden uns morgen bei der RuZ, Funkels früherem Arbeitgeber, umhören, damit wir unser Opferbild abrunden können. Frau Nork, Sie fühlen noch einmal Frau Funkel auf den Zahn – mir will immer noch nicht in den Kopf, dass sie ihren Mann einen ganzen Tag lang nicht vermisst hat. Und fragen Sie auch nach, ob es eine Art Lebensversicherung oder Ähnliches gibt. KOM Borkowski und PRA von Bennerle besuchen morgen Paula Penquitt und erkundigen sich dort intensiv nach der Beziehung zwischen ihr und Karl Funkel – auch insoweit brauchen wir mehr Klarheit. Morgen Mittag um 12 Uhr treffen wir uns wieder zum Rapport. Soweit alles klar?«

Alle nickten stumm und dann fiel Bader noch etwas ein: »Herr von Bennerle, haben Sie schon eine Bleibe gefunden? Sie können doch nicht jeden Abend nach Münster fahren.«

»Ja, ich wohne im Brauhaus ›Waldesruh‹, die bieten ganz nette Zimmer an. Und da ich gleich für drei Monate mit Verlängerungsoption gebucht habe, ist man mir auch preislich ordentlich entgegen gekommen. Das so Ersparte würde ich gerne unter die Leute bringen, wenn's Recht ist, und heute Abend meinen Einstand geben. Sagen wir um 20 Uhr?«

Die Runde schien von diesem unerwarteten Angebot etwas überrascht, stimmte aber in der Vorfreude auf Freibier gerne zu. Bobby fragte noch schnell »Wo?« und bekam postwendend vom Einlader ein »In der ›Waldesruh‹ natürlich, wo denn sonst?« zu hören.

IX.

Hermann Primus und seine Frau Dorothea hatten ihr Wirtshaus fest im Griff. Deshalb war es eigentlich unnötig, dass von Bennerle am frühen Abend einen Tisch bestellte und seinen Einstand ankündigte; auf solche Kleingruppen war man in der ›Waldesruh‹ immer vorbereitet. Trotzdem reservierte die Wirtin für die Kriminalen einen schönen Ecktisch direkt neben dem Stammtisch, denn wegen der vielen Vorbestellungen – heute war ›Haxentag‹ – konnte man mit einem vollen Haus rechnen.

Sie ließen sich immer etwas einfallen, die Wirtsleute Primus, und waren der gastronomischen Konkurrenz meist einen Schritt voraus. Am wöchentlichen ›Haxentag‹ zum Beispiel servierten sie diese scharf gegrillte kalorienreiche schweinische Spezialität mit Sauerkraut und Kartoffelpüree nahezu zum Selbstkostenpreis und lockten damit die Kundschaft in Scharen, was natürlich den Bierkonsum deutlich steigerte und so den Einnahmeausfall auf der Speisenseite fast wieder ausglich. An einem anderen Wochentag gab es preiswerte Schnitzel nach Wiener, Jäger, Zigeuner und sonstiger Art und da man dabei mit der Speisenwürze nicht zu sehr geizte, stellte der Getränkeumsatz wiederum das notwendige Regulativ dar. Fischtage im Frühjahr, Wildwochen im Herbst und Gänse zur Vorweihnachtszeit rundeten das kulinarische Angebot ab und wenn die Küche im Winter besonders gut gestimmt war, konnte man gelegentlich sogar auf ›Muscheln rheinische Art‹ hoffen.

Hermann und Dorothea – anders als in Goethes klassischem Epos fanden die Wirtsleute schon früh zueinander. Beide stammten aus der Unterstadt und hatten dieselbe Schule besucht; für seine Brautwerbung benötigte Hermann deshalb weder lyrische Gesänge und erst recht keinen Hexameter. Im Gegenteil – der Bräutigam ging ziemlich forsch zu Werke, griff der gerade erst volljährig gewordenen Auserwählten beim Maitanz auf der Karrenberg'schen Tenne frech an den knackigen Po und ließ sie wissen, dass er sie möglichst bald zu ehelichen wünsche. Denn in ihrer Jugend gehörte Dorothea mit blondem Lockenkopf und schlanker Taille zu den umschwärmten Schönheiten in der Unterstadt und auch später noch konnte sie sich Charme und Anmut bewahren, selbst wenn sie dem Zahn der Zeit und den Verlockungen ihrer eigenen Kochkünste hatte Tribut zollen müssen. Hermann wiederum kam aus gutem Hause und hatte gerade die ›Waldesruh‹ von seinen Eltern übernommen; er war also eine gute Partie und sah damals noch ganz passabel aus. Folglich stand einer Verbindung der jungen Leute nichts im Wege; Dorothea führte alsbald das Zepter in der Küche und Hermann war der König der Gaststube. Diese Erfolgsstory währte nun schon fast drei Jahrzehnte lang …

PRA von Bennerle hatte als Gastgeber schon frühzeitig am reservierten Tisch Platz genommen und der Rest des Kommissariats trudelte nach und nach ein. Gerade hatte ›Rehlein‹ am Stammtisch einen seiner berühmt-berüchtigten Witze vom Stapel gelassen – »Was ist der Unterschied zwischen Privat- und Kassenpatient? Bei der Magen-Darm-Spiegelung darf der Privatpatient zuerst wählen, wohin er den Schlauch haben will!« – und sich danach halbtot gelacht, als H-U erschien: Rote Hose, hellblaues Jackett, fliederfarbenes Hemd und dazu eine grasgrün-gelb gepunktete Fliege. Über den Fliegentick des Chefs war inzwischen auch von Bennerle bereits ins Bild gesetzt worden, aber diese Farbkombination sprengte doch jeglichen Rahmen. »Wow, Chef«, konnte Bobby nur hauchen und der Rest der Truppe hielt sich vornehm zurück. Lisa brachte gerade die erste Runde Bier und wäre beinahe mit dem vollen Tablett gestolpert, als sie ihren Papagei-Galan erblickte. Doch auch sie sagte nichts und so war es der alte Richter vom Nebentisch, der süffisant bemerkte: »Guten Abend H-U, ich beglückwünsche dich zu dieser wundervollen Kombination. Hat dich ein Farbenblinder eingekleidet?«

»Modern zu sein ist für mich kein Problem und über das Zusammenspiel von Farben lässt sich trefflich streiten«, entgegnete H-U betont sachlich. »Hauptsache, man fühlt sich wohl dabei und ich fühle mich sehr wohl!«

»Na denn«, meinte sein Gegenüber achselzuckend, »hoffentlich bekommen deine Mitzecher keine Kopfschmerzen von diesem Farbengeflimmer!«, und wandte sich wieder den anderen Gästen am Stammtisch zu.

Von Bennerle überspielte die peinliche Situation geschickt: »Ich freue mich, dass Sie alle gekommen sind, und lade Sie herzlich ein, mit mir auf den Start in Ihrer Stadt anzustoßen. Bier und Wein oder Wasser, was Sie möchten! Und – passend zum heutigen Tag habe ich mir erlaubt, für jeden von uns eine Haxe zu bestellen.«

Die männlichen Kollegen blickten erstaunt und nickten erfreut, mit so viel Freigiebigkeit hatten sie nun wirklich nicht gerechnet. Der neue Kollege wurde ihnen immer sympathischer. Auch H-U hatte keine Bedenken, sich so großzügig einladen zu lassen, obwohl er selbst bei seinem Einstand badische Sparsamkeit hatte walten lassen und nur zu einem Heißgetränk ins ›Café Entengrütze‹ gebeten hatte. Allein Anna Nork lächelte gequält, sagte aber nichts, doch schon der Gedanke an diese riesige Schweinerei ließ ihre Magenwände zittern. Ob von Bennerle das wirklich mitbekommen hatte oder nur aus einem Anflug von Höflichkeit handelte, ließ sich nicht ergründen. Doch sein »Sie dürfen aber auch gerne etwas anderes bestellen!« führte augenblicklich zu Annas stomatischer Beruhigung und ihrer ergänzenden Bestellung »Für mich einen großen Salatteller, bitte!«

Die Haxen wiesen die übliche XL-Größe auf und mundeten den Kriminalen vorzüglich, auch der Salatteller schien bestens anzukommen. Nach der dritten Runde Bier lockerte sich die Stimmung, das Dienstliche wich langsam dem Privaten und selbst Bobby meinte, als von Bennerle kurz das stille Örtchen aufsuchen musste: »Der ist ja doch ganz nett; ich dachte zunächst, der will sich nur bei uns profitieren!«

»... profilieren«, meinte H-U lakonisch und fügte nach getätigtem Geschäft des Gastgebers hinzu: »Erzählen Sie doch mal was von sich – der Name ›Bennerle‹ kommt bestimmt nicht aus dem Pott und das ›von‹ erst recht nicht.«

»Die Krupps hatten doch auch ein ›von‹ im Namen und haben sich ihr Namensrecht sogar von Kaiser Wilhelm II. patentieren lassen«, lächelte von Bennerle verschmitzt, »aber Sie haben Recht, ich bin ein alter Preuße, besser gesagt ein Schlonsaker, ein Schlesier. Geboren bin ich zwar am linken Niederrhein, nahe Xanten – dort, wo man schon morgens sehen kann, wer nachmittags zu Besuch kommt. Meine Wurzeln liegen aber weiter östlich, im Herzen Schlesiens, genauer noch in Niederschlesien. Meine Großeltern hatten ein ländliches Gut in Brieg an der Oder, südlich von Breslau an der Via Regia, ...«

»Also quasi ein Vandale«, brummte es vom Schanktresen, an dem der Wirt Hermann gerade ein neues Stichfass angeschlagen hatte und nun geschwind die Luft aus den Biergläsern ließ – die Gäste warteten schon auf den frischen Gerstensaft. Normalerweise mischte er sich nicht in Tischgespräche ein, außer am Stammtisch, natürlich; die Tatsache, dass er bei der Erzählung von Bennerles eine Ausnahme machte, musste wohl einen besonderen Grund haben.

»Richtig«, lachte von Bennerle, »in der Tat sind Vandalen vom Norden her eingewandert und haben Schlesien germanisch besiedelt. Früher lebten dort Kelten und später kamen noch Slawen hinzu, alles hat sich schön vermischt und deshalb sind wir Schlesier auch so widerstandsfähig!«

»So weit kann das mit der Widerstandskraft nicht her sein«, bemerkte Hermann sarkastisch. »Ist im Mongolensturm vom Sommer

1241 nicht mehr als die Hälfte eurer Bevölkerung massakriert worden?«

Von Bennerle blicke überrascht und nickte anerkennend: »Gute Geschichtskenntnis, Donnerwetter, und sogar mit Jahreszahl! Die Sache mit den Mongolen stimmt, aber danach haben die schlesischen Piasten für Blutauffrischung gesorgt, indem sie jede Menge deutsche Kolonisten aus dem Westen ins Land holten. Und natürlich«, holte von Bennerle zur Riposte aus, »bezog sich mein Hinweis auf die Widerstandskraft der Schlesier besonders auf diese letztere Zeit.«

Die Kriminalen verfolgten das Wortgeplänkel mit großem Interesse und besonders Anna hing an den Lippen des neuen Kollegen. Man sollte, so schien sie sich zu sagen, nicht immer bloß auf das Äußere achten. Bobby hingegen fragte sich, warum wohl Klavierspieler in Schlesien für Blutauffrischung gesorgt haben könnten, wagte seine Unkenntnis aber nicht zu offenbaren.

»Wenn man«, fragte von Bennerle den Wirt nun gespielt arglos, »so viele Kenntnisse über Schlesien besitzt, ist dann nicht die Vermutung naheliegend, dass Sie am Ende gar selbst ein Vertriebener sind?«

»Quatsch! Bin ein Kind des Ruhrgebiets und schon meine Eltern haben diese Kneipe geführt«, blaffte Hermann Primus zurück. »Aber wir sind ein echter Melting-Pott; viele hier haben fremde Wurzeln und sind mehr oder weniger freiwillig hierher gezogen, man muss nicht gleich an Vertreibung und Flucht denken. Wissen Sie eigentlich, wie viele Leutchen vor 200 Jahren hier im Pott gelebt haben? Die größten Städte Duisburg und Dortmund hatten je 5.000 Einwohner, Essen, Bochum und Gelsenkirchen waren Kuhdörfer und Schalke gab es überhaupt noch nicht. Heute leben hier über 5 Mio. Menschen und wo kommen die her? Genau – Anwerbung, und zwar früher vor allem im deutschen Osten und in Polen! Dort herrschten feudale Großgrundbesitzer wie Sie und ließen das Volk hungern.« Der Wirt redete sich in Rage: »So haben sich auch meine Vorfahren schon vor dem 1. Weltkrieg als Arbeitskräfte anwerben lassen, weil sie ihre Familien in der Woiwodschaft Lebus nicht mehr ernähren konnten, und haben im

Pütt malocht – teilweise unter extremen Bedingungen und immer der Gefahr von schlagendem Wetter ausgesetzt. Mein Großvater ist an der Staublunge krepiert, Ihre Großeltern saßen da bestimmt noch wohlbehütet auf ihrem schlesischen Landgut!«

Von Bennerle schaute gedankenverloren über den Rand seines Bierglases und sagte leise: »Was heißt das schon? Mein Großvater wurde beim Einmarsch der Roten Armee erschossen, meine Großmutter mehrfach vergewaltigt und das schöne Landgut beherbergt heute ein polnisches Waisenhaus. Man kann die Leiden, die Menschen zu erdulden haben, nicht gegeneinander aufrechnen!«

»Und was hat Sie an den Niederrhein verschlagen?«, fragte H-U, sichtlich bemüht, dem Gespräch eine andere Wendung zu geben.

»Meine Eltern haben dort nach dem Krieg ein neues Zuhause gefunden. Auch der Niederrhein hat schöne Herrenhäuser und Schlösser und wir hatten das Glück, auf einem davon heimisch zu werden! Allerdings«, und diesen letzten Satz sprach von Bennerle bewusst in Richtung des Wirtes, »meine Mutter als Köchin und mein Vater als angestellter Gutsverwalter!«

Hermann Primus zog es vor, keine Antwort zu geben, sondern stattdessen besonders schöne Biere zu zapfen und sich intensiv dem Polieren der Gläser zu widmen!

So ging die Zeit dahin, von Bennerle bestellte die letzte Runde und gleichzeitig auch die Rechnung. Der alte Richter lugte vom Stammtisch herüber und fragte die schon leicht angeheiterte Runde: »Na, wie weit seid ihr denn mit eurer Wasserleiche?«

»Ich glaube, wir sind auf einem guten Weg«, entgegnete H-U, der zu dieser Stunde und vor allem in der Kneipenöffentlichkeit partout keine konkretere Aussage machen wollte.

»Das sagst du immer, wenn du nichts Näheres weißt«, meinte der alte Richter. »Ich würde mir jedenfalls einmal Gedanken darüber machen, wo sich der alte Knabe immer herumgetrieben hat. Bei Paula Penquitt findet man bestimmt Antworten!«

»Wir fragen bei ihr und überall dort nach, wo wir brauchbare Hinweise erhalten«, brummte H-U leicht verärgert, weil er solch vage Hinweise gar nicht mochte. »Wenn du aber eine Aussage machen möchtest…?«

»Warum soll ich euch die Arbeit abnehmen? Ihr seid doch die Profis und ich bin nur Pensionär! Außerdem ist es jetzt Zeit für mich, mein Bett ruft!« Sprach's, stand auf und ließ eine Handvoll verdutzter Zuhörer zurück.

»Ein komischer Typ«, meinte KOM Borkowski und Bobby stimmte ihm zu: »Ein bisschen verrückt vielleicht?«

»Ein bisschen Ja und ein bisschen Nein«, entgegnete H-U, »aber ich schätze ihn sehr. Er hat einen glasklaren analytischen Verstand und ich kenne wenige, die sich in einen Kriminalfall so hineindenken können wie er. Andererseits nervt er seine Freunde mit oft wirklich verrückten Rätseln und – er spielt gelegentlich die Marseillaise …«

Auf Bobbys erwartete Frage »… die was?« entgegnete Anna spontan »französische Nationalhymne« und von Bennerle fragte: »Was ist daran so verwunderlich?«

»… auf der Blockflöte …«, ergänzte H-U, was von Bennerle sofort zu einem »Das könnte ich zur Not auch noch!« inspirierte, um dann wie alle anderen ungläubig zu staunen, als H-U abschloss: »… und zwar mit der Nase!«

Normalerweise wird das Mundstück der Blockflöte in aller Regel gerade, also genau unter der Nasenwurzel, zwischen den Lippen angesetzt und in einem Winkel von ca. 45 Grad zum Körper geneigt gehalten. Die Tonlöcher werden mit den Fingerspitzen bedient und Musik entsteht, indem Atemluft in den Schnabel geblasen wird und durch Öffnen bzw. Schließen der Tonlöcher eine mehr oder weniger schöne Melodie erklingt. Der alte Richter beherrschte diese Technik formvollendet, hatte sich aber zur Gaudi des Stammtischs eine Spielvariation ausgedacht, indem er die Flöte nicht am Mund, sondern an der Nase ansetzte und die Töne allein durch seine Nasenluft erzeugte.

»Das geht doch gar nicht«, meinte Anna zweifelnd, und KOM Borkowski ergänzte: »Das glaube ich erst, wenn ich's gesehen habe!«

»Doch, es funktioniert wirklich und ich werde meinen Freund fragen, ob er euch beim nächsten Treffen vielleicht ein Nasenständchen bringt«, lachte H-U.

Die Diskussion über Blockflöten wogte hin und her und musste letztlich ergebnislos bleiben, weil sich der Protagonist bereits zur Ruhe begeben hatte. Hermann Primus brachte höchstpersönlich eine letzte Runde auf Kosten des Hauses an den Tisch der Kriminalen und zog sich umgehend an seinen Arbeitsplatz zurück. Er hätte auch gerne etwas zum Thema ›Blockflöten‹ beigetragen, diese politischen Deckmäntelchen im alten DDR-System, hielt sich aber nach seinem schlesischen Waterloo sichtlich zurück und war weiterhin um Schadensbegrenzung bemüht. Schließlich hatte von Bennerle für drei Monate mit Verlängerungsoption gebucht und so gute Gäste durfte man nicht vergraulen.

X.

Der nächste Morgen – Mittwoch und Tag zwei nach Auffinden der Wasserleiche – brachte strahlenden Sonnenschein und die Vorboten des Frühlings. Es war zwar immer noch empfindlich kalt, was die beiden Spaziergänger auf dem Leinpfad trotz der Flussnähe nicht besonders zu stören schien, aber erste gelbe Narzissen und vor allem die Blüten der japanischen Kirsche zeigten an, dass der Winter jetzt endgültig gewichen war. Claudia und Paul gingen engumschlungen und hatten auf dem Weg zum frühmorgendlichen Schulunterricht einen Umweg gewählt, weil es das Ergebnis der familiären Befragungen zum gemeinsamen Urlaub in Italien zu besprechen und notwendige Schlussfolgerungen zu ziehen galt.

»Ich hatte dir prophezeit, dass dein Vater dich niemals in den Ferien nach Italien lassen würde – und erst recht nicht mit der Freundin. Das passt nicht in sein konservatives Weltbild!«

»Du bist nicht das Problem«, entgegnete Paul nachdenklich, »sondern mein ziemlich bescheidener Notendurchschnitt in Bio, Chemie und Physik. Der alte Herr befürchtet, dass ich den NC für Zahnmedizin nicht schaffe – und er hat vielleicht gar nicht so unrecht!«

»Du bist realistischer geworden als noch vor zwei Tagen und gar nicht mehr so draufgängerisch«, lächelte Claudia versonnen. »Warum? Ich hätte ich mir so sehr gewünscht, vom Galan meiner Träume entführt zu werden!«

Paul spürte den leicht sarkastischen Unterton, überging das aber geflissentlich. »Ich habe nachgedacht und glaube, dass ich mich dem väterlichen Wunsch nicht widersetzen kann; er hat sogar schon einen

Repetitor für die Ferien engagiert. Wenn ich den NC schaffe, könnten wir beide in Marburg oder Tübingen studieren, eine gemeinsame Bude beziehen und …«

»Moment, mein Prinz«, kam es nun deutlich schärfer zurück, »so schnell lässt du deine Träume sausen? Wer sagt denn, dass ich in Deutschland studieren will, und falls ja, dass wir beide auch einen gemeinsamen Studienplatz finden? Und wie wird mein Prinz reagieren, wenn der Herr Papa meint, ein Zusammenwohnen mit mir könnte dem Fortgang deiner Studien schaden. Fällst du dann auch wieder so schnell um?«

»Du bist ungerecht«, antwortete Paul beleidigt, »ich denke an unsere spätere Zukunft und du hängst an ein paar Wochen Urlaub …«

»Die Reise nach Italien war deine Idee«, fauchte Claudia, »und ich habe gerne zugesagt, weil ich es lieb fand, dass du meine Heimat kennenlernen wolltest. Unsere gemeinsame Reise ist mir sehr wichtig – ich lebe hier und heute und nicht mit einer vagen Option auf die Zukunft!«

Paul konnte dem nichts wirklich Ernsthaftes entgegensetzen; er wusste, dass Claudia Recht hatte. Schweigend schritten sie den Leinpfad entlang, jetzt aber schon deutlich weniger eng umschlungen. Doch als sie sich dem Mühlengraben näherten, um von dort Richtung Schule abzubiegen, fröstelte Claudia und drückte sich wieder etwas fester an ihren Begleiter: »Man hört gar nichts von der Leiche im Ententeich, die wir vorgestern Abend gefunden haben. Was schreibt die RuZ denn dazu?«

»Sie haben noch keine Ahnung«, meinte Paul, froh, einen ablenkenden Gegenstand gefunden zu haben. Doch hätte er seine Freundin besser gekannt, wäre ihm klar gewesen, dass das Thema noch lange nicht ausgestanden war. Und was beide nicht wissen konnten – bei der RuZ war man durchaus nicht so ahnungslos!

Etwa zu derselben Zeit marschierte H-U missmutig zu seinem Büro, ohne auch nur einen Blick an die Schönheit der aufknospenden Natur zu verschwenden. Nach dem Ende des kleinen Gelages in der ›Waldesruh‹ musste er gestern alleine nach Hause gehen, denn Lisa war müde. Und wenn Lisa müde ist, kann das nur zwei Gründe haben: Entweder sie ist wirklich müde oder etwas ist ihr über die Leber gelaufen! Es war eindeutig Letzteres! H-U hatte auf seine Angebetete gewartet und sich eine deutliche Abfuhr eingehandelt. »Erstens hast du mir zu viel getrunken und zweitens, ich gehe nicht mit einem Papagei ins Bett. Dein bunter Aufzug ist nur peinlich. Das mit der Fliege mag ein besonderer Tick sein, okay, aber in Sachen Farbkombination solltest du in Zukunft besser mich zu Rate ziehen!« Sprach's, fuhr nach Hause und ließ sich selbst durch die Aussicht auf eine besonders gute Flasche ›Cantus Avis‹ – Jahrgang 2006 – nicht aus der Reserve locken.

Bobby wartete im Büro bereits auf den Chef, denn es stand der geplante Besuch bei der RuZ an. Anna Nork hatte sich ebenfalls eingefunden und machte sich gerade auf den Weg zu Frau Funkel, während KOM Borkowski und PRA von Bennerle als Treffpunkt das Brauhaus verabredet hatten, um von dort aus Paula Penquitt aufzusuchen. Das Stammhaus der RuZ befand sich in der Nachbarstadt, aber ziemlich zentral, so dass sich die Benutzung der S-Bahn anbot. Zudem war der Dienstwagen schon wieder einmal in der Werkstatt. Knapp 20 Minuten später standen KHK Bader und Hilfspolizist Marek vor dem imposanten Portal des Zeitungsimperiums und waren reichlich verwundert, dass man sie nach Anmeldung beim Pförtner in die oberste Chefetage weiterreichte. Zwar hatte H-U vorher bei der Zeitung angerufen und um ein Gespräch in Sachen ›ungeklärter Todesfall Funkel‹ gebeten, dabei aber eher an den Chef der Logistikabteilung gedacht als an den Geschäftsführer der gesamten RuZ-Gruppe. Also schön, dachte sich der Kriminale, wenn man die Sache hier so hochhängt, hat man offensichtlich ein Eigeninteresse.

»Ich grüße Sie«, ließ sich eine joviale Stimme vernehmen. Diese kam aus einem riesigen Sessel hinter einem riesigen Schreibtisch am Ende eines riesigen Zimmers, in dem sich Besucher zunächst einmal ziemlich klein und verloren vorkamen. Das war natürlich der Zweck der Übung und wenn man dann noch die massige Gestalt des Geschäftsführers hinzunahm, wurde das Potential an vorgesprächlicher Verunsicherung weidlich ausgenutzt. »Bitte nehmen Sie Platz!« und »Kaffee oder Tee?« waren die nächsten Überraschungen, die auf die Kriminalen Eindruck machten. H-U und Bobby Marek folgten der einladenden Hand und setzten sich an den Konferenztisch vor ihnen, an dessen anderem Ende Bernd Seefelder Platz nahm.

»Wir sind im Dienst, vielen Dank!«, erwiderte H-U, obwohl er durchaus gerne einen Kaffee genommen hätte.

Bernd Seefelder war ein alter Fuchs. Er hatte eine Technikerlehre absolviert und war danach früh zur RuZ-Gruppe gekommen. Dort hatte er die klassischen Ressorts durchlaufen, war auch eine Zeit lang investigativer Reporter und hatte sich im Verlag hochgedient. Einige Abstecher in die Politik endeten für ihn unbefriedigend, da nicht gipfelführend, und danach galt sein gesamtes Interesse nur noch dem Wohlergehen des Verlagsimperiums, wobei er selbst naturgemäß auch nicht zu kurz kam. Er gewann die erste Runde im Begrüßungspoker mit einem Anruf ins Vorzimmer: »Frau Jakoby, bitte drei mal Kaffee für uns!«

Konversationen zwischen unbekannten Gesprächspartnern pflegen sich in der Regel – wie beim Sex – in einer Art Trilogie zu entwickeln. Zunächst das Vorgeplänkel: Es wird ein Thema gesucht und gefunden, das unpersönlich und allgemein verbindend ist, also meist das Wetter oder ein Highlight aus dem Sport und besser nicht die Politik, man weiß ja nie! So lernt man sich ein wenig kennen, baut Schranken ab und Vertrauen auf! Auf zweiter Stufe kommt dann einer der Gesprächspartner zum Thema, und zwar meist derjenige, von dem die andere Seite etwas will. Zu guter Letzt folgt der Abspann, etwas anders als beim Nachspiel oft schon im Stehen, und der fällt je nach dem Ergebnis des Gesprächs kurz oder lang, freundlich oder frostig aus.

»Also, wie fanden Sie unsere Jungs in Brasilien?«, leitete Seefelder gekonnt themenfern ein, »hat der Götze doch super gemacht, 113. Minute! Obwohl man ihn im Pott nicht mehr sehr mag, seit der den Millionenverlockungen aus Bayern erlegen ist.«

»Ja, tolles Spektakel«, pflichtete ihm H-U bei, »vor allem das Brasilienspiel! Wenn mir das einer vorher gesagt hätte, 7 : 1, ich hätte ihn für verrückt erklärt.«

»Und neben dem Titel auch noch 300 TEURO Siegprämie einstreichen …«, meinte Bobby, wurde aber sofort vom RuZ-Gesprächspartner gekontert: »… ist doch nur ein besseres Urlaubsgeld bei dem, was die ansonsten verdienen!«

»Na ja«, murmelte Bobby und dachte mit Wehmut an seine eigenen Gehaltsabrechnungen.

Der Kaffee kam, wurde stilgerecht in ›Maria weiß‹ serviert und Seefelder wechselte zur Gesprächsphase zwei: »Was kann ich für Sie tun?«

«Nun, mein Kollege Marek und ich ermitteln in einem ungeklärten Todesfall. Vorgestern Abend haben wir die Leiche von Karl Funkel geborgen, ein früheren Mitarbeiter der RuZ. Er war lange Jahre als Zeitungsausträger für Sie tätig und ist vor kurzem pensioniert worden. Können Sie uns etwas über ihn erzählen?«

»Ich kannte ihn nicht näher – wie und woran ist er denn gestorben?«

»Wir ermitteln noch und können nur sagen, dass er nicht eines natürlichen Todes gestorben ist.«

»Wie gesagt, ich kannte ihn nicht näher. Ich weiß nur, dass er kurz vor und vor allem nach seiner Verrentung gelegentlich in unserem Archiv gewesen ist – dort, wo wir die alten RuZ-Jahrgänge aufbewahren. Wir befürworten es sehr, wenn sich unsere Mitarbeiter zeitungsintern weiterbilden, und zwar auch noch in der Zeit nach ihrer aktiven Zeit«, lächelte der RuZ-Manager gewinnend.

»Was hat er dort wohl gesucht?«, fragte Bobby.

»Wie gesagt, ich nehme an, er stillte seinen Wissensdurst!«

»Welches Wissen wollte er denn vervollkommnen?«, fragte H-U weiter.

»Ich weiß es wirklich nicht«, entgegnete Seefelder leicht genervt, »fragen Sie doch selbst in unserem Archiv nach.«

»Ja, vielleicht sollten wir das tun«, sagte H-U und Bobby fügte einer intuitiven Eingebung folgend hinzu: »Bitte erlauben Sie mir noch eine Frage – warum empfängt uns der oberste Chef der RuZ-Gruppe in einem Kriminalfall, wenn er das Opfer gar nicht richtig kennt?«

Bernd Seefelder erhob sich steif und brachte seine imposante Statur in Stellung: »Es ist uns immer eine Verpflichtung und Ehre, die staatlichen Stellen bei ihren Ermittlungen bestmöglich zu unterstützen! Ich wünsche Ihnen viel Erfolg bei Ihren Recherchen!«

Gesprächsphase drei war eingeleitet und quasi auch schon abgeschlossen. Den Kriminalen blieb nur noch ein kurzes «Danke für den Kaffee« und schon wurden sie von Frau Jakoby, die wie von Geisterhand erschienen war, aus dem Zimmer geleitet. Im Rückblick sahen die Kriminalen den RuZ-Manager noch zum Telefon greifen und dann schloss sich die Vorstandstür.

»Schönes Büro ...«, meinte Bobby im Aufzug und H-U ergänzte: »... mit nichtssagendem Inhalt! Warum erklärt er uns, er kenne den Funkel nicht, um uns anschließend ans RuZ-Archiv zu verweisen?«

»Weil er wahrscheinlich davon ausgeht, dass wir Funkels häufige Besuche im Archiv sowieso herausfinden würden. Was mag er dort gesucht haben?«

»Das solltest du ergründen, Bobby. Nutze dabei die Gelegenheit, deine eigenen Wissenslücken zu füllen«, lachte H-U. »Und frage den Archivar vor allem, seit wann und wie oft Karl Funkel vor und nach der Pensionierung dort gewesen ist und ob er gefunden hat, wonach er gesucht hat. Ich fahre zurück ins Büro und schaue, was der Rest der Truppe zu berichten hat.«

XI.

KOM Borkowski hatte sich pünktlich in der ›Waldesruh‹ eingefunden, um PRA von Bennerle abzuholen, und war überrascht, dass dieser noch seelenruhig beim Frühstück saß. »Setzten Sie sich und trinken Sie einen Kaffee mit mir«, wurde er freundlich empfangen, »ich liebe Kaffee.«

Seinem »Ich habe schon gefrühstückt!« wurde ein »Papperlapapp!« entgegengeschleudert. »Die andern trinken jetzt im RuZ-Hauptquartier auch Kaffee und unsere Ermittlungen werden nicht schlechter, bloß weil wir noch ein Heißgetränk zu uns nehmen.«

Borkowski setzte sich. »Noch einmal herzlichen Dank für die großzügige Einladung gestern. Das war wirklich ein toller Abend!«

»Ja, finde ich auch«, entgegnete von Bennerle. Die Serviererin brachte ohne Umschweife ein weiteres Kaffeegedeck und der Frühstückende fuhr fort: »Ich freue mich auf unsere Zusammenarbeit – ich heiße Enno« und hielt seinem Gegenüber die ausgestreckte Hand hin.

KOM Borkowski, nicht immer der flinkste im Erfassen neuer Situationen, nahm die dargebotene Hand mechanisch und stammelte verdutzt: »Vielen Dank!«

»Wofür? Willst du mir nicht deinen Vornamen verraten?«

»Tschuldigung, ich heiße Friedel«, und ein Strahlen huschte über Borkowskis Gesicht. Damit hatte er nun wirklich nicht gerechnet, ein PRA und er im vertrauten ›Du‹.

»Ein guter Name«, sagte von Bennerle und schluckte den letzten Frühstücksbissen hinunter, »kommt aus dem Althochdeutschen und heißt so viel wie ›der Friedliche‹!«

»Ja, und hat nichts mit Friedhof zu tun«, lachte sein Gegenüber befreit.

»Doch, auch das Wort ›Friedhof‹ kommt letztlich aus derselben Ecke«, gab von Bennerle zu bedenken, ohne sich jedoch näher mit den etymologischen Wurzeln des Begriffs auseinanderzusetzen.

»Und woher kommt der Name ›Enno‹?«

»Kurzform von Eginhard, ist ein alter ostfriesischer Name, so wurden früher oft die Häuptlinge genannt. Frei übersetzt ist das der, der mit dem Schwert kämpft! Also sieh dich vor«, lachte von Bennerle breit. »Aber jetzt – auf zu Frau Penquitt!«

Enno und Friedel, die neuen Duzfreunde, verließen die ›Waldesruh‹, überquerten die Straße und standen gleich vor dem Kiosk der Paula Penquitt. Sie hatte ihr morgendliches Stoßgeschäft schon hinter sich und sah geschafft aus, die gute Frau; zudem verrieten ihre rot geränderten Augen deutlich, dass sie inzwischen vom Tode ihres Gehilfen Karl Funkel erfahren hatte. »Aha, die Polizei«, stöhnte die Kioskbesitzerin und musterte KOM Borkowski kritisch, »ich hatte gestern schon so ein komisches Gefühl, als Sie hier rumgeschnüffelt haben. Was ist denn mit meinem guten Karl passiert?«

»Tja, das wüssten wir auch gerne; wir hoffen, dass Sie uns weiterhelfen können«, entgegnete KOM Borkowski. »Wann haben Sie Karl Funkel zuletzt gesehen?«

»Das war am späten Sonntagnachmittag. Er hilft mir abends immer beim Wegräumen der Kisten. Wissen Sie, für mich ist das nach einem langen Arbeitstag eine ziemliche Last. Und wer soll mich nun in Zukunft unterstützen?« Ein Schwall von Tränen schoss aus Paula Penquitts Augen, doch sie fing sich augenblicklich wieder. »Sonntags mache ich immer später auf, weil es kein Brötchengeschäft gibt, und schließe auch früher, denn wer kauft abends noch am Kiosk ein? Obwohl …« Paula lächelte verschwörerisch, »… Sie glauben gar nicht, wie gut das Fuselgeschäft am Sonntag läuft!«

»Das … was?« echote von Bennerle ziemlich verständnislos.

»Der Verkauf von Korn und anderem Hochprozentigen! Oft sitzen die Leute am Samstagabend vor der Glotze, ärgern sich über's Programm oder die Familie und trinken einen über den Durst. Dann merken sie nach dem Aufwachen, dass die Bar leer ist. Und da man Nachschub braucht, um den Pegel auf erhöhtem Stand zu halten, wird schnell eine neue Pulle Schnaps gekauft. Und das macht man wo?«, fragte sie, mehr rhetorisch. »Natürlich nicht da, wo man wohnt, sondern außerhalb – also bei mir oder einem anderen Kiosk am Stadtrand!«

»Und wie war das nun am Sonntagnachmittag?«

»Nachdem wir den Laden aufgeräumt hatten, saßen wir noch kurz zusammen. Karl bekam dann wie üblich seine Flasche Bier und ich habe ihm den Lohn der vergangenen Woche ausgezahlt.«

»Können wir die Lohnunterlagen einmal einsehen?«, fragte KOM Borkowski.

»Tja«, druckste Paula Penquitt sichtlich nervös, »die liegen bestimmt alle beim Steuerberater und es war ja auch nie besonders viel, 100 Euro die Woche oder so. Wenn Sie unbedingt darauf bestehen, müsste ich einmal suchen und ...«

»Okay«, kürzte von Bennerle diese Diskussion ab, »wir sind nicht von der Steuerfahndung; offensichtlich war Herr Funkel nur eine Aushilfe! Und wann hat er sich von Ihnen verabschiedet?«

»Ganz normal, so gegen 17 Uhr ist er nach Hause gegangen. Die Funkels wohnen ja hier in der Nähe.«

»Und weiter?«, lauerte KOM Borkowski.

»Nix weiter, habe ich Ihnen doch schon gestern erzählt. Am Montagmorgen sollte er mir Brötchen mitbringen, er macht doch immer frühmorgendliche Gesundheitsspaziergänge, das frühe Aufstehen ist er als Zeitungsbote gewöhnt, aber er kam nicht. Hier standen die Kunden Schlange und ich hatte keine Brötchen. Dann kam die Fa. Meckerland mit dem neuen Sortiment und spätnachmittags die neue Getränkelieferung – doch von meinem Gehilfen keine Spur! Jetzt weiß ich natürlich«, ein lauter Schluchzer, »warum er nicht gekommen ist.«

»Wie war er, der Karl Funkel?«, fragte von Bennerle die sich wieder beruhigende Kioskbesitzerin. »Hatte er Feinde?«

»Nein, nicht dass ich wüsste. Karl war freundlich und immer hilfsbereit, ich habe ihn als ganz zufriedenen Menschen in Erinnerung. Manchmal ein bisschen eigenwillig vielleicht …«

»Inwiefern?«, fragten beide Kriminale wie aus einem Mund.

»Er war doch jetzt Rentner und seine Frau auch, da hätten sie doch gut verreisen können. Eva, seine Frau, hatte einen großen Traum: Sie wollte einmal ans Mittelmeer. Italien oder Spanien oder vielleicht auch nur Mallorca, aber Karl klebte wie eine Kartoffel an der Scholle. ›Ich habe genug mit den Ruhrauen‹, sagte er immer, ›und mit meinen beiden Frauen, was soll ich verreisen?‹« Paula kicherte: »Damit meinte er Eva und mich, aber mich natürlich nur als seine gelegentliche Arbeitgeberin. Nicht, dass Sie was Falsches denken!«

»War er jeden Tag hier?«, fragte von Bennerle weiter.

»Ja, fast jeden Tag, vor allem morgens, denn er brachte mir doch stets die guten Klötsching-Brötchen mit. Und nachmittags half er mir gelegentlich mit den schweren Bierkästen. Ich weiß wirklich nicht, was ich jetzt ohne ihn machen soll«, brach ein erneuter Tränenschwall aus der tüchtigen Geschäftsfrau.

»Sie werden schon einen neuen Gehilfen finden«, tröstete KOM Borkowski sie, »vor allem dann, wenn sie gut und korrekt bezahlen!«

Diese letzte Spitze überhörte Paula Penquitt geflissentlich und die beiden Beamten wandten sich zum Gehen, blieben aber noch einmal stehen, weil es aus dem Kiosk scholl: »Und was mache ich jetzt mit den Steinen?«

»Herrgott, welche Steine?«

»Na, die von Karls Sammlung!«

»Wo sind die Steine, dürfen wir die Sammlung einmal sehen?«

»Klar, kommen Sie durch!« Die Geschäftsfrau winkte die beiden durch den Kiosk und führte sie in einen kleinen Mini-Garten, der allerdings mit Kisten und Kasten ziemlich vollgepackt war. Am Ende fand sich eine lichte Stelle und dort lagen ca. 50 verschiedene Gesteinsproben und Erdhäufchen, fein säuberlich voneinander getrennt und mit kleinen in Plastik eingeschweißten Zettelchen versehen. Das pittoreske Areal war nicht größer als maximal 2 x 2 m.

»Donnerwetter!«, rief KOM Borkowski. »Welche Überraschung!«, äußerte sein Kollege. »Wo kommt das her?«

»Das hat der Karl gesammelt. Er hilft mir seit seiner Pensionierung, aber die Steinchen hat er zum Teil schon vorher angeschleppt. Er brachte sie fast immer nach den morgendlichen Spaziergängen an der Ruhr mit. Wenn Sie sich die Zettel anschauen, werden Sie darauf nur Zahlen finden, immer zwei Zeilen untereinander. In der oberen Zeile steht jeweils ein Datum, das habe ich schon selbst rausgefunden. Aber die Zahlen darunter – keine Ahnung!«

»Haben Sie ihn nie gefragt, warum er diese Sachen sammelt, wo sie herkommen und was die Zahlen zu bedeuten haben?«

»Doch, schon«, sagte Paula Penquitt gedehnt, »aber der Karl hat immer so ein Geheimnis daraus gemacht. ›Kann ich dir noch nicht sagen‹ oder ›Es ist besser, wenn du nichts weißt‹ oder ›Eines Tages wirst du es erfahren‹ – das waren seine Standardsprüche. Was sollte ich da groß nachfragen? Hauptsache, er hat seine Arbeit bei mir erledigt, da hat mich sein Kräutergärtchen nicht weiter gestört.«

PRA von Bennerle hatte sein Smartphone gezückt und war fleißig dabei, den ganzen Steingarten sowie einzelne Exponate zu fotografieren. Auch er konnte sich noch keinen Reim aus dem Fund machen. Was mochten die Zahlenkolonnen unter den Daten bedeuten, z.B. ›7289 – 4‹ oder ›7291 – 12‹? Er war wild entschlossen, dieses Geheimnis zu lüften, und hatte das unbestimmte Gefühl, in diesem Steingarten den Schlüssel zur Lösung des Todesfalles Karl Funkel zu finden.

»Sie lassen hier alles unverändert, kein Steinchen entfernen und nichts hinzufügen«, sagte KOM Borkowski und fühlte sich wieder einmal ganz wichtig. »Wir werden ein paar Experten schicken und das alles untersuchen lassen!«

»Genau so«, pflichtete ihm von Bennerle bei, »das ist wichtiges Beweismaterial!« Und dann verließen die beiden Kriminalen den Kiosk und ließen eine ziemlich verunsicherte Paula Penquitt zurück.

XII.

Anna Nork stand vor dem kleinen und etwas in die Jahre gekommenen Bergmannshaus und sie kannte seinen Grundriss genau, obwohl sie noch nie die Eingangstür durchschritten hatte. Sie war in einem sehr ähnlichen Haus groß geworden, denn ihr Vater war selbst unter Tage eingefahren und hatte noch als Scheidejunge gelernt, Erz vom tauben Gestein zu trennen. Nach einigen Jahren als Hundtstößer – eine Art Transportarbeiter im Bergbau – hatte er die Hauerprüfung abgelegt und dann jahrelang wertvolle Kohle abgebaut. Da er genügend bergmännische und technische Kenntnisse besaß und gut Menschen führen konnte, wurde er schon mit 30 Jahren zum Oberhauer befördert und einige Zeit später sogar zum Fahrhauer. Damit hatte Vater Nork die Spitze der bergmännischen Karrierestufe erklommen. Er liebte seinen Beruf, aber auch er war ein Opfer der Silikose geworden, jener tückischen Berufskrankheit der Bergleute, die durch Einlagerung von Staub in der Lunge entsteht und die Respiration von Sauerstoff immer schwieriger macht, bis man am Ende elendig erstickt. Anna hatte das schreckliche Husten und Röcheln des Vaters bis heute noch in den Ohren.

Bergmannshäuser wurden in der Regel in 1½-geschossiger massiver Bauweise mit Ziegelfassade errichtet, weisen Wohnflächen von 70 – 80 qm auf und sind manchmal sogar teilunterkellert. Der Eingang mündet in einen winzigen Flur, rechts das Wohnzimmer, geradeaus die Küche und links eine steile Treppe nach oben zum Eltern- und Kinderschlafzimmer. Unter der Treppe versteckt sich das Bad, besser gesagt eine enge Toilette nebst Mini-Handwaschbecken. Bei Doppelhäusern passt sich eine weitere Wohnung spiegelverkehrt an. Hinter dem Häuschen schließen sich der Stall – Heimstatt des fetten Schweines, welches bei festlichen Anlässen dran glauben musste und am nächsten Tag schon durch ein junges Ferkel ersetzt wurde – und sodann der Garten an, in dem Gemüse gezogen wurde und ein paar kümmerliche Obststauden standen. Wer – wie Vater Nork – beruflich Erfolg hatte, zeigte das auch gern, indem er sich ein paar Ruhrgebiets-Rennpferde hielt. Dann musste sich das Schwein den eh' schon engen Verschlag mit einer Reihe gurrender und flügelschlagender Tauben teilen. Diese Brieftauben erfüllten verschiedene und insgesamt sehr nützliche Zwecke: Sie legten Eier zum Frühstück und wurden zum Ende ihres Lebens leckere Beute für die bergmännische Bratpfanne, doch zuvor trugen sie auch zum Familieneinkommen bei, indem sie besonders schnell flogen und dadurch Preise für ihren Besitzer gewannen.

Anna Nork wusste also genau, wie das Funkel'sche Heim zugeschnitten war und was sie erwartete, auch wenn Karl Funkel zeitlebens nur Zeitungsausträger und selbst niemals eingefahren war. Sie kannte die Funkels nicht, doch sie konnte einiges über das Leben der Funkels erahnen, kleine Verhältnisse prägen eben nicht unerheblich Lebensart und Charakter! Die Wohn- und Lebensstrukturen im Ruhrgebiet der Bergmannszeit folgten quasi einem umgekehrten ›Feng Shui‹: Soll in der taoistischen Lehre eine Harmonisierung des Menschen mit seiner

Umgebung durch die besondere Gestaltung der Wohn- und Lebensräume erreicht werden, so waren die beengten Lebensverhältnisse der Bergleute und der Arbeitsstress unter Tage oft genug Anlass für das Gegenteil – für Disharmonie und Aggressionen.

Gedankenverloren klingelte PMA'in Nork an der Funkel'schen Haustür und sah sich kurze Zeit später einer Witwe gegenüber, die über den Besuch nicht überrascht zu sein schien und freundlich lächelnd

»Kommen Sie herein!« sagte. »Ich habe Sie schon erwartet, gibt es Neues zum Tode meines Mannes?«

»Noch nicht«, entgegnete die Polizistin und wunderte sich ein wenig über das Auftreten ihres Gegenübers. Eva Funkel war dunkel, aber nicht schwarz gekleidet und ihre Augen zeigten deutlich, dass der Schicksalsschlag sie schwer getroffen hatte. Doch in ihrem Blick lag keine tiefe Verzweiflung, sie war ungebrochen und mit ihrer Körperhaltung drückte sie Standhaftigkeit und Überlebenswillen aus.

»Karl war mein absoluter Lebensmittelpunkt«, führte sie ungefragt aus, »der ganze Tagesablauf drehte sich um ihn. Morgens ging er sehr früh aus dem Haus, drehte seine Runden, brachte Paula die Brötchen, frühstückte dann mit mir und ging anschließend regelmäßig bis mittags wieder zum Kiosk. Zum Essen kam er nach Hause und hielt hier auch ausgiebig Mittagsschlaf, aber dann riefen ihn wieder die Geschäfte.«

»Welche Art von Geschäften waren das?«

»Nichts Besonderes! Meist half er nachmittags erneut bei Paula aus, dann kamen oft die großen Bierlieferungen, aber manchmal ging er auch zu Karl-Rainer, dem Tüftler, und blieb dort bis in den späten Abend. Oft schlief ich schon, wenn er heimkam.«

»Karl-Rainer – wer?«

»Karl-Rainer Seniorus, ein alter Kumpel von Karl. Er wohnt drüben im Roten Bahnhof, in der Abfertigungshalle des ehemaligen Güterbahnhofs. Früher führte hier doch die alte Bahnlinie vorbei, als der Treidelverkehr auf der Ruhr zum Erliegen gekommen war und es statt dessen viele Viehtransporte auf der Schiene gab. In den 60er Jahren wurde aber auch diese Verbindung eingestellt und heute ist nur noch der alte Güterbahnhof von dieser Zeit übrig. Karl-Rainer hat ihn gekauft oder gemietet, ich weiß es nicht, knallrot angemalt und tüftelt da nun an mancherlei Erfindungen. Wir kennen ihn schon lange, obwohl er ein richtiger Einzelgänger ist, aber mit Karl war er echt befreundet. Die hatten sich immer was zu erzählen und vielleicht weiß er sogar mehr als ich, was für die Ermittlungen wichtig sein könnte.« Ein paar kleine Tränchen kullerten über Evas gerötete Wangen.

»Tut mir leid, Frau Funkel«, versuchte Anna Nork einen schwachen Trost, »wissen Sie mehr darüber, was die beiden im Roten Bahnhof bekakelt oder geplant haben?«

»Keine Ahnung, ich habe das aber auch nicht für so wichtig gehalten, Männergespräche eben!«

»Okay! Noch eine Frage: Sie haben eben ausgesagt, dass Karl regelmäßig zum Frühstück und Mittagsschlaf nach Hause kam. Am Montag war das aber offensichtlich anders: Er ging wie üblich früh aus dem Haus, kam aber nicht zum Frühstück, auch nicht zum Mittagessen und selbst am Abend sind Sie alleine zu Bett gegangen. Das war doch wohl nicht normal? Wieso haben Sie ihn nicht schon mittags vermisst?«

»Das habe ich doch schon dem Kommissar erklärt«, schluchzte Eva Funkel, »Karl war am Montag fast den ganzen Tag bei Paula Penquitt, er wartete auf die Fa. Meckerland und abends sollte er noch die neue Getränkelieferung annehmen, die Paula bestellt hatte. Dabei ist es wohl etwas später geworden; ich habe deshalb nicht mit dem Abendbrot auf ihn gewartet und bin früh ins Bett gegangen. Außerdem war ich mittags selbst zum Essen eingeladen. Erst am Dienstagmorgen habe ich dann gemerkt, dass sein Bett völlig unberührt ist.«

»Das Problem ist nur, dass Ihr Karl am Montag bei Paula Penquitt gar nicht aufgetaucht ist. Er hat weder morgens die Brötchen gebracht noch nachmittags die Fa. Meckerland abgefertigt und auch abends keine Getränkelieferung angenommen.«

Eva Funkel starrte ihr Gegenüber mit offenem Mund an. »Aber … wie … das kann doch gar nicht sein!« Die totale Überraschung der Witwe war offensichtlich echt – oder blendend gespielt.

Anna Nork entschloss sich, von ersterem auszugehen. »Ihr Mann ist schon am frühen Montagmorgen ums Leben gekommen und hat dann etwa 10 bis 12 Stunden im Wasser gelegen, bevor wir ihn gefunden haben. Er konnte also gar nicht im Kiosk aushelfen. Und – es war bestimmt kein Unfall!«

Ein »Mein Gott!« war alles, was die bleiche Frau entgegnen konnte. Sie war erregt aufgesprungen, schwankte dann leicht und drohte den Boden unter den Füßen zu verlieren. PMA'in Nork griff ihr unter die Arme und setze sie behutsam wieder in den abgenutzten Fernsehsessel. Dabei fiel ihr Blick über den schräg stehenden Couchtisch auf einen bunten Reisekatalog; aufgeschlagen waren Angebote für Thailand. »Sie wollen verreisen?«, fragte sie überrascht.

»Nein, nein, ich schaue mir nur bunte Bilder aus fernen Ländern an. Karl war so bodenständig und ich hätte gerne einmal im Leben eine Fernreise gemacht«, seufzte Eva Funkei. Offensichtlich war ihr das Thema peinlich, denn sie lehnte sich über den Couchtisch und schlug schnell den Reisekatalog zu. »Wer soll ihm denn etwas angetan haben?«

»Das wissen wir nicht, noch nicht«, dehnte die Polizistin ihre Antwort. »Aber wir werden es herausfinden, eine solche Tat darf nicht ungesühnt bleiben! Noch 'ne Frage: Sie haben gesagt, Sie seien am Montag zum Mittagessen eingeladen gewesen – wo und von wem?«

Eine leichte Röte überzog das Gesicht von Eva Funkel. »Ich war mit Karl-Rainer beim Italiener in der Oberstadt, in der Casa Todalo. Die haben immer so herrliche selbstgemachte Nudeln und der Fisch …«

»Senorius?«

»Ja, natürlich! Er ist nicht nur der beste Freund meines Mannes, auch wir verstehen uns sehr gut. Obwohl ich von seinen Tüfteleien rein gar nichts verstehe!«

»Okay, vielen Dank! Wenn sich etwas Neues ergibt oder noch Fragen sind, dann melden wir uns.«

Beide Frauen standen auf und gingen zur Haustür. Da fiel Anna Nork ein, dass sie einen besonderen Auftrag mitbekommen hatte, und sie fragte unvermittelt: »Hat der gute Karl eine Lebensversicherung zu Ihren Gunsten abgeschlossen?«

»Ja«, und die Stimme des Gegenübers blieb ruhig und gelassen, »so über 100.000 Euro, glaube ich!«

»Donnerwetter, ein rundes Sümmchen! Kann ich die Police einmal sehen?«

»Ich habe sie zum Bestatter mitgenommen. Der wollte alle wichtigen Dokumente haben, um die notwendigen Formalitäten zu erledigen. Wenn Sie die Urkunde haben wollen, kann ich …«

»Lassen Sie mal, wir kümmern uns später darum, wenn es wichtig sein sollte!«

»Jetzt habe ich auch noch eine Frage«, sagte Eva Funkel leise, »wann kann ich meinen Karl … also, ich muss mich doch um die Beerdigung kümmern.«

»Die kriminologischen Untersuchungen sind noch nicht ganz abgeschlossen. Wir sagen Ihnen Bescheid, sobald die Leiche … also, wenn Sie die Beerdigung veranlassen können.«

Dem gehauchten »Danke« schenkte PMA'in Nork nur noch einen flüchtigen Blick, weil es ihr selbst peinlich war, wie wenig sie den Umgang mit dem Tod und seinen Hinterlassenschaften im Griff hatte.

Anna Nork hatte sich früh für den Polizeivollzugsdienst in ihrer Heimatstadt entschieden und dies bis heute nicht bereut. Sie war jung, hübsch und ehrgeizig; sie hatte eine kleine 2½-Zimmer-Wohnung und lebte allein. Nicht, dass sie in Bezug auf Männer besonders wählerisch gewesen wäre, es war eben der Richtige noch nicht aufgetaucht. Natürlich trug auch der Schichtdienst als Polizistin wenig dazu bei, erfolgversprechende Männerbekanntschaften zu machen. Ihr imponierten nicht die Cowboys und Rambos, mit denen sie reichlich zusammentraf, sondern eher kluge Köpfe wie von Bennerle, wobei in diesem Fall das Äußere doch nicht so ganz ihren Vorstellungen entsprach. Als Alleinstehende nutzte sie jedenfalls den Rückweg zum Kommissariat, um noch schnell einige Einkäufe zu tätigen. Und dafür gab es in der Unterstadt nur eine Adresse – der Feinkostladen von Livre-Moulin! Untergebracht in einer kleinen und niedrigen ehemaligen Lagerhalle, verfügte dieses Mini-Warenhaus über ein schier unerschöpfliches Sortiment. Der drangvollen Warenenge geschuldet, musste man sich zwar stets zwischen Regalen unterschiedlicher Höhe zurechtfinden und täglich wechselnden Stellagen ausweichen, doch wer dieses Labyrinth einmal durchschaut hatte, wurde mit einem Füllhorn von Waren bester Qualität belohnt. Die Familie Livre-Moulin – von der Namensgebung her erkennbar französisch-hugenottischen Ursprungs – war einst vor den Schergen Ludwigs XIV. ins hessische Bad Karlshafen geflohen, um dort in Diensten des Landgrafs Carl beim Bau des großen Hafens zwischen Diemel und Weser mitzuhelfen. Nach der Verlandung des Hafens und dem weiteren Niedergang der Stadt – heute leider nur noch ein Schatten einstiger Pracht – machte sich die Familie gen Westen auf und gründete in den 20er Jahren des vorigen Jahrhunderts einen Tante-Emma-Laden in der Unterstadt. Mit hugenottischem Fleiß und der Beharrlichkeit eines Visionärs hatte ein Vorfahr der heutigen Eigentümer mit 60 qm Ladenfläche begonnen. Heute bedient Livre-Moulin auf einer zehn Mal so großen, aber immer noch viel zu kleinen Verkaufsfläche, doch das Sortiment und die Fachkunde des Personals sind noch immer unvergleichlich gut. Anna liebte diesen Laden und tätigte fast alle ihre Einkäufe hier. Sie zog auch heute wieder mit Pfadfinderblick durch Regale und Stellagen und verließ die Kasse mit zwei prall gefüllten Einkaufstüten, die sie schnell zu Hause abzustellen gedachte, bevor sie sich zum Rapport ins Kommissariat begab.

XIII.

»Ja, wen haben wir denn da?«

Bobby hatte sich nach dem Abschied von seinem Chef in das Untere des RuZ-Gebäudes begeben, wo das imposante Archiv des Zeitungsimperiums beherbergt ist. Man bewahrt dort nicht nur die gesammelten Ausgaben der eigenen und anderer lokaler Zeitungen auf, nummeriert und katalogisiert, sondern auch Exemplare fast aller überregionalen deutschsprachigen Journale seit 1949. Für die Durchführung von Recherchen ist das eine schier unerschöpfliche Fundgrube. Unumschränkter Herrscher dieses Schatzes war Gunter Kastor, ein großgewachsener und freundlich blickender Mittfünfziger, der nicht nur die Systematik seines Archivs meisterlich beherrschte, sondern gerne auch selbst Auskunft über längst vergangene Ereignisse erteilte. Ein junger Redakteur suchte neulich nach Hintergrundinformationen aus dem Leben und Wirken des ersten NRW-Ministerpräsidenten Rudolf Amelunxen, um seinen geplanten Bericht zum kommenden CDU-Parteitag abzurunden, und er musste vom Zerberus Kastor hören: »Bemühen Sie sich nicht weiter, Dr. Amelunxen war parteilos und die CDU stellte damals überhaupt keinen Landesminister. Schreiben Sie doch lieber darüber, dass im 1. NRW-Kabinett sogar zwei KPD-Mitglieder saßen. Und wofür die zuständig waren? Sie werden stauen, für Soziales und für den Wiederaufbau! KPD und Wiederaufbau, das ist doch 'ne echte Story …« Begleitet wurden solche Mini-Vorlesungen oft von einem mitleidig musternden Blick, der so manchen Informationssuchenden unverrichteter Dinge wieder abziehen ließ.

Gunter Kastor kam aus dem Halbdunkel des Archivs freudestrahlend und mit offenen Armen auf Bobby zu, der zunächst nicht so recht begriff, wie ihm geschah.

»Hey, alter Kumpel, erkennst du mich nicht mehr?«

Der Groschen fiel und Bobby entgegnete mit breitem Grinsen: »Wie könnte ich dieses freundliche Gesicht jemals vergessen?« Und in der Tat erinnerte er sich jetzt gut daran, dass sie beide eine Zeitlang auf dem Bau gejobbt hatten. Sie hatten damals die Zeit des Wartens überbrückt, denn Gunter Kastor konnte nicht sofort bei der RuZ landen und auch Bobbys Weg zur Polizei war – wie wir wissen – steinig und schwer. Sie waren sich von Anfang an sympathisch, allein schon deshalb, weil sie ihre beruflichen Lebensziele gerade nicht auf den zugigen Baustellen des Ruhrgebiets sahen. Später hatten sie sich aus den Augen verloren und umso größer war jetzt die Wiedersehensfreude.

»Du hast also doch noch deinen Traumberuf bei der Polizei gefunden«, stellte der Archivar fest, »Kripo oder Schupo?«

»Natürlich bin ich bei der Kripo, aber woher weißt du das? Sieht man mir das etwa an?«

»Wenn man einen Telefonanruf vom Chef bekommt, der vor zwei herumschnüffelnden Cops warnt, und unmittelbar danach tauchst du auf, mit wichtigen Gesicht, dann kann man leicht zwei und zwei zusammenrechnen.«

»Jetzt bin ich aber baff!« Das Erstaunen Bobbys war wirklich ehrlich. »Was hat er denn gewollt, der gute Seefelder, haben er oder die RuZ etwas zu verbergen?«

»Ich glaube nicht, dass hier irgendjemand irgendetwas vertuschen will, im Gegenteil – der Chef hat mir ausdrücklich aufgetragen, euch alles zu berichten, was ich über Karl Funkel und seine Nachforschungen im RuZ-Archiv weiß. Und dass der tot ist, ging ja groß durch die Gazetten. Aber ganz ehrlich«, Gunter Kastor senkte die Stimme und neigte das Gesicht verschwörerisch seinem alten Kumpel zu, »warum interessiert sich der oberste Zeitungsmann für das Treiben eines Rentners, der früher einmal Zeitungsausträger für ihn war?«

»Tja, das wissen wir natürlich auch nicht, noch nicht«, machte Bobby auf Wichtig, »aber fangen wir doch erst einmal damit an, wie oft der Funkel hier war und wonach er gesucht hat. Oder war er wirklich nur auf kostenlose persönliche Weiterbildung erpicht?«, scherzte Bobby.

»Wie oft – schwer zu sagen! In seiner aktiven Zeit habe ich ihn hier nie gesehen, sondern erst seit er pensioniert ist. Anfangs kam er ein Mal im Monat und zuletzt fast jede Woche, meistens zum Wochenende. Wir haben ein bisschen gequatscht, über alte Zeiten gesprochen und dann hat er sich alte Bände aus den fünfziger und 60er Jahren rausgesucht, die sich mit seinem früheren Zustellbezirk befasst haben – dort, wo er ja heute noch wohnt.«

»… gewohnt hat«, korrigierte Bobby Marek sachlich. «Weißt Du, wonach er gesucht haben könnte?«

»Ich habe keine Ahnung. Natürlich habe ich ihn ein paar Mal gefragt, was es denn für ihn so Wichtiges gäbe in unserem Archiv, aber er hat immer nur gemeint, er sei einer großen Sauerei auf der Spur, könne derzeit aber noch nichts verraten. Er blieb immer ein bis zwei Stunden, machte sich ein paar Notizen und zog dann wieder von dannen.«

»Merkwürdig, wonach kann er bloß gesucht haben? Zu Hause war er ein braver Ehemann, der allmorgendlich in alter Tradition seine Runden durchs Viertel zog, jetzt allerdings ohne die neueste RuZ-Ausgabe, und anschließend half er gerne in einem Getränke-Kiosk aus. Bodenständig, offenkundig gut verheiratet …«

»Mir fällt ein«, unterbrach ihn der Archivar, »dass er auch ein paar Mal in unserer Präsenzbibliothek war, wo wir häufig genutzte Nachschlagewerke, Fachliteratur und Arbeitsmaterialien aufbewahren – also alles, was ein guter Redakteur für seine Recherchen braucht.«

«Und, was für Bücher hat er ausgeliehen?«

»In einer Präsenzbibliothek gibt es nichts ausleihen. Ihr Sinn ist es doch, aktuelles und oft benötigtes Wissen immer vor Ort verfügbar zu haben. Deshalb habe ich auch keine Leihscheine oder ähnliches, aus denen man ersehen könnte, was er gerne gelesen hat – tut mir leid!«

»Okay, alter Freund, du hast mir schon ein bisschen weitergeholfen. Es war schön, dich wieder getroffen zu haben; melde dich, wenn dir doch noch was einfällt. Und«, lächelte Bobby verschmitzt, »merke dir in Zukunft, welche Zeitschriften und Bücher deine Kunden hier unten einsehen; die Polizei will alles wissen …«

»Gemacht, altes Haus!« Und als Bobby Marek fast schon aus der Tür war, rief ihm Gunter Kastor noch hinterher: »Fast hätte ich's vergessen, aber deine Leiche war sogar einmal beim höchsten Chef persönlich!«

»Bei Bernd Seefelder?«, echote es von der Tür und schon stand Bobby wieder mitten im Raum. »Wann, warum, wieso, wie lange …?«

»Keine Ahnung! Ich weiß nur, dass er mich einmal um eine telefonische Verbindung in die Chefetage bat und mit Frau Jakoby telefoniert hat …«

»… der Vorzimmerdame von Seefelder!«

»Genau! Er wollte einen Gesprächstermin beim Geschäftsführer und was soll ich sagen – er hat ihn auch bekommen« triumphierte Kastor.

»Weißt du noch, wann genau das war?«

»Ich habe mich zwar gewundert, dass der Seefelder einen ehemaligen Zusteller in seinem Büro empfängt, wollte dann aber doch nicht so neugierig sein. Das Ganze muss sich wohl vor ein oder zwei Monaten abgespielt haben!«

Bobby Marek dankte noch einmal gedankenverloren und ließ einen ebenfalls nachdenklich gewordenen Archivar zurück.

Die Abiturklasse hatte heute wegen der Lehrerkonferenz etwas früher Schluss, was die betroffenen jungen Leute indes nicht zu einem sofortigen Aufbruch nach Hause nötigte. Im Gegenteil, die Oberstadt hielt für solche Gelegenheiten wunderbare Angebote bereit: Für die etwas forscheren Jungs führte der Weg meist in eine der beiden am Schulweg gut drapierten Kneipen, das ›Kreuzbubeneck‹ oder den ›Teufel im Kaktus‹. Woher diese obskuren Namen stammten? Nun, im ersteren Etablissement thronte über dem Eckstammtisch das lebensgroße Abbild des höchsten deutschen Skat-Buben und in der anderen Lokalität lud ein leidvoll dreinblickender Cowboy an die Theke, dessen Hinterteil offensichtlich von den Stacheln eines riesigen Saguaro malträtiert worden war. Beliebt waren zudem das etwas abseits gelegene ›Treppchen‹ mit seinem wunderbaren Biergarten und der ›Brückenwächter‹, letzterer etwas verrufen und schon am Tor zur Unterstadt gelegen. Die Wirte hatten sich tagsüber auf das Schülerpublikum eingestellt, achteten jedoch peinlich darauf, möglichst nichts Hochprozentiges auszuschenken, um ihre Lizenz nicht zu gefährden. Trotzdem kam es gelegentlich zu heftigen Trinkgelagen, an deren Ende nahezu gehunfähige Pennäler durch die Straßen und Gassen der Oberstadt wankten und ihren erschütterten Eltern ein Bild des Grauens boten. Nur zu gerne hatten diese schon vergessen, dass sie selbst einmal jung waren und Gefahren dieser Art ebenfalls gesucht hatten …

Paul, der hoffungsvolle Zahnarztnachwuchs, gesellte sich gerne zu dieser Gruppe junger Männer, hielt sich aber bei den vielfältigen Versuchen, den Grad der bereits erreichten Männlichkeit an der Menge des zu vertragenden Alkohols zu messen, auffällig zurück. Zum einen kam es ihm absolut uncool vor, betrunken durch die Stadt zu torkeln, und zum anderen wurde ihm von zu viel Alkohol regelmäßig so schlecht, dass er Tage leiden musste. Und heute wollte er ganz auf Gerstensaft verzichteten, denn Freundin Claudia hatte ihn zum Eis eingeladen. Freie Stunden nach Schulschluss verbrachten die angehenden Abiturientinnen – von wenigen ›trinkfesten‹ Amazonen abgesehen – nicht in einer der In-Kneipen der Oberstadt, sondern im ›Praliné‹ oder in ›Paolo's Eiscafé‹. Früher war das Eiscafé der Platzhirsch für Süßes in der Oberstadt gewesen, wenn man einmal vom ›Café Entengrütze‹ am Scheideweg zur Unterstadt absah, denn seine Eisbecher waren phänomenal und die Preise moderat. Nach der Neueröffnung des ›Praliné‹ verlagerte sich das Publikum ein wenig; die schokoladigen Angebote des neuen Cafés, sein Ambiente und die Vielfalt der Kaffeesorten lockten vor allem junge Leute an. Bei so viel Positivem sah man gerne darüber hinweg, dass der geschwätzige Inhaber des ›Praliné‹ aus Köln zugezogen war und nicht unbedingt zu den größten Sympathieträgern in der Stadt zählte; trotzdem hatte man ihn zum Interessenvertreter der Selbständigen in der Oberstadt ernannt. Ganz anders Paolo, Claudias Vater und Betreiber des gleichnamigen Eiscafés – ihn kannte und schätze man seit Jahren und er war bald schon zu einer Art ›Vorzeige-Migrant‹ in der Oberstadt geworden. Paolo hatte die neue Konkurrenz im Übrigen gut angenommen und sein Sortiment zwischenzeitlich erheblich ausgebaut; durch das Angebot typischer italienischer Tramezzini, Ciabatte und überbackener Toaste sowie die Erweiterung seiner Außensitzplätze konnte er sich als neues Frühstückscafé etablieren und zudem als Straßencafé zumindest im Sommer wieder verlorenes Terrain zurückgewinnen.

Paolo hatte seine Tochter am gestrigen Abend noch einmal ins Gebet genommen und ihr getreu seinem Motto ›Lieber ein paar Eisbecher investieren als die Tochter nachts in der Disco suchen!‹ nahe gelegt, ihren Freund Paul doch wieder einmal zum Eis einzuladen. Diese Gelegenheit war schneller gekommen als gedacht und nun saßen beide vor einem besonders großen Eisbecher. Paul mochte Claudias Vater und fühlte sich auch nicht mulmig, als dieser sich dem jungen Paar zugesellte.

»Na, heute früher Feierabend gehabt?«, fragte der Eiscaféchef jovial.

Claudia hielt sich klug zurück und ließ ihren Galan den Gesprächsfaden aufnehmen: »Ja, Lehrerkonferenz – da durfte die Abiturklasse etwas früher nach Hause. Und mir hat das zusätzlich einen schönen großen Eisbecher beschert«, lächelte Paul, um dann ernster fortzufahren: »Herr Carfiola, darf ich Sie etwas fragen? Ich würde in den Ferien gerne mit Claudia zwei Wochen nach Italien fahren, um das Heimatland meiner Freundin näher kennen zu lernen. Mein Vater hat mir das strikt verboten, angeblich wegen meines schlechten Notendurchschnitts. Würden Sie das Ihrer Tochter auch verbieten?«

»Das ist eine schwierige und komplexe Frage, denn es gibt vieles zu bedenken. Erstens: Dein Notendurchschnitt, lieber Paul, ist offensichtlich nicht der beste und dein Vater fürchtet wohl zu Recht, dass du nicht Medizin studieren und später die Praxis übernehmen kannst. Zweitens: Claudia ist noch nicht volljährig und da lässt ein Vater seine Tochter nur sehr ungern ›ins Ungewisse‹ ziehen. Drittens: Ihr kennt euch beide noch nicht sehr lange, die Liebe ist noch jung und ungefestigt; was passiert, wenn ihr euch im Urlaub streitet? Sich in der Schule und in der Freizeit zu verstehen ist etwas anders als zwei Wochen lang im Ausland aufeinander zu hocken! Aber auch viertens: Ihr wollt intensiver zusammen sein, die Gemeinsamkeit erproben und eure Liebe testen – wie ginge das besser als in einem ›Paese d'amore‹? Echt verzwickt, was würdest du an meiner Stelle tun, Paul?«

Paul ging erst gar nicht auf diese Frage ein, sondern polterte schon los: »Ich will nicht immer nach meines Vaters Pfeife tanzen, sondern meinen eigenen Weg …«

»Lentamente, lentamente!«, unterbrach Paolo diesen Ausbruch, »es ist immer uncool, sich von seinen Emotionen leiten zu lassen, wenn kluges Nachdenken angezeigt ist. Beantworte bitte meine Frage und ziehe dabei in Erwägung, dass es nicht nur Schwarz und Weiß gibt!«

»Das verstehe ich nicht«, entgegnete ein sichtlich zurecht gestutzter Heißsporn, »entweder Claudia und ich fahren gegen väterlichen Rat nach Italien und es gibt einen Heidenärger oder wir kuschen und ich verliere die Achtung vor mir selbst und Claudias Liebe obendrein.«

»Lass uns das Problem doch einmal rein taktisch angehen, ohne Vernebelung durch unsere Gefühle«, dozierte Paolo und wurde dabei von Tochter Claudia misstrauisch beäugt. »Wer will was von wem? Claudia und du möchten verreisen und die große Freiheit genießen, Vater Dr. Lahnstedt möchte dich in den Sommerferien ins naturwissenschaftliche Repetitorium stecken, bietet dir aber einen ziemlich teuren und von dir ungeliebten Ausgleich bei Tante Auguste in den USA an und Vater Carfiola ist sehr darum bemüht, dass es seiner Tochter gut geht. Nun?«

Paul feixte: »Ich verstehe – Tante Auguste soll mit Vater Carfiola durch die Staaten reisen, Claudia derweil das Eiscafé führen und Paul mit Papa Lahnstedt und dem Repetitor büffeln!«

»Okay, das wäre eine Alternative, aber natürlich nicht die für alle Seiten zufriedenstellendste, wobei ich deine Tante gar nicht kenne. Aber denke doch einmal weiter und öffne deine Augen. Schon die Chinesen haben vor über 2000 Jahren die unterschiedlichsten Überlistungstechniken entwickelt, ihr Kernsatz lautete: ›Alle Kriegskunst beruht auf Täuschung‹. Besonders bekannt sind aus damaliger Zeit die 36 Strategeme, die auf den klugen General Tan Dao Ji zurückgehen sollen. Diese Liste unterschiedlicher Verhaltensmuster ist super interessant und natürlich auch heute noch brandaktuell. Das 36. Strategem heißt: ›Weglaufen ist die beste Methode‹. Ich gebe zu, das hilft uns hier nicht weiter. Oder Strategem Nr. 31 ›Die List einer schönen Frau einsetzen‹, auch damit werdet ihr eure verfahrene Situation nicht lösen können. ›Hinter dem Lächeln den Dolch verbergen‹ – Strategem Nr. 10 ist absolut nicht zielführend. Aber ganz am Anfang der Liste, da finden wir das wunderbare Strategem Nr. 1: ›Den Kaiser täuschen und das Meer überqueren‹. Hintergrund – der Kaiser soll gegen seinen Willen dazu gebracht werden, das Meer zu überqueren, indem man ihn in ein Haus am Meer einlädt, das in Wirklichkeit ein Schiff ist. Also, welches Schiff könnt ihr beiden Vater Lahnstedt und mir anbieten?»

Der italienische Eiscafébesitzer beendete seine Vorlesung, lehnte sich zufrieden zurück und schaute in zwei völlig entgeisterte Augenpaare. Pauls »Ich verstehe nicht recht …« folgte ein langgezogenes »Papaaaa?« aus Claudias Mund, gefolgt von einem »Was haben wir mit Chinesen zu tun?«

Inzwischen hatte sich das Café weiter gefüllt und Paolo half der Kellnerin beim Servieren. Mit einem Auge schielte er immer wieder in Richtung Tochter und Freund, die ziemlich ratlos miteinander tuschelten, aber wohl zu keinem Ergebnis kamen. Paul schien ohne Erkenntnis und Claudia war verunsichert, denn so dozierend hatte sie ihren Vater noch nie erlebt.

Nach einer gefühlten Ewigkeit erschien Paolo mit drei Espresso und setzte sich wieder zu seinen Kindern. »Also, was meint ihr?«, fragte er scheinheilig.

Paul ergriff wieder das Wort und sagte einfach: »Herr Carfiola, wir verstehen Ihre Strategeme nicht, was sollen wir daraus lernen?«

»Aber das ist doch ganz einfach: Erstens – Paul büffelt in den Sommerferien, wie von Vater Dr. Lahnstedt gewünscht, für einen besseren Notendurchschnitt; das ist vernünftig und richtig. Zweitens – die Kinder fahren, was beide Väter befürworten, nicht gemeinsam nach Italien zum dolce vita. Drittens – Paul fährt nicht nach Amerika zur Tante Auguste. Viertens – noch Fragen?«

»Aber dann geben wir doch in allen Punkten nach …!«

»Nicht ganz, denn es bleiben doch noch die letzten beiden Ferienwochen übrig. Wenn Paul nicht nach Amerika fährt, hätte er doch Zeit für etwas anderes!«

»Und was sollte das bitteschön sein?«

»Ein Sprachkurs auf Malta! Pauls Englisch könnte noch besser sein, wie ich gehört habe, und auf Malta gibt es die besten Sprachschulen dafür. Wenn Vater Dr. Lahnstedt sieht, dass Paul den Ernst der Lage erkannt hat und fürs Repetitorium büffelt, wie will er ihm dann den weiteren Wunsch abschlagen, lieber etwas für seine sprachliche Bildung zu tun statt zur ungeliebten Tante zu fahren?«

»Genial für ihn, aber wo bleibe ich dabei?«, fragte eine weiterhin stark irritierte Tochter Claudia.

»Du weißt doch, mein Schatz, Malta ist von Hause aus italienischsprachig und ich finde schon, dass du, obwohl in Deutschland geboren, deine Muttersprache besser beherrschen solltest. Wenn Paul also sein Ding durchzieht und Repetitorium nebst Sprachkurs absolviert, spendiere ich dir einen gleichzeitigen Sprachkurs für Italienisch!«

Niemals hat man in ›Paolo's Eiscafé‹ größere Verblüffung gesehen. Paul fing sich als erster und fand diese Lösung wunderbar, auch wenn er dafür das ungeliebte Repetitorium in Kauf nehmen musste. Urlaub mit Claudia in Italien oder auf Malta – egal! Claudia blieb länger perplex, sah aber dann doch das große Schiff, das für die beiden Väter bereitstand. Ob auch Dr. Lahnstedt einsteigen würde? Er musste ja nicht unbedingt wissen, dass Claudias Italienisch nicht vom Besten und sie insoweit durchaus auch lernwillig war …

Vater Paolo sah in die Augen der beiden jungen Leute und wusste, dass er ihnen einen goldenen Weg gebaut hatte. Bezahlte Sprachkurse bieten immer eine Verpflichtung zum Lernen und deshalb würden beide fleißig büffeln. Sie sollten sich aber auch besser kennenlernen, denn ob sich aus einer Schülerliebe ein gemeinsames Leben entwickeln kann, ist stets ungewiss. Also im Ergebnis eine win-win-Situation, der man sich als Vater nicht verschließen mochte, lebte doch in La Valletta, Maltas Hauptstadt, Vetter Enzo, der sicher ein beschützendes Auge auf das junge Paar werfen würde.

XIV.

»Mahlzeit«, sagte Bobby leichthin, als er um die Mittagszeit wieder das Kommissariat betrat. Und damit bediente er sich – völlig ahnungslos – einer kulturhistorischen Floskel, die ihren religiösen Ursprung im früher verbreiteten ›Gesegnete Mahlzeit!‹ hat, aber bereits im 19. Jahrhundert säkularisiert und auf das heutige Format gestutzt wurde, wie im Wörterbuch der Gebrüder Grimm[7] nachzulesen steht. Allerdings wird diese Grußformel heute in der Regel nur im westlichen Teil Deutschlands und auch nur um die Mittagszeit angebracht, also etwa zwischen 11 und 14 Uhr. Sie ist weitverbreitet, ortsunabhängig und gelegentlich begrüßt man sich sogar beim Pinkeln mit einem satten ›Mahlzeit‹, was bei Uneingeweihten häufiger zu Missverständnissen führt. Insgesamt ist der Ruhrgebietler aber sehr sprachgewandt und benutzt deshalb noch weitere Begrüßungsfloskeln, in der Frühe etwa ein verschlafenes ›Morjen‹ und am Nachmittag ein fröhliches ›Tach‹, an das sich später durchaus noch ein leutseliges ›'n Abend‹ anschließen kann. Wie armselig kommt indes der Norden daher, von sprachlicher Finesse keine Spur, denn dort heißt es zu jeder Tages- und sogar Nachtzeit immer nur ›Moin‹. Selbst als Trinkspruch findet dieser eigenwillige Term Verwendung, wobei niemand genau weiß, ob er zum Gruß an die Mitzecher dient oder der Trinkende sich angesichts von reichlich Korn und Bier selbst Mut zusprechen will. Und wer ›Moin Moin‹ sagt, ist nicht besonders höflich, sondern eher ein regionaler Schwätzer. Der Süden der Republik ist sprachlich wiederum vielfältiger als der Norden, aber auch deutlich katholischer, weshalb man zunächst den ganzen Tag ein ›Grüß Gott‹ hingeschmettert bekommt.

Wunderlicher wird es, wenn der Gruß auf ›Servus‹ lautet, denn damit verbindet der Diesseits-Mainige eher ein bekanntes Toilettenpapier. Manchmal muss aber auch auf ein ›pfüat Di‹ oder ›schleich Di‹ reagiert werden, was nun wirklich eine große Herausforderung darstellt. Um diese und weitere Wortungeheuer allgemeinverständlicher zu machen, hat die in Bayern seit langem staatstragende Partei jüngst beschlossen, die deutsche Sprache in allen bayerischen Haushalten, auch bei Migrations- und Flüchtlingsfamilien, als verbindlich einzuführen – ein segensreiches, wenn auch wahrhaft großes Unterfangen!

»Mahlzeit«, antwortete Friedel Borkowski und auch H-U stimmte ohne Nachdenken in das mittägliche Begrüßungsritual ein. Die gesamte Mannschaft war zum Rapport versammelt und H-U fragte pflichtbewusst: »Alle gut zu Mittag gegessen?«

Auch wieder so eine Höflichkeitsfloskel, auf die der Fragende gar keine Antwort erwartete. Was hätte man darauf auch erwidern sollen? Enno von Bennerle und KOM Borkowski hatten ausgiebig gefrühstückt, dann Paula Penquitt vernommen und trotz des anschließenden Fußweges zum Kommissariat keinen besonderen Hunger verspürt. Außerdem lagerten die Haxen vom Vorabend immer noch sättigend im Untergrund. Friedel hatte seinem neuen Duzfreund kurz die Oberstadt gezeigt und bei dieser Gelegenheit eine heiße Schokolade im ›Praliné‹ spendiert. Bobby war unterwegs an einer Currywurst mit Pommes rot-weiß hängengeblieben und Anna Nork hatte sich an einem Fruchtsalat gütlich getan, den sie sich bei Livre-Moulin zusammengestellt hatte. H-U aß mittags fast nie etwas und schon das zeigte den rein rhetorischen Charakter seiner freundlichen Frage auf.

»Also, welche neuen Erkenntnisse haben wir?«, fragte KHK Bader in die offensichtlich gut verdauende Runde. Statt auf Antwort zu warten, gab er selbst zunächst einen ausführlichen Bericht über das morgendliche Gespräch mit dem RuZ-Chef und dessen ebenso erstaunliches wie gut getarntes Interesse an Karl Funkels Wissensdurst. Als nächster folgte Bobby Marek mit einem ergänzenden Report über den

Besuch im RuZ-Archiv und die Tatsache, dass Funkel dort offensichtlich Recherchen betrieben hat, deren nähere Inhalte und vor allem mögliche Ergebnisse noch ziemlich im Dunkeln lagen. PRA von Bennerle ließ KOM Borkowski den Vortritt und dieser berichtete dienstbeflissen über die Visite bei Anna Penquitt, ihre Aussagen und den verwunderlichen Umstand, dass ihr Gehilfe dort einen Miniatur-Steingarten angelegt und seine Exponate sogar akribisch beschriftet hatte. PMA'in Anna Nork, das ›Küken‹ in der illustren Runde, ließ den Dialog mit Eva Funkel noch einmal auferstehen und schloss mit dem Hinweis, dass man vielleicht einem gewissen Karl-Rainer Senorius näher auf den Zahn fühlen sollte.

»Herzlichen Dank an alle«, leitete H-U in die Diskussionsphase über, »aber welche Schlussfolgerungen ziehen wir aus alledem? Haben wir bereits einen dringend Tatverdächtigen? Offensichtlich nein! Können wir vielleicht schon ein Motiv oder zumindest einen vagen Beweggrund für diese Tat erkennen? Offensichtlich ebenfalls nein! Wissen wir wenigstens etwas Näheres über den Tathergang oder den konkreten Tatort? Auch hier lautet die Antwort wie erwartet: Nein! Ziemlich ernüchternd, oder?«

»Wenn wir wissen, wo Karl Funkel erschlagen wurde, dann werden wir uns auch schnell dem Motiv nähern. Und wenn wir das kennen, ist es bis zur Identifizierung des Täters gar nicht mehr weit«, dozierte von Bennerle. »Und ich habe das unbestimmte Gefühl, dass uns der Steingarten am Kiosk der Frau Penquitt entscheidend weiterhelfen kann.«

»Gut, ich rufe jetzt die Jungs von der KTU8 an und bestelle sie hierher, die sollen sich die Steinchen mal etwas näher anschauen.« H-U schnappte sich das Telefon, begann zu wählen, stutze und legte dann wieder auf. »Wen nehmen wir denn am besten; schaffen das unsere eigenen Kollegen? Was hat der Doc noch bei Funkel festgestellt – Bleioxyd, Pechblende und sogar Spuren von Polonium, da müssen wir uns vielleicht auf aufwändige Untersuchungen gefasst machen! Ich rufe lieber mal direkt beim LKA an«, beendete H-U seinen Monolog und wählte erneut.

Nach längerem Klingeln wurde am anderen Ende der Leitung abgehoben und Bader schilderte kurz und exakt die bisher bekannten Fakten, vor allem aber die Dringlichkeit des Falles. Letzteres war wohl auch notwendig, denn das LKA schien keine große Lust zu verspüren, heute noch ein Team in die Provinz zu schicken. KHK Bader musste erst nachdrücklich darauf hinweisen, dass es sich um eine laufende Mordermittlung handele und dass Gefahr im Verzug sei. ›Gefahr im Verzug‹, das Zauberwort in fast allen modernen Lebenslagen! Seinen Ursprung hat diese Wendung – periculum in mora – in der Römerzeit und bedeutet eigentlich etwas Selbstverständliches, nämlich dass es besser ist, in einem schon verlorenen Gefecht schleunigst Fersengeld zu geben anstatt trotz erkannter Übermacht des Feindes in offensichtlich erfolgloser Schlachtordnung zu verharren. Auf heutige Verhältnisse übertragen heißt es aber: Mit hinreichender Wahrscheinlichkeit wird ein konkreter Schaden eintreten, wenn weder die zuständige Behörde oder Person noch irgendeine andere Behörde oder Person tätig wird. Oder noch genauer: Es gibt bestimmt Ärger, wenn man nichts tut! Und da das LKA bei der geschilderten Sachlage durchaus zuständig war und keinen Ärger haben wollte, konnte man sich der dringlichen Anforderung eines qualifizierten Teams nicht entziehen …

H-U beendete das Gespräch mit dem LKA mit einem »Danke für Ihr Verständnis!« und teilte der gebannten Zuhörerschaft mit: »Sie kommen in einer Stunde. Herr von Bennerle, Sie kennen die Fakten am besten, begleiten Sie bitte die Kollegen zu Frau Penquitt und zeigen Sie ihnen die Miniberge.«

»Gerne«, entgegnete der Angesprochene, »aber darf ich einen Gegenvorschlag machen? Kollege Borkowski ist genauso gut wie ich mit der Materie vertraut und wird das LKA-Team hervorragend betreuen. Ich habe nämlich eine vage Idee, was die Beschriftung der Steine bedeuten könnte und möchte dieser kurz nachgehen.«

»Was meinen Sie konkret?«, fragte H-U und man merkte ihm an, dass er von diesem Gegenvorschlag nicht begeistert war – wer ist denn eigentlich der Chef hier?

»Ich glaube, dass die Steinzeichen eine Art Katalogisierung sind. Um das verifizieren zu können, muss ich aber ein paar Erkundigungen einholen. Wenn ich richtig liege, finden wir bald schon unseren Tatort und kommen der Lösung des Mysteriums einen guten Schritt näher.«

Während Bobby noch fieberhaft überlegte, welches Ministerium gemeint sein könnte, brummte H-U: »Mysterium – welch großes Wort, aber meinetwegen, dann soll KOM Borkowski die KTU zu Frau Penquitt begleiten. Aber Sie, Herr von Bennerle, melden mir sofort, wenn Sie neue Erkenntnisse gewonnen haben.«

»Gerne, stets zu Diensten«, flötete es aus der entgegengesetzten Ecke des Dienstzimmers, in das sich der Angesprochene zurückgezogen hatte.

»Frau Nork hat einen guten Hinweis gegeben«, fuhr Bader unbeirrt fort. »Bobby und ich werden dem Herrn Senorius einen Besuch abstatten. Mal sehen, was der uns über Karl Funkel und dessen ausgeprägte Hobbys erzählen kann.«

»Weitere Aufgaben für mich«, fragte Anna Nork, »oder soll ich wieder Knöllchen schreiben gehen?«

»Ich würde Sie bitten, hier im Kommissariat die Stellung zu halten. Vielleicht ruft der Doc noch einmal an wegen der Tatwaffe oder die Presse meldet sich – da brauchen wir einen Insider, der weiß, was er sagen darf und was nicht. Einverstanden?«

»Ja, natürlich! Und auch den ruhenden Verkehr wird's freuen, wenn eine Kollegin weniger nach Parksündern Ausschau hält«, lächelte Anna und war sich der ungeteilten Sympathie ihrer autofahrenden männlichen Kollegen sicher.

»Spätestens um 17 Uhr Lagebesprechung, ich will Ergebnisse haben«, rief H-U in den Raum und schon zog er Bobby hinter sich her, um dem geheimnisvollen Herrn Senorius die Aufwartung zu machen.

XV.

Es war immer noch recht schönes Wetter und für diese Jahreszeit fast zu warm. Das Ermittlerduo genoss die wärmenden Sonnenstrahlen, marschierte vom Kommissariat über die Brücke am Mühlengraben und schenkte dem Fundort der Wasserleiche kaum einen Blick. Was sollte auch zu entdecken sein, wenn schon die SpuSi alles abgegrast und nichts gefunden hat? Der Weg führte weiter über die Ruhr in die Unterstadt, vorbei am Gasthaus ›Waldesruh‹ und linker Hand sah man Paula Penquitt schon vor ihrem Kiosk auftauchen und Bierkästen stapeln. H-U und Bobby bogen allerdings rechts ab und sahen nach kurzer Zeit ein verwunschenes Gebäude vor sich – die Abfertigungshalle eines ehemaligen Güterbahnhofs. Früher verlief hier eine alte Bahnlinie, als der Treidelverkehr auf der Ruhr zum Erliegen gekommen war und es statt dessen viele Viehtransporte auf der Schiene gab. Später wurde die Verbindung aber unrentabel und ersatzlos eingestellt. Nur der alte Güterbahnhof ließ noch erahnen, dass es hier einstmals regen Schienenverkehr gab. Das Gebäude verfügte über ein ausgemauertes Fachwerk, welches dunkelrot gestrichen war; die verbindenden schwarzen Holzbalken hoben sich dagegen kontrastreich ab und verliehen dem Ganzen ein pittoreskes Aussehen. Über eine Rampe, die wohl auch noch aus der Epoche der Viehtransporte stammte, gelangte man zu einem doppelflügeligen Eingangsportal, über dem eine große schwarz-weiße Uhr hing – offensichtlich als letzte Hommage an die Zeit des Eisenbahn gedacht.

Bobby wollte in Ermangelung einer Klingel gerade anklopfen, als sich der rechte Türflügel wie von Geisterhand öffnete. Niemand war zu sehen und das Innere des Gebäudes lag im Halbschatten. Vorsichtig trat Bobby zwei Schritte vor und klopfte vernehmlich an den nun offenen Türflügel. H-U folgte ihm und rief ins Halbdunkel: »Karl-Rainer Seniorus?«

Es war immer noch niemand zu sehen und nachdem beide Kriminale zwei weitere Schritte ins Innere gewagt hatten, schloss sich die Tür hinter ihnen und fiel krachend ins Türfutter. Ein Fluchtweg war damit abgeschnitten und das Halbdunkel nahm bedrohliche Formen an. Doch nach einer gefühlten Ewigkeit wurde es im Raum schlagartig hell und die Lichtflut blendete die ungebetenen Gäste. »Hallo?«, brüllte Bobby, wobei seine Stimmgewaltigkeit unangemessen war und wohl eher ein Ausdruck aufkommender leichter Panik, denn in dem Bahnhof war es nun zwar erstaunlich hell, aber ebenso auffallend ruhig.

Als sich die Pupillen an die neue Helligkeit gewöhnt hatten, bot sich den Besuchern ein ebenso überraschendes wie wunderliches Bild: Der Bahnhof war größer als von außen vermutet und besaß in den Wänden noch die alten Gitterfenster, was die trotz der frühen Nachmittagsstunde relative Dunkelheit des Gebäudes verständlich machte. Er bestand in der Tat nur aus einem großen Raum, von dem im Hintergrund zwei kleinere Parzellen teilabgetrennt waren – offensichtlich eine Art Küche und das Bad. Daneben führte eine kleine Wendeltreppe auf ein freischwebendes Hochplateau, auf dem sich wohl die Schlafstelle des Besitzers vermuten ließ. Die freien Wänden der früheren Abfertigungshalle fanden augenscheinlich als Trödelmarkt Verwendung – alte Standuhren wechselten sich rundum mit großen Spiegeln, schweren Truhen, Schränken mit oder ohne Bleiverglasung und massigen Polstermöbeln ab. Doch als unbestrittenes Prunkstück ergoss sich über fast der ganzen Restfläche des Raumes eine riesige elektrische Eisenbahn. Kilometerweise Schienenstränge, Bahnübergänge und -unterführungen, Straßen, Häuser und ganze Dörfer, Felder, Wiesen und sogar ein kleiner Flugplatz, überall Miniaturmenschen, Minitiere und Miniautos, so weit das Auge reichte. Und mindestens fünf Züge zogen ihre Bahn durch diese künstliche Welt, alle wie von Geisterhand angetrieben und so gesteuert, dass sie sich nicht in die Quere kamen und Karambolagen verhindert wurden.

Fasziniert standen H-U und Bobby vor dieser bunten Wunderwelt und konnten sich nicht satt sehen. Die Eisenbahnlandschaft war bis ins Kleinste durchgeplant und jedes Detail naturgetreu nachgebildet. »Perfekt«, murmelte H-U und Bobby fügte ein »Supertoll« hinzu, wobei sich beide schon fast nicht mehr darüber wunderten, dass vom Herrscher über dieses Imperium immer noch keine Spur zu sehen war. Plötzlich dröhnte aus einer hinteren Ecke des Raumes laute Zirkusmusik, die aus einer alten Spieluhr zu stammen schien, auf deren Spitze sich ein großer bunter Clown drehte. Und daneben saß, in einem schönen Ohrensessel und halb verdeckt, der Hausherr und betrachtete interessiert seine ungebetenen Gäste.

»Herr Senorius?«

»In der Tat und höchstpersönlich!«

»Sie haben ja ein wundervolles Refugium«, schwärmte H-U und Bobby nickte, obwohl er nichts Genaues mit diesem für ihn fremden Begriff anfangen konnte. »Haben Sie das alles selbst entworfen?«

»Ja, natürlich alles, den kompletten Um- und Ausbau des Bahnhofs, Empore, Küche, Bad, die Türautomatik, den Lichtfluter und vieles mehr. Und nicht zu vergessen – die bunte Eisenbahnwelt!«

»Wirklich absolut beeindruckend, es muss Sie doch Jahre gekostet haben, das alles aufzubauen. Darf ich vermuten, alles Nenngröße ›Ha-Null‹ und damit Spurbreite 16,5 mm?«

»Ein Fachmann, wie ich sehe«, lächelte Senorius. »Stimmt, die gesamte Anlage basiert auf der Normalspurweite von 1.435 mm, so dass wir bei einem Maßstab 1:87 auf eine Modellspurweite von 16,5 mm kommen. Angefangen habe ich allerdings noch mit der Schmalspurweite ›Ha-Null e‹ und ich besaß sogar eine kleine Anlage mit der Nenngröße ›Null‹, wobei der Maßstab 1:45 und die Modellspurweite folglich 32 mm betrug. Aber international hat sich eben ›Ha-Null‹ durchgesetzt und deshalb läuft hier nun alles in diesem Maßstab. Großer Vorteil – Sie können damit Modelle verschiedener Hersteller einsetzen und sind nicht auf Fleischmann, Märklin oder Trix beschränkt. Aus England habe ich sogar einen Hogwarts-Express von der Fa. Hornby in meiner Sammlung, das ist der Zug aus den Harry-Potter-Filmen. Und auch das Zubehör, wie Häuser, Kirchen, Bahnhöfe, Straßenbrücken, Autos usw., wird ebenfalls im passenden Maßstab angeboten.«

»Ich hatte als Kind eine kleine Tischanlage, bin aber über die Anfänge nie hinausgekommen. Aber gestatten Sie bitte, dass wir uns vorstellen: Ich bin KHK Bader und das ist Herr Marek, ebenfalls von der hiesigen Kripo.«

»Schön«, kam die trockene Entgegnung aus der Ferne des Raumes, »wenn Sie vorsichtig rechts um die Eisenbahn herumgehen und nicht über meinen Trödel stolpern, dann kann ich Ihnen hier in meiner Wohnecke einen Stuhl anbieten oder auch zwei und Sie können Ihre Fragen zu Karl Funkel loswerden.«

Die beiden Kriminalen setzten sich in Bewegung und passten sorgfältig auf, dass sie sich nicht in dem einen oder anderen Fallstrick verhedderten. Als sie glücklich bei Senorius anlangten, waren sie überrascht von der Gemütlichkeit seiner Wohnecke. Der Hausherr selbst fläzte sich in einem modernen gelben Ohrensessel, stand aber höflich auf, begrüßte seine Besucher mit festem Handschlag und bot ihnen zwei bereitstehende kleinere Sessel an, beide ebenfalls gelb und gemütlich und deutlich mehr als nur ein Stuhl. Zwei weitere Sessel in Grasgrün vervollständigten das Ensemble. Den Mittelpunkt bildete ein schwerer runder Eichentisch und auf diesem lag eine Reihe bunter Reiseprospekte, hauptsächlich mit dem Ziel Südostasien.

»Sie wollen verreisen?«, fragte Bobby, kaum dass er Platz genommen hatte.

»Nun, zunächst möchte ich mir erst einmal die schönen bunten Bildchen zu Gemüte führen, in mir selbst die Reiselust wecken und mir überlegen, wohin ich denn fahren sollte, wenn ich denn fahren wollte. Sobald dieser Prozess abgeschlossen ist, buche ich meine Reise – oder ich bleibe zu Hause, wie schon so oft, und halte es wie mein alter Freund Goethe: Warum in die Ferne schweifen, wenn das Gute liegt so nah!«

»Ihr Freund Goethe war aber selbst ziemlich reiselustig«, warf der Kommissar ein, »sogar nach Italien hat er sich aufgemacht und das zu einer Zeit, als das Reisen weitaus beschwerlicher war als heute.«

»Richtig! Sie sollten nur nicht aus der Tatsache, dass ich Reisekataloge wälze, fälschlicherweise schlussfolgern, dass ich mich bereits für eine Reise entschieden hätte. Ich bin eben noch in der Findungsphase.«

»Und wohin soll es denn gehen«, bohrte Bobby weiter, »vielleicht nach Thailand?«

»Warum gerade dorthin?«, echote es erstaunt aus dem gelben Ohrensessel. »Früher nannte man das Gebiet Siam und es entsprach zur Zeit seiner größten Ausdehnung im 19. Jahrhundert etwa dem heutigen Staatsgebiet von Thailand, Kambodscha und Laos sowie Teilen von Malaysia, Myanmar und Vietnam. Die Region weist unzählige Gebiete von kulturhistorischer Bedeutung auf und ist gesegnet mit religiösen Kultstätten, denken Sie doch nur an Sukhothai, Ayutthaya, Luang Prabang oder Angkor Wat, den größten Tempelkomplex der Welt. Läge es nicht näher, gerade dorthin zu fahren und Kambodscha zu besuchen, das Reich der alten Khmer?«

Bobby Marek schwieg. Der Bahnhofseigner hatte ihn dermaßen mit unbekannten Orten eingedeckt, dass ihm buchstäblich nichts mehr einfiel. H-U sprang in die Bresche und fragte: »Wir haben gehört, dass Sie Karl Funkel gut kannten, ja sogar mit ihm befreundet waren. Wann haben Sie ihn kennengelernt und was für ein Mensch war er?«

»Kennengelernt habe ich ihn vor unvordenklicher Zeit und ob wir befreundet waren, kann ich so nicht sagen. Was verstehen Sie unter

Freundschaft? Wenn Sie das auf gegenseitiger Zuneigung beruhende Verhältnis von Menschen zueinander meinen – ja, dann waren wir befreundet, denn Karl war mir sympathisch. Mehr aber auch nicht. Wir haben oft hier gesessen und diskutiert, uns gemeinsam um die Eisenbahn gekümmert und er hat mir bei der Restauration des morschen Bahnhofs geholfen. Aber sein beschränktes Weltbild, sein Kleben an der Scholle, seine stets pessimistische Vorstellung, alle Welt sei schlecht – das hat mir absolut nicht gefallen.«

»Was meinen Sie mit ‚beschränktes Weltbild' und ‚stets pessimistische Grundeinstellung'?«

»Karl war ein guter Kerl, fleißig und hilfsbereit, doch er war eben nur Zeitungsausträger. Verstehen Sie mich bitte nicht falsch, aber ihm fehlte jegliche intellektuelle Tiefe. Die Zeitungen, die er täglich verteilte, hat er noch nicht einmal gelesen. Und dabei stellt die RuZ nun wirklich keine allzu hohen Anforderungen an die geneigte Leserschaft!«

»Und trotzdem haben Sie sich gut verstanden?«

»Ja, auf der von mir geschilderten Ebene. Karl war immer freundlich und hilfsbereit und wenn er einmal Fragen oder Schwierigkeiten hatte, dann habe ich ihm geholfen – ein freundschaftliches und unproblematisches Geben und Nehmen! Aber in letzter Zeit wurde er immer nachdenklicher, begann zu spinnen und glaubte, die Welt verschwöre sich gegen ihn.«

»Kennen Sie den Grund?«

»Vielleicht fehlte ihm die geregelte Arbeit für die RuZ. Statt sich über die gewonnene Freiheit und Freizeit zu freuen, drehte er wie früher allmorgendlich seine Runden. Manchmal fuhr er sogar zu seinem früheren Arbeitgeber und traf sich mit den alten Kumpeln, typisches Rentnersyndrom!«

»Wir haben erfahren, dass er sich dort nicht nur mit alten Kumpeln getroffen, sondern regelmäßig das Archiv der RuZ aufgesucht und in alten Zeitungen geblättert hat – können Sie sich daraus einen Reim machen?«

»Er hat alte Folianten studiert? Das glaube ich nicht«, schüttelte Karl-Rainer Senorius ungläubig den Kopf.

»Und offensichtlich hat er ganz gezielt gesucht«, ergänzte Bobby, »denn er hat sich nur solche alte Zeitungen herausgeben lassen, in denen Artikel über seinen früheren Zustellbezirk zu lesen waren.«

»Haben Sie denn wirklich keine Ahnung, was er dort gesucht haben könnte?«, fragte H-U nachdrücklich.

»Absolut nicht! Und dass er ins RuZ-Archiv gefahren sein soll, um dort alte Folianten zu studieren, ist für mich allein schon völlig überraschend.«

»Warum ist Karl Funkel denn so pessimistisch geworden; hat er nie erklärt, weshalb er glaube, die Welt verschwöre sich gegen ihn?«

»Ebenfalls negativ! Ich habe mich über seine Grundhaltung immer aufgeregt und positives Denken angemahnt. Und dann hat er nur gesagt: ›Warte nur, du wirst schon sehen‹!«

»Wissen Sie etwas Näheres über seinen Steingarten?«, wechselte Bobby den Fragenkomplex.

»Steingarten?« Verständnislosigkeit war die erste Antwort, doch dann lächelte Senorius leicht: »Sie meinen die Dreckshaufen, die Karl bei Paula Penquitt aufgehäuft hat? Ja, bei seinen Kontrollgängen im Revier, so nannte Karl seine morgendlichen Spazierwege, hat er Erd- und Gesteinsproben mitgebracht, sie nummeriert, katalogisiert und verdatet. Er hat behauptet, diese Proben seien verseucht. Wie er zu dieser Annahme kam, weiß ich allerdings nicht, ich habe seine Spleenerei nicht ganz ernst genommen.«

»Wissen Sie, was die Zahlenkolonnen bedeuten, mit denen er seine Sammlung gekennzeichnet hat?«

»Ja, das Datum des Fundes und irgendeine Kennzeichnung des Fundortes. Vielleicht hat er noch eine Liste dazu geführt …? Auch Paula hat ihn in diesem Punkt für ein bisschen spinnert gehalten und die Dreckshaufen nur geduldet, weil sie Karl als billige und gute Arbeitskraft brauchte.«

»Fundorte – irgendeine Idee?«

»Nein, aber sie müssen sich in ziemlicher Nähe befinden, denn Karl brachte die Proben immer von seinen morgendlichen Rundgängen mit. Mehr als fünf, sechs Kilometer legte er frühmorgens aber nie zurück!«

»Eine ganz andere Frage, Herr Senorius« KHK Bader ließ einen vertraulichen Ton anklingen, »wie würden Sie Ihr Verhältnis zu Frau Funkel und zu Frau Penquitt charakterisieren? Oder noch konkreter – unterhalten Sie zu einer der Damen eine engere Beziehung?«

»Selbstverständlich«, strahlte Karl-Rainer Senorius, »und zwar zu beiden! Mit beiden bin ich befreundet, und zwar in dem Sinne, wie ich auch mit Karl Funkel befreundet war. Beide wohnen in meiner unmittelbaren Nachbarschaft und man hilft sich natürlich, wenn Not am Mann – pardon, an der Frau – ist. Außerdem beziehe ich von Paula meine Getränke und gelegentlich sogar ein bisschen Naschwerk, während ich mit Eva öfter rede und sogar ab und zu essen gehe. Wenn das keine engen Beziehungen sind.« Man sah dem Bahnhofsvorsteher an, dass er das Gespräch sichtlich genoss.

»Wir meinen – sexuelle Beziehungen«, betonte Bobby Marek.

»Meine Herren, ich bitte Sie, welcher Gentleman würde auf eine solch exhibierende Frage antworten? Ich gedenke das jedenfalls nicht zu tun. Jeder weiß, ich liebe die Frauen«, fügte Senorius schelmisch hinzu, »aber ich kompromittiere sie doch nicht!«

»Haben Sie herzlichen Dank für die Zeit, die Sie uns geopfert haben, und vor allem für die Präsentation Ihrer Eisenbahnwunderwelt. Wenn wir noch Fragen haben, kommen wir auf Sie zurück«, beendete der Kommissar das Gespräch.

»Und das könnte durchaus der Fall sein«, bellte der Hilfssheriff hinterher, denn er war mit dem Verlauf und vor allem mit dem Ende der Vernehmung reichlich unzufrieden.

Das »Keine Ursache« des Miniatureisenbahners hörten die Kriminalen schon beim Hinausgehen und sie konnten sich durchaus vorstellen, dass es von einem breiten Grinsen begleitet wurde.

»Unangenehmer Typ«, sagte Bobby draußen, doch H-U entgegnete: »Aber auch ganz witzig, und diese Eisenbahnanlage – einfach toll!«

»Und was trägt dieser Mensch zur Lösung unseres Falles bei? Ich traue ihm nicht über den Weg.«

»Aber was haben wir denn Konkretes? Ein paar Kataloge über Thailand-Reisen hier und dort, einen offensichtlich selbstbewussten und exotisch lebenden Eisenbahnfreak, der unser Opfer gut kannte, mit dessen Ehefrau befreundet ist und vielleicht noch mehr und der uns ein wenig zum Narren gehalten hat. Nur Vermutungen und vor allem, ich sehe kein Motiv. Oder traust du unserer Frau Funkel wirklich einen solch gemeinen Mord zu, lieber Bobby?«

»Ihr nicht, aber ihm«, brummte Bobby und blieb weitgehend schweigsam auf dem Weg zurück zum Kommissariat.

Was beide nicht wissen konnten: In der Nachbarschaft war Kollege Borkowski noch vollauf mit der Steinsammlung bei Paula Penquitt beschäftigt. Die Beamten des LKA waren – passend zu ihrer inneren Abneigung gegen diese Zusatzmission in der Provinz – deutlich verspätet im Kommissariat eingetroffen und hatten sich zudem verärgert gezeigt, weil sie nicht vom Chef der Dienststelle persönlich empfangen wurden. »Typische Überheblichkeit der LKA-Kameraden!«, dachte KOM Borkowski leise vor sich hin und überlegte, wie er sie am besten auflaufen lassen könnte. Anna Nork indes war klüger und erkannte, dass man dem dreiköpfigen Team aus der Landeshauptstadt etwas anbieten sollte, denn schließlich brauchte man deren Fachexpertise. In weiser Voraussicht hatte sie einige Stücke Kuchen vom ›Café Entengrütze‹ besorgt und dazu dienststelleneigenen Kaffee aufgesetzt, der gerade im Hinterzimmer durch die Maschine gurgelte.

»Wollen Sie vielleicht eine kleine Pause einlegen?«, lächelte die Hilfspolizistin charmant. »Wir haben etwas zu Ihrer Stärkung besorgt und wie Sie hören, ist auch der Kaffee gleich durchgelaufen.«

Das Eis war gebrochen, zumindest ziemlich porös geworden, und da auch Friedel Borkowski gerne Kaffee trank, fand man sich bald in trauter Fünferrunde im Dienstzimmer des Chefs wieder. Auch wenn's beileibe keine Bergische Kaffeetafel geworden war, so machte sich doch allseits Zufriedenheit breit. In solchen Fällen hält meist ›König Fußball‹ Einzug und so fragte KOM Borkowski bald, warum denn die Fortuna schon wieder nicht aufsteige. Damit traf er einen Nerv der Besucher, die aber gut mit der Gegenfrage konterten, ob man bei Rot-Weiß überhaupt noch Fußball spiele. Mit weiteren Frotzeleien verging die Zeit wie im Fluge, bis die LKA-Beamten endlich wieder an ihren Auftrag dachten.

»Danke für die nette Bewirtung, aber jetzt ran an die Arbeit. Wo ist die Leiche?«

»Unsere Leiche ist identifiziert und liegt ruhig im Kühlhaus«, entgegnete Anna Nork leicht verwirrt, »es geht um die Steine und Erdklumpen bei Paula Penquitt!«

»Um was?«, bellte es zurück und der verdienstvolle Einsatz von Kuchen und Gebäck schien schon fast vergebens. »Davon hat uns niemand etwas gesagt!«

KOM Borkowski erklärte die Situation, fasste die bisherigen kriminologischen Ergebnisse zusammen und wies auf die Bedeutung des Kioskfundes hin, von dem möglicherweise die Lösung des Falles abhänge. Er machte das ganz gut, redete nicht zu viel, aber auch nicht zu wenig und baute so eine gewisse Spannung auf, aus der die LKA-Kollegen die Wichtigkeit ihres Einsatzes ermessen konnten. Dieser taktische Schachzug gelang vortrefflich, die Besucher aus der Landeshauptstadt genossen ihre investigative Bedeutsamkeit sichtlich und ein tatendurstiges Quartett machte sich auf an die Front, zu Paula Penquitts Kiosk. Anna Nork blieb vor Ort, sah der davonziehenden Kollegenschar mit süffisantem Lächeln hinterher und sagte nur: »Männer!«

Am Kiosk wartete die Inhaberin auf kauflustige Kundschaft und war ziemlich überrascht, statt dessen vier gewichtige Kriminale bei sich aufkreuzen zu sehen. »Sie schon wieder«, begrüßte sie unwirsch den ihr bereits bekannten Ermittlungsbeamten, der als erster ausstieg und den sie versehentlich für den ranghöchsten Beamten hielt. Doch als sie sein devotes Verhalten sah, bemerkte sie ihren Irrtum schnell und wandte sich den neuen Gesichtern zu, zumal diese aus einem hubraumstarken Dienstwagen mit Stern und Düsseldorfer Nummernschild entstiegen.

»Das sind die Kollegen vom LKA in Düsseldorf«, stellte ihr Borkowski die übrigen Besucher kurz vor, »wir möchten uns den Steingarten etwas näher anschauen!«

»Na, dann nur hereinspaziert!«, wandte sich Paula an das Düsseldorfer Trio und das ließ sich nicht lange bitten. Im Mini-Garten hinter dem Kiosk arbeiteten sich die vier Inspizienten durch das volle Kisten- und Kastenlager bis zu einer lichten Stelle, wo die ca. 50 verschiedene Gesteinsproben und Erdhäufchen lagerten, einzeln beschriftet und fein säuberlich voneinander getrennt.

»Donnerwetter«, meinte der Anführer der LKA-Truppe, »das nenne ich eine nette Sammlung! Was genau haben Sie bei dem Verstorbenen an Verseuchung festgestellt?«

»Von Verseuchung hat der Doc direkt nicht gesprochen, er fand allerdings Spuren von Bleioxyd, Pechblende und einen Hauch Plutonium.« KOM Borkowski war stolz, alles so gut behalten zu haben; die Tatsache, dass er Polonium mit Plutonium verwechselt hatte, war ihm gar nicht aufgefallen.

»Plutonium, haben wir hier ein Kernkraftwerk? Oder meinen Sie Polonium, doch auch das ist reichlich unwahrscheinlich! Auf jeden Fall müssen wir die Häufchen wohl oder übel einpacken und zur KTU ins LKA mitnehmen. Paul, gib mir doch mal den Geigerzähler!«

Der so Angesprochene holte ein etwas größeres orangefarbenes Handy aus der Tasche, mit dem er vorsichtig über die Steinchen und Erdklumpen hinwegfuhr. Es tickte hier und dort metallisch, mal mehr, mal weniger, und nach ein paar Sekunden reichte er das Gerät weiter an seinen Gruppenführer. Telefonieren konnte man damit aber offensichtlich nicht.

»Schon ganz ordentlich, das müssen wir näher explorieren!«

»Was heißt das?«, fragte KOM Borkowski atemlos.

»Wir messen hier radioaktive Strahlenwerte von durchschnittlich 20 Mikro-Sievert. Das ist an und für sich nicht übermäßig viel, insofern aber erstaunlich, weil wir in unseren Breitengraden Jahresdurchschnittswerte von 4 Milli-Sievert haben, also auf die Tagesdosis umgerechnet knapp 11 Mikro-Sievert. Und die Strahlkraft dieses Steingartens ist offensichtlich höher, ohne dass ich dafür zunächst einen einleuchtenden Grund erkennen kann.«

»Gefährlich, nicht gefährlich – was bedeutet das für unseren Fall?«

»Die normale Strahlendosis«, dozierte der LKA-Beamte, »also die nach der Strahlenschutzverordnung zulässige Jahresdosis an ionisierender Strahlung, beträgt zwischen 1 und 5 Milli-Sievert. Das nimmt man im Laufe eines Jahres durch die Umgebung, Sonnenstrahlung, Flugreisen, Röntgenuntersuchungen usw. auf. Bei uns im Land liegt die mittlere Jahresdosis bei 4 Milli-Sievert, in der Mongolei ist es deutlich weniger. Sievert ist dabei die Maßeinheit für Strahlenmessungen, sie dient zur Bestimmung der Strahlenbelastung biologischer Organismen und wird bei der Analyse des Strahlenrisikos verwendet. Die Maßeinheit ›1 Sievert‹ ist aber ziemlich groß bemessen. Wenn Sie z. B. mit einer solchen Einheit bestrahlt würden, wäre Ihr Tod innerhalb eines Monats höchstwahrscheinlich; auf jeden Fall blieben erhebliche Nebenschäden. Deshalb werden die üblicherweise vorkommenden Werte mit einem Präfix versehen: Ein Milli-Sievert ist ein Tausendstel des Einheitswerts und ein Mikro-Sievert eben ein Tausend-Tausendstel, also ein Millionstel Sievert. Alles klar?«

»Ja«, log Borkowski, um dann mutig fortzufahren: »Also ist das, was wir hier messen, ein bisschen über der Norm, aber noch nicht so ganz bedrohlich, richtig?«

»Genau! Durchschnittlich normal sind Strahlenwerte um 0,000011 und hier messen wir im Schnitt 0,000020 Sievert. Nichts Gravierendes, aber die Frage bleibt: Wo kommt diese erhöhte Strahlung her?«

»Ja, und?«

»Keine Ahnung! Diese Brocken müssen irgendwo einer Strahlenquelle ausgesetzt gewesen sein, die die erhöhten Werte verursacht hat.

Das müssen Sie herausfinden! Und zu den übrigen Fragen – Pechblende, Bleioxyd, Polonium oder Plutonium – können wir erst etwas sagen, wenn wir die Steinchen im Labor auseinander genommen haben. Also Jungs, alles einpacken und schön vorsichtig!«

Die beiden übrigen LKA-Männer hatten sich schon an die Arbeit gemacht, den kompletten Steingarten von allen Seiten und Richtungen fotografisch erfasst und begannen nun, die Häufchen vorsichtig in kleinen Zellophan-Tütchen zu verstauen. Nach wenigen Minuten war Karl Funkels Sammlung verschwunden und Paula Penquitt hatte wieder mehr Platz in ihrem Mini-Garten, den sie mit Kisten und Kästen füllen konnte. Jedem war klar, dazu würde sie nicht allzu viel Zeit benötigen.

Die Kiosk-Besitzerin verabschiedete ihre ungebetenen Gäste überschwänglich, weil sie froh war, diese und die steinerne Hinterlassenschaft ihres ehemaligen Gehilfen endlich los zu sein. Das Ermittlertrio vom LKA verstaute seine Gerätschaften und die Gesteinsproben im Dienstwagen und stieg dann selbst ein. Der Weg zur Autobahn war nicht weit und deshalb verabschiedete KOM Borkowski die KTU'ler mit den Worten: »Danke für Ihre Hilfe und schicken Sie uns die Ergebnisse bitte möglichst bald. Und nein, Sie brauchen mich nicht zum Kommissariat zurückzufahren, die paar Meter laufe ich gerne.«

Der LKA-Teamleiter – er hatte offensichtlich gar nicht vorgehabt, den Kollegen zur hiesigen Dienststelle zurückzufahren – lehnte sich kurz aus dem Seitenfenster und rief ihm nach: »Machen wir und herzliche Grüße an Ihre nette Kollegin!«

XVI.

Zur anberaumten Lagebesprechung um 17 Uhr war das Ermittlungsteam in Sachen ›Todesfall Funkel‹ vollständig anwesend. Das heißt, fast vollständig, es fehlte PRA von Bennerle. »Sollte Enno wieder seine Leidenschaft für Kaffee und Kakao erlegen sein?«, murmelte Neufreund Friedel leise vor sich hin. Seit dem gemeinsamen Besuch im ›Praliné‹ wusste er, dass Enno kaum an einem Café vorbeigehen konnte, ohne dessen Güte und Qualität in extenso zu testen. In einer Großstadt geht dabei allerhand Dienstzeit drauf, aber Enno kompensierte das durch ein großes Maß an temporärer Flexibilität und intellektueller Leistungsfähigkeit – er war in der Tat ein heller Kopf, der insbesondere die für seinen Beruf unerlässliche Fähigkeit zur Faktenanalyse besaß. Hier bei uns gab es allerdings nur zwei Sündenbabel, die mit Süßem lockten, aber trotzdem sollte man zur Dienstbesprechung pünktlich sein.

»Der oberste Dienstgrad ist noch nicht anwesend«, ließ KHK Bader sein Unwillen deutlich erkennen, aber wir fangen trotzdem an. Frau Nork, gibt es etwas Neues?«

»Nicht wirklich, wenn ich davon absehe, was mir die Kollegen vom LKA alles über Fortuna Düsseldorf erzählen wollten. Scheint ja eine aufstrebende Fußballmacht zu sein«, schmunzelte sie. »Ansonsten hat nur der Doc angerufen und gemeint, bei der Tatwaffe müsse es sich um ein ziemlich schweres Teil gehandelt haben, denn der Schlag damit sei unmittelbar tödlich gewesen. Aber weiter festlegen, das wollte er sich noch nicht!«

KOM Borkowski berichtete über seine Erkenntnisse, die er und das

LKA – ja, genau in dieser Reihenfolge – bei Paula Penquitt gewonnen hatten und verschwieg nicht, dass der Funkel'sche Steingarten eine erhöhte, wenn auch noch ungefährliche Strahlenbelastung aufweise und das Hauptproblem darin bestehe, die Ursache hierfür herauszufinden. Insbesondere müsse man wissen, woher die Proben stammten.

»Da können wir vielleicht Aufschluss geben«, ergänzte Bobby und schilderte den Besuch bei Karl-Rainer Senorius. »Die Zettelchen an den Steinhaufen sollen wohl die Fundorte bezeichnen, an denen die jeweiligen Proben genommen wurden. Allerdings fehlen uns noch die Erkenntnisse, wie die Zahlenkolonnen zuzuordnen sein könnten …«

»Und da kann ich nähere Auskunft geben«, scholl es von der Tür, wo von Bennerle leise eingetreten war und aus Höflichkeit gewartet hatte, bis ihm das Eingreifen in die Lagebesprechung tunlich erschien.

»Wie schön für uns, wir sind vollzählig!« und »Der verlorene Sohn ist zurück« waren die erwarteten Kommentare der Pünktlichen, aber KHK Bader meinte nur: »Was haben Sie ermittelt?«

»Ich bitte um Entschuldigung, dass ich zu spät komme, das ist normalerweise nicht meine Art. Doch nachdem ich herausgefunden hatte, was die Zahlenkolonnen im Einzelnen zu bedeuten haben, bin ich schnell noch zum Grundbuchamt marschiert, um die Auskunft zu verifizieren. Aber der Reihe nach: Nach einigem Nachdenken kam ich darauf, dass es sich um Steine und Erdklumpen handelt und wenn diese mit Datum und einer weiteren Katalogisierung versehen sind, dann liegt es doch nahe, dass es sich um Fundzeit und Fundort handeln muss. Also bin ich zunächst zum Katasteramt gefahren, das ja für die Flurstückvermessung und die Führung des Liegenschaftskatasters als amtliches Verzeichnis der Flurstücke zuständig ist. Dort wurde meine Vermutung bestätigt und ich konnte die lokalen Vermessungskarten einsehen – es handelt sich in der Tat um einzelne Grundstücksparzellen, allesamt hier in der Nähe an der Ruhr gelegen. Aber was mich besonders interessierte: Wer ist Eigentümer dieser Parzellen heute und wem gehörten sie früher? Also weiter zum Amtsgericht, denn dort befindet sich das Grundbuchamt, welches Aufschluss darüber gibt, wem ein Grundstück gehört und wer es wann an wen verkauft hat. Und nun raten Sie mal …«, triumphierte von Bennerle nicht ohne Stolz.

»Machen Sie es nicht so spannend«, giftete Bobby.

»Alle von Karl Funkel akribisch aufgeführten Flurstücke sind Teile des Neubauvorhabens ›Ruhr-Karussell‹. Eigentümer ist ein belgischer Investor, der sich mit der großflächigen Bebauung des Brachlandes eine goldene Nase verdienen wird. Denn das ursprüngliche Bebauungskonzept ist unter Beibehaltung der angestrebten Gewinnmargen drastisch abgespeckt worden. Waren zunächst schicke Stadtvillen geplant, so hat das Ganze jetzt einen richtigen Reihenhauscharakter bekommen; offensichtlich hat sich die Stadt bei einer Planungsumwidmung vom Investor ordentlich über den Tisch ziehen lassen. Dieser hat das Gelände übrigens zu einem enormen Vorzugspreis von der Stadt erworben und – jetzt kommt's – Voreigentümer aller gelisteten Parzellen war die Fa. Scheuermann & Storb! Von dort stammen alle Steinproben und damit wohl auch die Substanzen, die wir in Spuren an Karl Funkels Kleidung gefunden haben«

»Die ehemalige Maschinenfabrik«, sagte Anna Nork, »sie haben, soweit ich weiß, alle Arten von Maschinenteilen hergestellt. Mir ist allerdings nicht bekannt, dass die sich mit gefährlichen Substanzen beschäftigt haben könnten.«

»Das weiß der Bürger nie«, bekräftigte Bobby, »es geht immer nur um Arbeitsplätze und was da im Einzelnen verarbeitet wird, verschweigt man gerne, bis zum ersten Todesfall!«

»Den haben wir ja jetzt«, bemerkte KOM Borkowski sarkastisch.

KHK Bader schaltete sich ein: »Wollen wir einmal zusammenfassen: Wir kennen nun das Geheimnis des Steingartens und müssen herausfinden, ob ein Zusammenhang zwischen diesem und dem jähen Tod des Zeitungsausträgers besteht. Und falls ja – wer ist dafür verantwortlich?«

Eine Zeitlang diskutierten die Kriminalen ohne Ergebnis durcheinander, bis der Chef meinte: »Also wieder Aufgaben verteilen: Herr von Bennerle und ich werden uns morgen früh einmal das Neubaugelände an der Ruhr anschauen. Bobby fährt dann zu seinem Freund im RuZ-Archiv und schaut selbst einmal in die alten Folianten, ob er etwas über die Fa. Scheuermann & Storb erfahren kann. Frau Nork sollte Freunde und Bekannte in der Nachbarschaft befragen, was sie über die früheren Aktivitäten dieser Firma wissen. Und KOM Borkowski erkundigt sich bitte beim LKA, ob sie schon etwas Neues für uns haben.«

»Ja, die bisherigen Erkenntnisse sind noch zu wenig strukturiert«, stimmte PRA von Bennerle zu, »wenn wir eine Nacht darüber geschlafen haben, sehen wir vielleicht klarer.«

»Okay, also dann bis morgen früh 8:30 Uhr zur Lagebesprechung!«

XVII.

Dr. Lahnstedt kam in der Regel um 19 Uhr nach Hause, setzte sich in den Lehnstuhl mit Blick in den geräumigen Garten, nahm die RuZ und den von seiner fürsorglichen Gattin stets bereitgestellten Calvados – serviert in einem Eisch mit Deckel, mindestens halbvoll, bei Zimmertemperatur minus 2°C – und genoss den Feierabend. Meist ließ er den Praxisalltag Revue passieren, ohne wirklich in der RuZ zu blättern; was konnte es außerhalb einer Zahnarztpraxis auch schon Aufregendes in der Welt geben? In dieser Zeit wurde er sehr ungern gestört und er rechnete es seiner Familie hoch an, dass sie dieses Ritual tolerierte. Und wenn der Calvados im Eisch zur Neige ging, konnte man mit Dr. Lahnstedt besonders vernünftig reden.

Paul kannte diese Zusammenhänge natürlich genau und wusste sie gelegentlich auch zu seinen Gunsten zu nutzen. Als der richtige Zeitpunkt gekommen war, bog er wie zufällig ins Wohnzimmer ein und hatte – ebenfalls rein zufällig – die Flasche Calvados in der Hand. »Hallo Paps, schon zu Hause und auch das Glas schon leer? Möchtest Du noch einen kleinen Nachschlag?«

Paps Lahnstedt erkannte das Manöver sofort und wusste ebenso schnell, dass er Objekt einer Charmeoffensive seines Sohnes werden würde. Diese Erkenntnis ließ ihn die gewohnte Abwehrhaltung einnehmen, wollte er in Erziehungsdingen doch um keinen Preis nachgeben. »Zu viel Alkohol lähmt die Willenskraft«, belehrte er seinen Sohn, wobei er ihm gleichzeitig das leere Glas hinhielt, »aber nur noch einen kleinen Schluck.«

Paul hatte aus dem mittäglichen Gespräch mit Paolo, Claudias Vater, einiges gelernt und sich die 36 Strategeme des klugen General Tan Dao Ji noch einmal vor Augen geführt. Dabei war ihm die strategische List Nr. 16 besonders aufgefallen: ›Will man etwas fangen, muss man es zunächst loslassen!‹ Und auch Nr. 17 hatte es Paul angetan: ›Einen Backstein opfern, um Jade zu gewinnen!‹ Damit meinte General Tan, dass man etwas Kleines opfern müsse, um später Größeres zu erringen. Und genau in diesem Sinne gedachte der angehende Abiturient den Vater zu überlisten. »Ich habe mir deinen Vorschlag noch einmal überlegt, das Repetitorium in den Sommerferien. Ich weiß, ich muss etwas tun, um den Numerus clausus für Zahnmedizin zu erreichen. Es wäre eine Schande, wenn du die gutgehende Praxis an einen Fremden verkaufen würdest.«

»Wie klug mein Sohn doch ist«, lächelte Dr. Lahnstedt nachsichtig.

»An welchen zeitlichen Rahmen hast du für das Repetitorium gedacht?«

»Die Sommerferien betragen sechs Wochen, also fünf Wochen Pauken und anschließend eine Woche Tante Auguste in den Staaten!«

»Schau«, wandte ein sehr ruhiger Paul ein, »die Schule ist schon ziemlich hart, dazu noch die Abi-Vorbereitungen – da sind mir fünf Wochen Pauken in den Ferien deutlich zu lang. Aber ich würde mit drei Wochen einverstanden sein …«

»… um dann mit der Freundin nach Italien zu entschwinden, kommt nicht in Frage«, ereiferte sich der Vater und der Sohn schien schon vergebens auf die Gunst der ›Blauen Calvados-Stunde‹ gesetzt zu haben.

»Ich habe mit Claudia und auch mit ihrem Vater gesprochen«, wandte Paul wahrheitsgemäß ein, »und wir haben beschlossen, unseren geplanten Italienurlaub auf die Zeit nach dem Abitur zu verschieben. Die Schule und damit ein gelungener Abschluss gehen vor!«

Dr. Lahnstedt sah seinen Sohn mit großen Augen an und schien nicht glauben zu wollen, was er da hörte. Sein »Wie bitte?« ging mit einer eindeutigen Handbewegung einher und Paul zögerte natürlich nicht, das dargebotene Glas noch einmal bis gut zur Hälfte zu füllen. Die Tatsache, dass das Gespräch mit dem Sohn ausnahmsweise einmal nicht im Krawall enden würde, verschaffte dem Vater ein Gefühl großer Verunsicherung. »Wie soll ich das verstehen?«

»Wie ich es sagte – wir fahren nicht nach Italien in den Urlaub und ich werde stattdessen ein dreiwöchiges Repetitorium absolvieren.«

Dr. Lahnstedt hatte eine rasche Auffassungsgabe und reichte seinem Sohn die Hand. »Abgemacht, aber ich bitte dich doch ernsthaft um eine vierwöchige Paukerei, dann bleiben immer noch zwei Wochen Freizeit bei Tante Auguste.«

Paul ergriff die dargebotene Rechte des Vaters zögerlich und sagte gleichzeitig: »Ich bin mit vier Wochen einverstanden, aber erspare mir deine Schwester in den Staaten, bitte. Und – ich habe noch eine weitere Bedingung!«

»Bedingung, soso! Aber lass' hören«, und der Calvados zeigte schon erste Wirkung.

»In den Staaten gibt es neue zahnmedizinische und kieferchirurgische Entwicklungen, die bei uns noch nicht so recht angekommen sind. Du weißt das besser als ich und predigst mir immer davon. Ich glaube deshalb, dass es vielleicht ganz gut sein könnte, einen Teil des Studiums in den anglo-amerikanischen Raum zu verlegen.« Paul wusste, dass er damit einen Herzenswunsch des Vaters aussprach, dem man diese Chance nie gegeben hatte.

»Mein Paul, das ist vollkommen richtig. Wir werden dir gerne entsprechende Möglichkeiten eröffnen, wenn es denn so weit ist. Aber«, und nun witterte Dr. Lahnstedt Lunte, »was hat das mit unserer Vereinbarung für die kommenden Sommerferien zu tun?«

»Ich möchte nicht zwei Wochen bei Tante Auguste rumhängen und die Zeit vertrödeln – du kennst sie besser als ich.«

»Ich weiß, sie ist ziemlich altjüngferlich und auch schon ein bisschen tüdelig.« Das hätte der Vater bei anderer Gelegenheit niemals zugegeben.

»Ich möchte mich schon jetzt auf ein kommendes Auslandssemester vorbereiten und mein Englisch verbessern. Ich will keine Zeit verlieren und deshalb in den letzten zwei Wochen der Sommerferien einen Sprachintensivkurs belegen.«

»Ich erkenne dich nicht wieder«, sagte Dr. Lahnstedt sichtlich bewegt und Paul wusste, dass er den Vater auf ein Schiff gelockt hatte, während dieser noch der festen Meinung war, ein Haus am Meer betreten zu haben. »Also England oder doch besser Irland, was meinst du?« Und ohne die Antwort des Sohnes abzuwarten, dachte der Vater laut weiter: »Nein, du hast dem Repetitorium zugestimmt und auf den Urlaub in Italien verzichtet. Du sollst in den Ferien auch ein bisschen Sonne und Meer haben. Wir schicken dich nach Malta, die Insel ist doch anglophon und die bieten ganz ausgezeichnete Sprachkurse an. Ich habe mit deiner Mutter vor vielen Jahren einmal Urlaub dort gemacht und wir erinnern uns sehr gern daran. La Valetta im August – wie schön!« Die Zahnarztaugen glänzten, teils den Erinnerungen an Malta und teils dem Calvados geschuldet. »Was hältst du davon?«

»Wenn du meinst, Papa ...«

Dr. Lahnstedt hieß seinen Sohn ein zweites Glas holen und schenkte sich und dem Filius ein. »Ich finde unsere Übereinkunft wunderbar und freue mich über dein Einsehen. Du wirst bestimmt ein sehr guter Zahnarzt. Also prosit!« Die Gläser stießen aneinander und Vater und Sohn tranken in seltener Einigkeit einen Calvados. Beide schienen sehr zufrieden, wobei Vater Lahnstedt den Eindruck nicht loswerden konnte, in liebenswerter Form überlistet worden zu sein. Aber sei's drum ...

H-U genoss den Feierabend. Allerdings schaffte er es fast nie, schon zur ›Blauen Stunde‹ zu Hause zu sein und ein Gläschen seines geliebten ›Cantus Avis‹ zu trinken. Zu sehr wurde das gesamte Kommissariat mit Arbeit überschwemmt, richtige Dienstzeiten kannte kaum jemand und Überstunden waren an der Tagesordnung. Dabei ist sie so entspannend, die kurze Zeit zwischen Tag und Nacht, wenn der Himmel sich vor der Dämmerung intensiv färbt und der Übergang zwischen Hell und Dunkel zur gepflegten Melancholie einlädt. Auch Dr. Lahnstedt liebte diese Stunde des Träumens, diese Spanne relativer Freiheit, und relaxte ausgiebig mit seinem Gläschen Calvados. Selbständige genießen übrigens insoweit deutlich mehr Privilegien als abhängig Beschäftigte, vor allem was die Möglichkeiten ihrer Zeitgestaltung angeht. Dafür tragen sie auch ein gewisses unternehmerisches Risiko, was allerdings nicht für Ärzte gilt, denn krank wird der Mensch doch immer wieder gern und unsere eigenen Zähne möchten wir möglichst bis zum Lebensende behalten. Dr. Lahnstedt brauchte sich jedenfalls keine materiellen Sorgen zu machen und konnte sich trotzdem ausgiebig frühabendlichen Calvados genehmigen. H-U hingegen musste fast immer bis zum Abendbrot warten, bevor er sich ein Gläschen gönnen konnte, und das tat er dann auch, verbunden mit dem meist kargen Abendessen eines Junggesellen. Gleichwohl genoss er diese Zeit der Entspannung, schnupperte den Duft des heimatlichen Kaiserstuhls, ließ Hermanns Wundertropfen den Gaumen verwöhnen und den Tag in Gedanken Revue passieren. Gelegentlich nahm er sogar die RuZ zur Hand, aber richtig studieren wollte er die Zeitung heute nicht mehr, vor allem nichts lesen von Katastrophen und ungeklärten Verbrechen.

Drei- oder gelegentlich auch viermal die Woche huschte H-U auf ein Bierchen in die ›Waldesruh‹. Zum einen hatte er keine Lust, die Abende immer allein vor dem Fernseher zu verbringen, und zudem liebte er ›Theken-Small-Talk‹, auch wenn der Inhalt dieser Gespräche nicht immer sehr geistreich und ergiebig war. Zum zweiten konnte er Lisa zusehen, wie sie anmutig und lächelnd mit einem vollen Tablett zwischen den Zechern jonglierte. Dann malte er sich aus, wie es in zwei oder drei Stunden sein würde, wenn Lisa Feierabend haben und zu ihm ins Bett schlüpfen würde. Oft ging dieser Tagtraum später in Erfüllung, aber es gab auch Ausnahmen, wie der gestrige Abend gezeigt hatte. Über die Wartezeit halfen kühler Gerstensaft und bunte Thekengeschichten hinweg, vor allem am Stammtisch.

»Noch'n Bierchen, der Herr?«, fragte Lisa und lächelte H-U schalkhaft zu.

»Na klar«, war die Antwort und H-U freute sich immer wieder über die hierzulande üblichen Diminutive. ›Bierchen‹ und ›Schnäpschen‹ waren die gebräuchlichsten Vokabeln in der ›Waldesruh‹ und selbst wenn einer der Gäste sturztrunken war, dann hatte der wohl ›nur ein Gläschen zu viel‹! H-U selbst war ein sehr mäßiger Zecher und er vertrug auch nicht sonderlich viel, aber es gab besondere Koryphäen am Stammtisch, die locker zwanzig Bierchen und dazu auch noch etliche Schnäpschen in sich hineinkippen konnten und trotzdem kerzengeradchen nach Hause marschierten. Sie wurden allseits hoch geschätzt – insbesondere von Wirt Hermann Primus, der bei diesen Gästen vor allem das gute Umsatzpotenzial zu schätzen wusste. Deshalb lautete seine Devise: »Immer freundlich sein und auch mal 'ne Runde schmeißen, das belebt das Geschäft!« Was allerdings die besseren Hälften dieser Monsterzecher dachten und ob im ehelichen Schlafgemach außer lautem Bierchen-Geschnarche auch noch andere Aktivitäten zu verzeichnen waren, das wurde am Stammtisch natürlich nicht problematisiert.

Irgendwie passte das alles in die gemütliche Ruhrlandschaft. Im Süden der Republik trank man Bier stets als ›eine Maß‹ oder zumindest aus dem Halbliterkrug, doch im Brauhaus füllte man in normale Gläser nur 0,2 und in die großen 0,3 Liter Gerstensaft. Kleine Einheiten in gefälligen Gläsern, die sich in die Hand schmiegten und kunstvoll verbargen, dass sie einen nicht immer ungefährlichen Inhalt darboten – 0,5 Promille waren schnell erreicht und damit der ›Lappen‹ weg. Wenn Ehepaare gelegentlich gemeinsam zechten, führte das zur rheinisch-westfälischen Aufgabenteilung: Er fuhr mit dem Auto hin und sie zurück! Kam man dann einmal in eine Polizeikontrolle, so stellten die Ordnungshüter schnell fest, dass der Meistbetrunkene nicht am Steuer saß, sondern die Leitung des Gefährts der pflichtbewussten Ehefrau übertragen hatte. Dies belohnte die Polizei bei ihr mit dem

Verzicht auf einen Alko-Test – wohl wissend, dass der Promillegrad der Wagenlenkerin nur unwesentlich unter dem ihres Gatten lag. Leben und leben lassen!

Heute gastierte ›Der große Gatsby‹ am Stammtisch. Wie er wirklich hieß, wusste niemand so recht, wahrscheinlich Thorsten oder Karsten oder so ähnlich. Er war eine Art Großindustrieller, wohnte in einer feudalen Villa in der Oberstadt und kam des Öfteren in die Unterstadt, denn er liebte die morbide Atmosphäre und zotigen Gespräche in der ›Waldesruh‹. Seinen Kneipennamen verdankte er seiner imposanten Statur – mit 2,05 m überragte er die anderen Stammgäste erheblich. Dazu brachte er schätzungsweise auch noch 150 Kilo auf die Waage, was seinem alkoholischen Aufnahme- und Verarbeitungsvermögen natürlich äußerst dienlich war. Er war ein typischer Kombinationstrinker – nach jedem zweiten Bierchen folgte meist ein Schnäpschen. Und wenn man seine riesigen Pranken betrachtete, in denen die kleinen zerbrechlichen Trinkgefäße fast vollständig verschwanden, dann schienen die Diminutive wirklich mehr als gerechtfertigt.

Als H-U hinzutrat, diskutierte die Stammtischrunde gerade – er wollte es kaum glauben – über ein sehr profanes Thema, die Brennnessel. ›Der große Gatsby‹ hatte nämlich seinen Gärtner mitgebracht, wohl um ihm als Dank für die gute Pflege seines parkähnlichen Gartens eine steuerfreie Prämie in Form von reichlich Bierchen und Schnäpschen zukommen zu lassen, und dieser Naturbursche pries gestenreich die Vorzüge von Nesselsuppe und Brennnesselspinat an: »Junge Brennnesseltriebe werden wegen ihres hohen Gehalts an Mineralstoffen und Eiweiß sehr geschätzt. Die Brennnessel enthält siebenmal mehr Vitamin C als eine Orange und deutlich mehr Eiweiß als die Sojabohne!«

›Der große Gatsby‹ nickte sehr zustimmend, doch die übrigen Stammtischgäste schienen durch diese neuen Erkenntnissen weder sonderlich beeindruckt zu sein noch ins Lager der Vegetarier umschwenken zu wollen Der alte Richter brachte es auf den Punkt, in dem er »Lisa, bring' mir doch bitte 'ne Currywurst!« in den Raum rief.

Der Gärtner dozierte jedoch unbeirrt weiter: »Und es gibt eine Reihe von Mythen und Weisheiten, die man unbedingt wissen sollte. Wer etwa Gründonnerstag Brennnesseln isst, im Folgejahr kein Geld vermisst!«

Dieser Spruch brachte den gesamten Stammtisch in Hochstimmung und als dann noch nachgelegt wurde: »Fünf Brennnesseln in der Hand, sorgt für kühlen Verstand!« war der Damm gebrochen. Alles rief laut durcheinander, bestellte Brennnesselbier und ebensolchen Schnaps, sogar eine Currywurst mit ›Brennnessel rot-weiß‹, so dass Hermann Primus schnell eine Doppelrunde Bier und Obstler an den Stammtisch bringen ließ, um des beginnenden Tohuwabohu Herr zu werden. Dieser Trick klappte immer und so beruhigten sich die Gemüter am Stammtisch auch jetzt wieder, nicht ohne das Thema ›Brennnessel‹ weiterhin in den schillerndsten Farben durchzudiskutieren. Ein breites Feld nahm dabei die Fortpflanzung von Brennnesseln und hier die Frage ein, wie man die bestäubenden Insekten vor den giftigen Tentakeln der Pflanze schützen könnte. Der Gärtner lächelte dazu schweigend, trank Bierchen und Schnäpschen und ließ die versammelten Stammtisch-Gelehrten dazu ihre bunten Szenarien verbreiten, ohne sie auf einen kardinalen Fehler hinzuweisen – in der Familie der Brennnesselgewächse erfolgt die Vermehrung durch reine Windbestäubung!

Nach einiger Zeit legte sich die Rabusche und der alte Richter fragte: »Was macht denn unsere Leiche aus dem Mühlenteich, gibt's etwas Neues?«

»Sie ist immer noch ziemlich tot«, entgegnete H-U trocken, um dann freundlicher fortzufahren: »Nun, wir haben schon einige brauchbare Erkenntnisse. Wir wissen zum Beispiel, dass der gute Karl Funkel wohl erschlagen worden ist und dass Fund- und Tatort offensichtlich nicht identisch sind. Aber ihr wisst, mehr kann und will ich hier nicht preisgeben!«

»Das verstehen wir natürlich«, nickte der alte Richter zustimmend, »die Ermittlungsergebnisse sind geheime Kommandosache! Wir wollen nicht weiter in dich dringen. Aber – facta aperta loquuntur! Oder leicht abgewandelt: Offenkundige Tatsachen bedürfen weder eines Beweises noch unterliegen sie der Geheimhaltung!«

»Ja, das ist richtig«, stimmte H-U leichte irritiert zu, »aber was meinst du damit?«

»War der liebe Dahingeschiedene ein wenig verstrahlt und wenn ja, wodurch?« Der alte Richter betonte jedes Wort und genoss sichtlich deren Wirkung.

»Nein, bestimmt nicht, wir ermitteln in jede Richtung ...« Der Chef der Ermittlungsbehörde war baff und suchte erkennbar nach Worten. Gerade wollte er gestenreich einige Nebelkerzen zünden, als ihn der alte Richter leicht am Arm berührte:

»Karl Funkel hat in Paulas Kioskgarten einen kleinen Steingarten angelegt mit Proben seiner morgendlichen Wanderungen. Wir fanden das immer ein wenig spleenig, aber er tat sehr geheimnisvoll und glaubte, einer großen Sache auf der Spur zu sein. Und heute Nachmittag hat sich das LKA dieser Sammlung angenommen, mit großen tickenden Staubsaugern, wie Paula Penquitt ehrfurchtsvoll erzählt hat, und anschließend wurde alles abtransportiert. Nun, damit ist Raum für Spekulationen; ist meine Frage nicht sehr naheliegend?«

Der Kriminale hatte seine Fassung schnell wiedergewonnen und sah in die Osterhasengesichter seiner Stammtischbrüder – sie schienen nur wenig interessiert an ihren Bierchen zu nippen, hatten aber riesengroße Lauscher aufgesetzt, um bloß nichts von der offensichtlich bevorstehenden Sensation zu verpassen. Er beschloss, ein bisschen Wind aus der Sache herauszunehmen, und neigte sich verschwörerisch nach vorne, wobei er die Stimme senkte: »Verstrahlung oder nicht, das wissen wir noch nicht; die Untersuchungen durch das LKA sind reine Routine. Aber wir wissen, woher die gesammelten Proben stammen – Karl Funkel hat sie alle auf dem Gelände der ehemaligen

Maschinenfabrik Scheuermann & Storb gesammelt.« H-U glaubte, nun wieder für Ruhe gesorgt zu haben, doch das Gegenteil war der Fall.

»Siehst du«, wandte sich der alte Richter an seinen rechten Tischnachbarn, »alles gesammelt bei der Fa. Scheuermann & Storb, wie ich immer vermutet habe!«

Karl-Heinz Jonas, wie stets retorten-gebräunt, entgegnete aufgeräumt und heute gar nicht griesgrämig: »Eins zu Null für dich! Aber ich kenne den alten Scheuermann gut, ein ehrbarer Kaufmann, er hat die Firma von Mitte der 70er bis Ende der 80er Jahre geführt; später wurde sie wegen Unrentabilität geschlossen. Die Maschinenfabrik war damals der wichtigste industrielle Produktionsbetrieb in der Unterstadt. Doch deine Vermutung, lieber Horst-Ulrich, es habe sich um einen Umweltsünder gehandelt, kann ich wirklich nicht bestätigen.«

»Was haben sie produziert?«, fragte ein aufgeregter KHK Bader dazwischen.

»Ganz früher muss es wohl eine kleine Farbenfabrik gewesen sein, aber nach 1949 wurde sie Teil des Wirtschaftswunders. Der frühere Mitinhaber Storb – ein pfiffiges und geschäftstüchtiges Kerlchen – hatte schnell erkannt, dass die durch Kriegswirren und spätere Demontage geschwächte Industrieregion ›Ruhrgebiet‹ ein hohes Wachstumspotential aufwies. Nach dem Krieg waren leistungsfähige Transformatoren sowie mechanische und digitale Messgeräte besonders gesucht. Also spezialisierte man sich hierauf und später auch noch auf glasfaserverstärkte Industriebauteile aller Art. Eine echte Goldgrube …«

»… die aber Ende der 80er Jahre plötzlich versickerte«, warf der alte Richter ein.

»Ja, mit dem Tode Storbs trat dessen Tochter ins Geschäft ein; sie war ein hübsches Kind und eine Künstlernatur, aber beileibe keine Unternehmerin. Sie zog sich nach einiger Zeit frustriert zurück und überließ dem alten Scheuermann das operative Geschäft. Der wurschtelte einige Jahre erfolgreich weiter, aber dann kam Anfang der 80er

Jahre die zweite Ölkrise und eine dicke Rezession. Der Betrieb meldete keine neuen Patente mehr an und war somit auf Dauer nicht mehr konkurrenzfähig. Am Ende ließ Scheuermann seine geliebte Firma in eine gesteuerte Insolvenz gleiten, um die vollständige Zerschlagung des Imperiums zu verhindern.«

»Und was ist ihm geblieben?«, fragte Uwe Dietlein, der smarte Handelsvertreter, der immer einen Blick für die pekuniäre Seite einer Story besaß.

»Vor allem Grund und Boden – also das gesamte Areal, das jetzt für's ›Ruhr-Karussell‹ als Baugrund zur Verfügung steht. Und von dem Erlös lässt sich noch in Generationen gut leben!«

»Aber da gab es doch mal einen Skandal, als Mitte der 70er Jahre ...«

Karl-Heinz Jonas ließ den alten Richter nicht ausreden: »Fama est – Gerüchte und immer nur Gerüchte! Mein Vater war damals Prokurist bei Scheuermann & Storb und ich wüsste genau, wenn es wirklich etwas Vorwerfbares oder gar einen Skandal, wie du es nennst, gegeben hätte. Selbst der rasende Reporter, immer auf der Suche nach der ultimativen Story, hat damals ohne Rücksicht auf Verluste recherchiert – völlig ergebnislos!«

»Und was passierte mit dem Betrieb nach dessen Schließung?«, bohrte KHK Bader weiter.

»Ein großer Antiquitätenhändler hatte sich auf dem Gelände für kleines Geld eingenistet, es stand ja alles leer. Und als der seinen Standort verlagerte, ist das gesamte Areal zum Bauland umgewidmet worden – ein belgischer Investor hat zugeschlagen und wird sich mit der großflächigen Bebauung des Brachlandes eine goldene Nase verdienen!«

Der alte Richter zuckte die Schultern und bestellte eine Runde für den Stammtisch. Der Gerstensaft wurde geliefert und genossen und jeder hing ein wenig seinen Gedanken nach, in denen Brennnesseln allerdings schon lange nicht mehr vorkamen. ›Der große Gatsby‹ ließ dazu noch eine Runde Hochprozentiges anrollen und fragte dann ganz beiläufig: »Der rasende Reporter von damals, gibt es den noch?«

»Natürlich«, entgegnete Karl-Heinz Jonas, »heute allerdings in völlig anderer Funktion. Er ist nun Geschäftsführer der RuZ!«

»Doch nicht Bernd Seefelder?«

»Genau der!«, kam es wie aus der Pistole geschossen und H-U wusste, dass das nachdienstliche Genießen alkoholischer Getränke auch für ein kriminologisches Ermittlungsverfahren durchaus von Nutzen sein kann.

Nach einigen weiteren Bierchen löste sich der Stammtisch peu à peu auf und die müde gewordenen Helden bewegten sich in Richtung heimische Bettstatt. Der Kripo-Chef hatte heute nach den Erfahrungen des Vorabends seine grau-blaue Charme-Kombination mit passender Fliege angelegt, bereits lustvoll-bestätigende Blicke von seiner Angebeteten aufgefangen und deshalb beschlossen, vor Ort auf Lisas Feierabend zu warten. Die Zeit verging wie im Fluge, galt es doch neue Zusammenhänge zu erwägen und weitere Personen in das Täter-Opfer-Schachspiel einzubeziehen. Ein ultimatives ›Schachmatt‹ wollte ihm allerdings nicht gelingen. Während er noch alle Varianten seines Falles durchspielte, hatte Lisa bereits die Kasse abgerechnet und stand lächelnd und bereitwillig vor ihm. Den kurzen Weg bis zur Wohnung legten sie Hand in Hand zurück. Offensichtlich hatte Lisa ein wenig Entzugserscheinungen, denn sie lehnte das Angebot eines leichten badischen Schlummertrunkes mit dem Bemerken ab: »Wer will denn schon schlummern?« Und es dauerte wirklich nicht lange, da hatte H-U seinen ersten Anflug von Müdigkeit überwunden und überließ sich ohne Wenn und Aber den Verführungskünsten seiner Geliebten. Ihr Mund schmeckte nach süßen Erdbeeren und damit war für kriminologische Schattenspiele in seinem Kopf kein Platz mehr.

XVIII.

Der nächste Morgen begann überraschend. Lisa war schon aufgestanden und hantierte in der Küche mit der Kaffeemaschine. Das Überraschende dabei war nicht ihr neu erwachtes Interesse an Küchengeräten und deren Bedienung, sondern vielmehr die Tageszeit ihrer Aktivität – die Uhr zeigte schließlich erst wenige Minuten nach sieben. Für studierende Menschen ist dieser Tagesabschnitt in aller Regel noch der Nacht zuzurechnen, auch wenn draußen schon helles Sonnenlicht für zwitschernden Vogelgesang sorgt. Die Tatsache, dass ein Großteil der arbeitenden Bevölkerung um diese Zeit bereits produktiv tätig ist oder sich im alltäglichen Stau zur Arbeitsstätte befindet, ist im Bewusstsein von Studenten nur rudimentär präsent. Neben dieser Negierung der üblichen Tageszeitabläufe gehören zum studentischen Brauchtum übrigens weitere interessante und teilweise bereits seit dem Mittelalter existente Verhaltensmuster, Sitten und Rituale, die das Studentenleben prägen und in unterschiedlicher Form an vielen Universitäten auch heute noch vorhanden sind. So gibt es beispielsweise eigene Zustimmungs- oder Ablehnungsformen wie Beifallklopfen, Scharren und Auszischen, Fackelzüge und Katzenmusik bei der Bewältigung von Examenshürden oder – sehr beliebt – das Hospitium, bei dem ein Student als Gastgeber fungiert und aufpasst, während sich seine Kommilitonen sinnlos betrinken dürfen. Scheint also das Saufen gemeinhin mit dem Studentenleben verbunden zu sein, ist körperliche Gewalt in diesen Kreisen eher verpönt. Obwohl – das Fechten mit scharfen Waffen galt früher in bestimmten studentischen Verbindungen als wichtige Hilfe zur Persönlichkeitsbildung und auch heute noch hängen so manche Konvente diesem Irrglauben an. Die Mensur, der ›Schmiss‹ im Gesicht, wurde als Zeichen für Tapferkeit angesehen, deutete in Wirklichkeit aber eher auf mangelnde körperliche Fitness oder fechterisches Unvermögen hin. Dieses schlagende studentische Brauchtum löste sich im Zuge der 68er-Studentenbewegung weitgehend auf und wird heute nur noch in reaktionären Studentenverbindungen gepflegt. Waren die 68er also doch gar nicht so schlecht …

H-U wusste zwar, dass wieder einmal eine nicht unwichtige Klausur auf seine Geliebte wartete, hatte aber ihrer Ankündigung, diese nun endlich schreiben zu wollen, keine allzu große Bedeutung beigemessen. Umso überraschter war er, dass den Worten nun universitäre Taten folgen sollten. Zum einen begrüßte er es sehr, dass Lisa sich langsam ihrem Studienabschluss näherte, denn sie sollte keinesfalls auf Dauer ihr Leben als fesche Bedienung in der ›Waldesruh‹ fristen. Andererseits hätte er sich gerade heute Morgen gerne noch ein paar intensive Schmuseeinheiten abgeholt, bevor er sich wieder mit ungelösten Kriminalfällen beschäftigen musste. Ungelöst …? Wie ein Blitz kam ihm die Erinnerung an den gestrigen Abend und die Erzählung von Karl-Heinz Jonas ins Gedächtnis – das waren doch ein paar sehr interessante Neuigkeiten, denen man nachzugehen hatte. Gab es nun einen Skandal bei der Fa. Scheuermann & Storb, wenn ja, welchen und was wusste Bernd Seefelder darüber, der Geschäftsführer der RuZ?

Bircher Müsli und Kaffee wurden heute im Stehen eingenommen, was zum einen Lisas Termindruck in puncto Klausur geschuldet, andererseits aber auch für H-U in Ordnung war, denn die neuen Erkenntnisse zogen ihn ins Büro und dort hatte er schließlich um 8:30 Uhr das Morgen-Meeting anberaumt. Es war Donnerstag, Tag drei nach Auffinden von Karl Funkel, es wehte ein laues Lüftchen und alles deutete auf einen frühlingshaften Morgen hin. H-U überlegte kurz, ob er von Bennerle in der nahe gelegenen ›Waldesruh‹ abholen sollte, entschied sich dann aber doch für einen Alleingang zum Büro. Möglicherweise war diese Entscheidung von einer olfaktorischen Vorüberlegung des Unterbewussten gesteuert, denn just auf der Brücke über den Mühlengraben vermeinte der Kommissar den Duft frisch gerösteten Kaffees wahrzunehmen, der ihn den Blick Richtung ›Café Entengrütze‹ richten ließ. Dort sah er Meister Brasch, den Ehemann der Caféhausbesitzerin, der wild mit den Armen ruderte und offensichtlich etwas loswerden wollte. Seinem »Kommen Sie doch auf 'nen Kaffee rein, Herr Kommissar!«, folgte H-U nur allzu gern. So viel Zeit sollte doch noch sein …

Meister Brasch war in der Tat ein bunter Vogel. Man wusste nie, was man mehr bewundern sollte, seine bunten Tätowierungen oder seine hervorragende Backkunst. Er war früher zur See gefahren und hatte ›alle Länder gesehen‹, wie er gerne zu sagen pflegte. Dabei sparte er nicht mit wundersamen Erzählungen, die mit Seemannsgarn gut durchzogen waren. Natürlich kamen dabei auch alle Hafenspelunken der Welt vor und vor allem, welch hübsche Maus in welchem Hafen ›noch heute‹ auf ihn wartete. Das war zwar runde zwanzig Jahre her und inzwischen hatte ihn das Schicksal – nach seinen wilden Geschichten mochte man es kaum glauben – an die Grenze zwischen Ober- und Unterstadt verschlagen, wo er als gelernter Bäcker und Konditor eine Anstellung im ›Café Entengrütze‹ fand. Er war fleißig, geschickt im Umgang mit Menschen, auch und vor allem mit der Chefin, und seine Backwaren ließen die Herzen der insoweit nicht verwöhnten Oberstädter höher schlagen. So wurde aus dem Arbeitsverhältnis bald mehr – ein Techtelmechtel, ein bisschen Familienanschluss und heute führte er mit seiner Frau ein ansehnliches Café.

H-U hatte kaum Platz genommen und seinen Kaffee geordert, da sprudelte Meister Brasch auch schon los: »Ich hab' da was gesehen früh morgens. Kam mir schon direkt so komisch vor. Erst die Jungs vom Wachdienst und dann der Karl-Rainer, also echt – nee …«

»Jetzt mal der Reihe nach«, bremste H-U und der Wunsch des Kriminalen nach einer strukturierten und logischen Aussage war deutlich hörbar, »wann haben Sie was gehört oder gesehen? Und bitte so, dass ich es am frühen Morgen auch verstehen kann!«

»Früher Morgen?«, echote es verständnislos, »ich bin doch schon fast fünf Stunden auf. Ihr Beamten braucht wohl nicht zu arbeiten und verschlaft die halbe Zeit.«

»Ja, da haben Sie wohl Recht«, lachte H-U und merkte, dass er sich einem potentiellen Zeugen gegenüber freundlicher verhalten sollte. Deshalb schob er schnell ein halbgares »Bin noch nicht so ganz wach!« nach.

»Also: Ihr habt den Karl doch am Montagabend gefunden und da soll er, wie die RuZ schreibt, schon den ganzen Tag im Wasser gelegen haben. Stimmt das?«

KHK Bader nickte und Meister Brasch fuhr fort: »Dann muss er also schon Montagmorgen hier abgelegt worden sein, stimmt das?«

Erneutes Nicken! »Komisch, dass ihr ihn nicht schon früher gefunden habt, bei den vielen Leuten, die hier rumflanieren. Und wir in der Backstube haben auch nix gesehen ...«, sinnierte ein sichtlich nachdenklicher Bäckermeister. Doch bevor H-U erneut auf eine konkrete Zeugenaussage dringen konnte, fuhr er fort: »Kann ja sein, dass er sich unter dem ganzen Grünzeug im Wasser versteckt hat – vor allem unter dieser Entengrütze! Stimmt doch, oder?«

Meister Brasch wartete weder ein weiteres nerviges Kopfnicken noch den Wunsch nach konkreten Hinweisen ab, sondern kam endlich auf den Punkt: »Wenn wir morgens in der Backstube fertig sind, setze ich mich mit den Jungs oben auf die Terrasse und wir bringen ein Rauchopfer. Qualmen während der Arbeit ist verboten, wer will schon Kippen in der Grillagetorte? Von da oben gucken wir auf den oberen Fußweg zum Mühlengraben. Und wer kommt da, morgens kurz vor sechs? Der Karl-Rainer Senorius, und zwar nicht mehr so ganz wacker auf'n Beinen. Der kippt sich gerne mal einen hinter die Binde, aber meistens zieht der um kurz nach Mitternacht wieder Richtung Roter Bahnhof. Dieses Mal war's aber früher Morgen! Kann ja mal vorkommen, aber warum schleppt man dann einen großen Vorschlaghammer mit sich herum?«

Der Kriminale verschluckte sich an seinem Kaffee und konnte nur hustend fragen: »Mit einem was …?«

»Ja, einen ziemlich dicken Hammer hatte der bei sich!«

»Und was hat er damit gemacht?«

»Weiß ich doch nicht. Sie sind der Kommissar!«

»Wohin ist er gegangen, konnten Sie etwas Konkretes hören, hat er sich auffällig benommen, …?«

»Langsam – von der hinteren Terrasse aus können wir nur sehen, wer aus der Oberstadt Richtung Mühlengraben unterwegs ist, aber nicht, ob er auch wirklich in die Unterstadt läuft. Bei Karl-Rainer gehe ich einfach mal davon aus, angeschickert wie der war. Wo soll er sonst hingegangen sein? Und gehört haben wir nix, nur ein lautes Rülpsen…«

»Haben Sie eine Ahnung, wo er herkam, so früh morgens?«

»Manchmal trifft er sich mit Freunden zum Skat in der Kneipe, manchmal besucht er den Schrotthändler Latzdorf, auch so'n Eisenbahnfreak, manchmal ist er auf Frauentour – bei Karl-Rainer weiß man nie so genau.«

»Vorschlaghammer, Montagmorgen, Frauenheld, Thailand,…«, H-U brabbelte laut vor sich hin und vergaß fast sein Gegenüber. »Tschuldigung, aber das muss ich erst mal verdauen, ist ja ein Ding! Warum haben Sie mir das nicht schon früher erzählt?«

»Hab' dem nicht so viel Bedeutung beigemessen und überhaupt, wer weiß, ob das was mit dem Fall zu tun hat?«

»Das lassen Sie mal meine Entscheidung sein. Haben Sie sonst noch Neuigkeiten?«

»Ja, hab' ich doch schon gesagt, die Jungs vom Hussa-Wachdienst waren in der Nacht auch unterwegs. Sie hören aber auch gar nicht richtig zu!«

»Wer oder was ist der Hussa-Wachdienst?«

»Die Baufirma vom ›Ruhr-Karussell‹ hat sich einen Wachdienst zugelegt, ziemlich finstere Typen vom Balkan. Die sollen das Baugelände bewachen und Diebe abschrecken. Kann ich gut verstehen, wo heute so viel geklaut wird und die Polizei nix taugt. Offensichtlich sind die auch ziemlich gut, denn wie mir Ihr Kollege erzählt hat, ist dort noch nix weggekommen. Außerdem haben die es geschafft, diese Rowdys zu vertreiben, die abends immer den Leinpfad unsicher gemacht und Spaziergänger belästigt haben. Zwei Abende haben vier Wachleute aufgeräumt – die Rowdys sind weg und werden wegen ihrer blauen Augen auch nicht mehr so schnell wiederkommen! Die Polizei hat an dem Problem zwei Jahre erfolglos rumgedoktert…«

H-U überhörte die Spitze, zumal er auch wusste, dass seine Kollegen von der Streife sich in diesem Fall durchaus nicht mit Ruhm bekleckert hatten. »Und der Hussa-Wachdienst ist am Montagmorgen ebenfalls hier aufgetaucht?

»Ja, etwa eine Viertelstunde vor dem Karl-Rainer.«

»Woher kamen sie, wie viele waren es, was haben sie konkret gemacht, wohin gingen sie, …?«

»Es waren drei und der Vorarbeiter war auch dabei. Den kenne ich gut, weil er sehr gut Deutsch spricht und oft Kuchen für die ganze Mannschaft bei uns holt. Sie waren nicht betrunken, jedenfalls wankten sie nicht wie der Senorius. Gemacht haben sie eigentlich nix und woher sie kamen und wohin sie gegangen sind, weiß ich auch nicht. Wie gesagt, von unserer oberen Terrasse kann man den Mühlengraben nicht einsehen und…«

»Ja, ich weiß«, sagte KHK Bader und versuchte den Redestrom von Meister Brasch etwas zu bremsen. Es zog ihn mit seinen Neuigkeiten ins Präsidium, um die Kollegen über seine gestrigen Erkenntnisse betreffs Fa. Scheuermann & Storb aufzuklären und sich mit ihnen über die zwielichtige Rolle von Karl-Rainer Senorius zu beraten. Allerdings ist Eile bei einer Zeugenvernehmung selten ein guter Ratgeber und so wäre dem Herrn Hauptkommissar um ein Haar noch etwas sehr Wesentliches entgangen. Doch nachdem er seinen Kaffee bezahlt hatte, fragte er beim Aufstehen intuitiv nach: »Sie sagten, gemacht haben die Wachleute eigentlich nichts – was heißt ›eigentlich‹ in diesem Zusammenhang?«

»Nun ja«, dehnte Meister Brasch, »sie trugen einen großen Sack bei sich, der ziemlich schwer gewesen sein muss. Damit liefen sie wohl zur Unterstadt. Mehr weiß ich nicht, aber wer läuft schon morgens in aller Früh mit einem schweren Sack durch die Stadt?«

XIX.

H-U schwirrten tausend Gedanken im Kopf herum, die sich allerdings nicht mit der gewünschten Schnelle und Genauigkeit bündeln und ermittlungstechnisch erfassen ließen. Deshalb stürmte er ins Kommissariat, nur knapp grüßend und befahl laut: »Alle Mann zu mir!« Das war eigentlich unnötig, denn das gesamte Ermittlungsteam wartete bereits im Chefzimmer auf ihn – einschließlich PMA'in Anna Nork, offensichtlich weiblichen Geschlechts und natürlich trotzdem zur ›Mannschaft‹ zählend.

»Wie geht es Lisa?«, fragte Bobby scheinheilig. »Hattest du eine erfolgreiche Nacht?«

»Was soll der Blödsinn?«, blaffte ein sichtlich irritierter KHK zurück.

»Nun, du hattest eine Teambesprechung um 8:30 Uhr angesetzt und das gesamte Team war pünktlich da, nur der Teamleiter nicht.«

H-U schaute zur Wanduhr und bemerkte erst jetzt, dass er sich um eine halbe Stunde verspätet hatte. »Tschuldigung«, murmelte er, »dass es schon so spät ist, hatte ich überhaupt nicht bemerkt. Aber dafür habe ich auch jede Menge Neuigkeiten zu berichten.«

Sein Report begann chronologisch korrekt mit der Vermutung des alten Richters, der gute Karl Funkel sei vor oder nach seinem Dahinscheiden ein bisschen verstrahlt worden. Als KHK Bader weiter referierte, sein Namensvetter habe auch den Steingarten bei Paula Penquitt gekannt, ebenso den Besuch des LKA bei ihr und nun messerscharf geschlussfolgert, die genommenen Proben müssten wohl aus dem Gebiet des heutigen ›Ruhr-Karussell‹ stammen, warf KOM Borkowski ein überraschtes »Woher weiß der Kerl das?« ein. Die Spannung der Zuhörer stieg, als sie von einem möglichen Skandal hörten, der Mitte der 70er Jahre auf dem Gelände der Fa. Scheuermann & Storb stattgefunden haben soll. »Genaues weiß ich allerdings nicht. Frau Nork, haben Sie eine Ahnung, um was es sich handeln könnte?«

»Leider nicht, bin ja selbst erst im Dezember 1970 geboren; da sollte ich wohl mal meine Eltern fragen.«

»Und wir müssen unseren guten Freund Bernd Seefelder befragen«, fuhr H-U fort, »den heutigen Chef der RuZ, denn der soll damals intensiv in diesem Fall recherchiert haben. Er wohnte selbst hier in der Nähe und man nannte ihn den rasenden Reporter!«

»Donnerwetter«, entfuhr es Bobby Marek, »dieser hinterlistige Intrigant hat uns doch voll an der Nase herum geführt.«

Die Runde guckte unisono überrascht, denn noch nie war Bobby ein solch schwieriges Fremdwort ohne Unfall über die Lippen gekommen. Seine Entrüstung musste wahrlich echt sein!

Damit endete Baders Bericht über seine gestrigen ›Waldesruh‹-Erkenntnisse und die Kriminalen tauschten einige wilde Thesen über den Hintergrund von Karl Funkels Tod aus, ohne dass es etwas Greifbares zu vermelden gegeben hätte. Sein »Moment, ich habe noch etwas Neues!« ließ die Runde deshalb auch sofort verstummen.

»Ja, genau, was hat Ihnen denn Meister Brasch erzählt?«

Alle starrten Enno von Bennerle an und der Chef erst recht. »Woher wissen Sie, dass ich mit ihm gesprochen habe?«

»Wenn ich zum Dienst gehe, komme ich am ›Café Entengrütze‹ vorbei und da habe ich Sie heute morgen sitzen sehen, beim Kaffee und im trauten Gespräch mit dem Bäckermeister.«

»Wie«, fragte Friedel Borkowski gedehnt, »du hast den Chef dort sitzen sehen und uns nichts davon gesagt? Wir mussten hier untätig warten!«

»Ich weiß, Herr Bader ist ein absolut pünktlicher Mensch und wenn er zu spät kommt, dann wird es dafür einen triftigen Grund geben, selbst wenn er im Café hockt. Und noch was – ich haue niemanden in die Pfanne!«

»Schluss der Debatte!«, mischte sich KHK Bader ein und fügte mit einem Lächeln hinzu: »Vielen Dank, Herr von Bennerle, dass Sie mich nicht verpetzt haben. Aber im Ernst: Heute Morgen hat mich in der Tat Meister Brasch ins Café gebeten, weil er am frühen Montagmorgen verdächtige Personen gesehen hat, die aus der Oberstadt Richtung Mühlengraben gezogen sind. Das war zum einen Karl-Rainer Senorius, der um kurz vor sechs ziemlich angetrunken Richtung Roter Bahnhof getorkelt sein soll. Und knapp 'ne Viertelstunde vorher haben die Bäckerburschen wohl drei oder vier Männer vom Hussa-Wachdienst gesehen; das ist die Firma, die für die Sicherung der Bauarbeiten am ›Ruhr-Karussell‹ zuständig sein soll.«

»Früher Montagmorgen? Das ist doch unsere Tatzeit – zumindest der Zeitpunkt, an dem die Leiche in den Ententeich gekippt worden sein muss«, stellte Bobby folgerichtig fest und PRA von Bennerle ergänzte seufzend: »Erst tappten wir völlig im Dunkeln und jetzt haben wir gleich zwei Verdächtige!«

»Wartet, ich habe noch etwas für euch«, holte KHK Bader zum letzten Schlag aus, »der Senorius soll einen Vorschlaghammer mit sich rumgetragen haben und die Jungs vom Wachdienst einen großen schweren Sack!«

Wenn Überraschung und Sprachlosigkeit hörbar wären, so wären laute Tumulte im Chefzimmer die Folge gewesen. So trat zunächst für einige Sekunden totale Stille ein, bis Anna Nork meinte: »Das ist eine völlig neue Situation und ich glaube, wir sind der Lösung des Falles ganz nah. Nur – wer ist der Übeltäter?«

»Diese Frage werden wir beantworten, wenn wir das Motiv kennen. Bislang tappen wir da nach wie vor im Dunkeln. Deshalb heißt es jetzt…« und nun kam wieder der Chef zum Vorschein »… Ärmel aufkrempeln und weitermachen. Unseren Arbeitsplan, den wir gestern

Abend aufgestellt haben, müssen wir etwas modifizieren. Wir sollten wie folgt vorgehen: Herr von Bennerle und ich werden uns das Neubaugelände an der Ruhr und die Umgebung näher anschauen. Frau Nork befragt bitte Freunde und Bekannte in der Unterstadt, was sie über die früheren Aktivitäten dieser Firma wissen, über Produkte, Skandale usw. Bobby fährt zu seinem Freund im RuZ-Archiv und schaut selbst einmal in die alten Folianten, ob er etwas über einen Skandal bei der Fa. Scheuermann & Storb erfahren kann. Wenn du es schaffst, Bobby, dann versuche auch noch mal mit Bernd Seefelder ins Gespräch zu kommen. Und KOM Borkowski erkundigt sich bitte erst beim LKA, ob sie schon etwas Neues für uns haben, und fühlt dann Karl-Rainer Senorius auf den Zahn, was es denn mit der morgendlichen Hammernummer auf sich hat. Aber bitte vorsichtig, man kann nie wissen…«

Dass man sich nach getaner Arbeit gegen Mittag wieder zum Brainstorming im Kommissariat treffen solle, ging in der allgemeinen Hektik unter, war aber für alle Beteiligten selbstverständlich, denn sie wussten, ›nur gemeinsam sind wir stark!‹

XX.

PRA von Bennerle und KHK Bader hatten zum ersten Mal Gelegenheit, miteinander Ermittlungsarbeit zu verrichten. Interpersonell war das nicht ganz einfach, denn der eigentliche Chef stand zwar fest, aber der zugewiesene Untergebene hatte einen deutlich höheren Dienstgrad, auch wenn bislang nur als Polizeirats-›Anwärter‹. Beide lösten diese Aufgaben aber höchstprofessionell, und zwar zunächst durch respektvolles Schweigen. Gemeinsam verließen sie die Dienstelle und machten sich auf zum Neubaugelände an der Ruhr.

»Wir sollten uns das gesamte Gelände einmal anschauen, bevor wir uns die Bürocontainer vornehmen, die Chefs warten 'eh nicht auf uns«, meinte KHK Bader, »dann haben wir einen besseren Überblick und wissen, was und wonach wir fragen müssen. Was meinen Sie?«

»Richtig«, pflichtete ihm PRA von Bennerle bei, »ein bisschen Hintergrundwissen tut immer gut!« Und schalkhaft fügte er hinzu: »Ich sollte schon wissen, wenn ich mich hier einkaufe, was mich erwartet!«

»Sie sind uns herzlich willkommen«, meinte der Chef freundlich, »aber natürlich weiß ich, dass Sie später niemals in einer solch kleinen Dienststelle wie hier bei uns eingesetzt werden. Und – ich würde auch nur ungern meinen Job verlieren.«

»Sie machen einen guten Job und ich habe in wenigen Tagen schon viel von Ihnen gelernt«, lächelte der PRA ebenso freundlich zurück,»ich bin sehr froh, dass ich hier bei Ihnen zur weiteren Ausbildung gelandet bin.«

Beide gingen schweigend weiter Richtung Ruhrufer und wussten intuitiv, dass sie ihre Rollen im Wege gegenseitiger Achtung gefunden hatten.

Sie erkundeten das Bauvorhaben ›Ruhr-Karussell‹ von der Wasserseite her und verschafften sich so einen größeren Überblick, als wenn sie von der Stadtseite direkt aufs Baugelände marschiert wären. Hier irgendwo, so vermuteten beide, muss es den armen Karl Funkel erwischt haben. Aber warum und vor allem, wer? Das Neubauviertel ließ nach weitgehendem Abschluss der umfangreichen Bodenarbeiten schon erste Konturen erahnen.

»Möchten Sie wirklich zwischen Ruhrufer, belebter Durchgangsstraße und S-Bahntrasse wohnen?«, fragte H-U seinen Begleiter.

»Im Prinzip, ja«, antwortete der, »allerdings gäbe es da ein Problem: Ich würde gerne in vorderer Reihe wohnen, direkt mit Flussblick, aber dort sind die Preise dermaßen überteuert, dass sich das sogar der Polizeipräsident nicht erlauben könnte – normales Einkommensverhalten vorausgesetzt! Und weiter hinten, da könnten Sie mir die Wohnung schenken, ich nähme sie nicht. Alle zehn Minuten kommt eine S-Bahn und saust quasi durchs Kinderzimmer. Der Abstand zur Trasse beträgt doch maximal zehn Meter, wer genehmigt einen solchen Quatsch?«

»Böse Zungen behaupten, dass auch in unserer schönen Republik manches nur mit nützlichen Geschenken läuft. Ich will nicht behaupten, dass das hier der Fall war, aber Sie haben natürlich Recht, hier scheint offensichtlich etwas schiefgelaufen zu sein.«

»Die einen sagen so und die andern sagen so«, ließ sich eine sonore Stimme vernehmen, die H-U bekannt vorkam. Sie gehörte Bolko Bommes, dem Chef des örtlichen Paddelvereins. Er war gerade aus dem nahegelegenen Clubhaus gekommen und hatte offensichtlich die letzten Worte der Kriminalen mitgehört. H-U kannte ihn aus der Waldesruh, konnte ihn aber noch nicht so recht einordnen. Zum einen war er ihm in der Kneipe mit lauter Stimme als Wortführer der

›Boat-People‹ aufgefallen, zum anderen schätzte er sein Engagement für die Paddler vor Ort. Bolko Bommes war die Seele der hiesigen Kanuten, er unterstützte Doppel- und Stechpaddler ebenso wie Vorwärts- und Bogenschläger, sein Verein hatte bereits mehrere deutsche Meister hervorgebracht und vor allem – sein Bemühen um die Jugend- und Nachwuchsarbeit war vorbildlich. Er war paddelfachlich ein Idol und ›für seine Jungs‹ – dazu zählten allerdings ganz überwiegend Mädels – als Ansprechpartner immer präsent. So war es auch jetzt: Eine ockergelbe Schar von gleichgekleideten 10- bis 12jährigen stob aus dem Clubhaus, ließ die Kanus unter fachkundiger Aufsicht und gelegentlichen Flüchen des Trainers zu Wasser und wartete auf weitere Kommandos. Es waren Kanadier – natürlich nicht von Geburt her –, sondern allein im Hinblick auf die Benutzung ihres Sportgeräts. Kanadier knien nämlich in ihrem Kanu und ihre Paddeltechnik ist deutlich anspruchsvoller.

»Für uns war das ›Ruhr-Karussell‹ ein Glücksfall«, erläutere Bolko Bommes, »uns gehörte ein Teil des Neubaugeländes, wenn auch ein nur klitzekleiner, doch den brauchten die belgischen Investoren zur Flurbereinigung. Für die war's ein Klacks und für uns – die Sicherung des Vereins auf Jahrzehnte.«

»Aber würden Sie hier was kaufen?«, fragte KHK Bader in Anknüpfung an das Gespräch mit PRA von Bennerle, während dieser flink die Gelegenheit beim Schopfe ergriff und nachfragte: »Kannten Sie eigentlich Karl Funkel?«

»Na klar kannte ich den«, kam die direkte Antwort, »ich habe ihn gelegentlich morgens getroffen, wenn er seine Runden drehte. Ich bin kein Frühaufsteher, aber manchmal muss ich wegen der Kids noch vor Schulbeginn raus, um das Training zu überwachen. Die sind teilweise so sportgeil, dass es mich um den Schlaf bringt. Aber«, lachte Bommes nun, »ich mach's doch auch gerne…«

»Okay, okay«, unterbrach KHK Bader, »was können Sie uns sonst noch berichten?«

»Der gute Karl sammelte Steinchen und mit denen zog er dann zu

Paula Penquitt, wo er wohl ein kleines Gärtchen aufgebaut hatte, alles fein säuberlich katalogisiert.«

»Von wem wissen Sie das und woher hatte er die Steine?«

»Das mit seiner Sammlung hat er mir öfters erzählt, immer unter dem Siegel größter Verschwiegenheit. Und wenn ich ihn fragte, was er mit dem Mist wolle, hat er nur bedeutungsvoll gelächelt und gesagt ›Du wirst schon sehen!‹ Also ehrlich, einen kleinen Schuss hatte der wohl schon, oder?«

»Sie wissen nicht zufällig, wo er die Steine gesammelt hat?«

»Doch, natürlich! Alle Proben, die er nahm, stammten hier aus der unmittelbaren Umgebung. Das fing schon an, als noch niemand an dieses Neubaugebiet dachte. Aber nachdem die Belgier anfingen zu buddeln, hat er sich sehr auf die Baugruben und die großen Erdhaufen konzentriert, die dabei entstanden. Einmal hat man ihn sogar vom Laster runtergeholt, als der den Abraum gerade wegfahren wollte. Deshalb gab es ja auch Zoff mit der Hussa…«

»…mit wem?«, fragte PRA von Bennerle?

»Na, der Sicherheitsfirma, die hier alles bewacht. Bei einer solch riesigen Baustelle brauchen Sie doch ein paar gute Leute, die aufpassen, dass nix wegkommt. Hier entstehen über 100 Wohnungen gleichzeitig und wenn die tagsüber Strom- und Wasserleitungen einbauen, ist am nächsten Morgen nur noch die Hälfte da. Und das verhindert der Sicherheitsdienst.«

»Wissen Sie Näheres über diese Sicherheitsleute?«

»Ja und nein! Es sind wohl Rumänen, glaube ich, die Schichtdienst schieben und alle paar Wochen ausgetauscht werden. Nur der Vorarbeiter ist ständig vor Ort. Mehr weiß aber wohl die Bauleitung, die haben sie doch auch angeheuert. Ich kann jedenfalls nix Schlechtes über die Jungs sagen – sie können zulangen, wenn nötig, sind aber ansonsten freundlich und nett. Wissen Sie, ich habe die Hussa mal gerufen, weil wir hier unten ein paar Rowdys hatten, die abends mit Bierflaschen um sich warfen und Leute anpöbelten. Ein paar von unseren Kanuten haben sie einfach ins Wasser geschubst, als die für Ruhe und

Ordnung sorgen wollten. Nun, die Hussa ist mit vier Mann gekommen, hat die Herren zweimal freundlich gebeten zu verschwinden – und der Spuk war vorbei!« Man sah Bolko Bommes bei seiner Schilderung deutlich an, dass er sich mit Genugtuung an die ›freundlichen‹ Aufräumarbeiten am Leinpfad erinnerte.

»Okay, sonst noch was?«, fragte KHK Bader lakonisch, denn ihm war diese Geschichte nach wie vor nicht ganz geheuer.

Bommes zuckte die Achseln und hätte auch für weitere Aussagen nicht mehr zur Verfügung gestanden, denn die ockergelbe Rasselbande hatte die Boote zu Wasser gelassen und dabei gleich eines davon versenkt. Der Trainer konnte das abdriftende Kanu gerade noch erwischen, bevor es sich Richtung Rhein davonmachte, und zog es unter Flüchen wieder an Land. Die Kriminalen ergötzten sich noch eine kurze Zeit an dem bunten Gewusel am Fluss und wandten sich dann der Ansammlung blauer Baucontainer zu, in der sich die Bauleitung des ›Ruhr-Karussell‹ häuslich niedergelassen hatte. Rings um die riesige Baustelle verlief ein ziemlich sichtdichter Bauzaun, der neugierige Blicke verhindern, aber natürlich auch die Baustelle sichern und Unbefugte am Betreten derselben hindern sollte. Alle 50 m war ein Schild angebracht: ›Achtung Baustelle! Betreten verboten! Hussa Serviciu de Securitate‹.

KHK Bader und PRA von Bennerle sahen das Schild ›Bauleitung‹ in der zweiten Etage der insgesamt dreistöckigen Containeranlage und stiegen die dorthin führende Eisentreppe nach oben. Die unterste Etage diente offensichtlich als Materiallager, außerdem war hier ein Schild ›Hussa Serviciu de Securitate‹ angebracht. In der obersten Etage befanden sich die Verkaufsräume, in denen sich potentielle Erwerber über die Vorzüge der Anlage informieren konnten. Am Ziel angekommen, drückte H-U auf den Klingelknopf ›Bauleitung‹ und sofort öffnete sich die Containertür wie von Geisterhand. Beide Besucher erwarteten die stählerne Enge eines 30 Fuß-Containers und waren überrascht von dem Anblick, der sich ihnen darbot. Mehrere Großcontainer waren miteinander verbunden worden, indem man einfach störende Rück- und Zwischenwände entfernt hatte. Was von außen wie eine ungemütliche Containeransammlung aussah, war von innen eine schön gestaltete klimatisierte Bürolandschaft. Sie befanden sich offensichtlich im Vorzimmer der Bauleitung, denn eine Art Tresen trennte die Besucher vom eigentlichen Bürobereich, aus dem ihnen eine großbebrillte und etwas ältliche Dame entgegenblickte. Zwei Türen im Hintergrund wiesen darauf hin, dass sich dort weitere Büros befanden – wahrscheinlich die der Chefs.

»Kann ich Ihnen helfen?«, fragte die Vorzimmerdame, die sich beim Näherkommen anhand des links oben angebrachten Namensschildes als ›Petra Mausach‹ entpuppte. »Wenn Sie sich für eine Wohnung interessieren, darf ich Sie bitten, eine Etage höher zu klingeln.«

Die beiden Kriminalen zückten ihre Dienstausweise, hielten sie dem Fräulein Mausach unter die Nase und KHK Bader sagte: »Wir hätten gerne den örtlichen Bauleiter gesprochen.«

»Oh, da muss ich doch erst nachschauen, ob er da ist«, entgegnete spitz das Fräulein Mausach, durch die beiden Dienstausweise nur sehr wenig aus der Fassung gebracht.

»Das ist nicht nötig, wir kennen den Weg«, blaffte PRA von Bennerle zurück, den solch divenhaftes und unkooperatives Verhalten stets in Rage brachte. Er schob die in der Mitte des Tresen befindliche Klappe, die den Durchgang ins Büro freigab, nach oben und ging einfach hindurch, gefolgt von seinem etwas verdutzten Kollegen. Beide steuerten auf die beiden Türen im Hintergrund zu, während Fräulein Mausach sie laut zeternd daran zu hindern suchte.

Die hintere linke Tür öffnete sich mit einem ärgerlichen »Mausach, was ist denn hier los?« und heraus trat ein großgewachsener Mann mit sportlichem Aussehen, blauer Satinhose, blütenweißem Hemd ohne Krawatte und einer randlosen Brille auf der Nase, über die er böse auf die Eindringlinge blickte. »Sollen wir die Polizei rufen?«

»Nicht nötig, wir sind schon da«, beruhigte ihn Bader sanft und hielt ihm den Dienstausweis entgegen. »Ihr Vorzimmerdrachen hat wohl unsere Legitimation nicht richtig gewichtet und da mussten wir uns den Weg selbst ebnen!«

»Okay, kommen Sie rein, was kann ich für Sie tun? Und Fräulein Mausach – Kaffee bitte!«

Sie betraten ein ebenfalls geräumiges und sehr gut eingerichtetes Büro mit Fenster zur Baustelle und nahmen an einem kleinen Besprechungstisch neben dem imposanten Sekretär des Baustellenleiters Platz. Dass es sich in der Tat um den Chef handelte, verdeutlichte das übergroße goldene Namensschild: ›Ernesto Hatschy, Baustellenleiter‹. Dieser eröffnete das Gespräch dann auch lächelnd mit der Frage: »Möchte die Polizei bei uns ein neues Dienstgebäude erstehen?«

H-U kannte den braungebrannten und sportlich aktiven Mann mit seinem gegelten und nach hinten gekämmten Haar flüchtig aus dem Sportstudio, in das er gelegentlich vormittags ging, wenn der Dienstplan es zuließ. Er war ihm mehrfach unangenehm aufgefallen, weil er immer den hintersten Cross-Trainer belegte und dort sein Übungspensum abspulte. Dabei hielt er sich stets eine RuZ vor die Nase, in der er zu lesen vorgab. In Wirklichkeit hatte er aber ein kleines Loch hineingebuddelt, durch das er die unmittelbar nebenan trainierenden knackigen Bodybuilderinnen beobachten konnte – ein kleiner Sportspanner also! Dazu passte seine scharf geschnittene Hakennase, die ihm das Aussehen eines gierigen Habichts verlieh. Ein schon optisch unangenehmer Zeitgenosse, auch wenn er in der weniger kritikvollen Damenszene des Sportstudios offensichtlich ganz gut ankam …

Der Kaffee wurde serviert und von Bennerle kam gleich zur Sache, ohne auf die Frage nach der neuen Polizeiunterkunft einzugehen: »Der Investor stammt aus Belgien, aber ›Ernesto Hatschy‹ ist weder ein flämischer noch ein wallonischer Name.«

»Auch kein deutscher«, lächelte der Baustellenleiter, »Sie wissen doch sicher, dass es noch eine deutsche Minderheit in Belgien gibt.

Nein, ich bin von Geburt Albaner, arbeite aber schon lange in Deutschland und den Nachbarländern. Ich verdinge mich dort, wo man einen qualifizierten Bauleiter braucht. Und so bin ich vor ca. einem Jahr in Ihrer schönen Stadt gelandet, von der ich allerdings bis auf unsere Baustelle so gut wie nichts kenne. Ich betreue ein Bauvorhaben immer ›full house‹ von der ersten Baustelleneinrichtung bis zur vollständigen Fertigstellung des letzten Objekts. Ich bin quasi eine Kombination aus Geburtshelfer und Schlüsselfertigmacher…«

»Wir ermitteln in der Mordsache Karl Funkel«, unterbrach KHK Bader den Redefluss seines Gegenübers, »sagt Ihnen dieser Name etwas?«

»Ja natürlich, die hiesigen Gazetten waren und sind immer noch voll davon. Man hat ihn an der Ruhr gefunden, nicht wahr?«

»So ungefähr, aber dort ist er nicht zu Tode gekommen; man hat die Leiche dort nur entsorgt, wenn Sie mir diese despektierliche Bemerkung erlauben.«

»Wie Sie möchten«, entgegnete Hatschy gelassen, »aber was haben wir damit zu tun?«

»Der Verstorbene hat Steine gesammelt…«

»… welch schönes Hobby!«

»… die allesamt von dieser Baustelle stammen. Haben Sie eine Erklärung dafür?«

»Leider nein, zumal ich annehmen möchte, dass unser Baugrund weder wertvolle Edelsteine noch seltene Erden oder schöne Fossilien birgt. Warum hat er die Steine bei uns aufgesammelt und was hat er damit gemacht?«

»Das wüssten wir gerne von Ihnen«, nahm nun PRA von Bennerle den Gesprächsfaden auf, weil sein Chef gerade an dem kalt werdenden Kaffee nippte, um dann fortzufahren: »Er hat sie katalogisiert, mit dem jeweiligen Funddatum versehen und immer einer Parzelle dieses Baugrundes zugeordnet.«

»Donnerwetter, wie ordentlich! Wissen Sie einen konkreten Grund für diese Akribie?«

»Nun, wir nehmen an, dass Herr Funkel eine wie auch immer geartete Verseuchung oder Verschmutzung des Baugrundes vermutet hat. Hätte er hier insoweit fündig werden können?«

»Ich denke nicht! Wir haben uns natürlich über die frühere Nutzung des Geländes informiert und Baugrunduntersuchungen durch neutrale Gutachter eingeholt, bevor wir uns zur Bebauung dieses schönen Uferstreifens entschlossen haben. Die Gutachten liegen übrigens alle vorne bei Frau Mausach, wenn Sie sie einsehen möchten…?«

»Wir kommen auf das Angebot gerne zurück«, schaltete sich Bader nun wieder ein, »aber vielleicht vorab eine Information von Ihnen selbst: Sie sind doch schon seit der Baustelleneinrichtung vor Ort und wissen, dass hier früher die Fa. Scheuermann & Storb langjährig produziert hat. Haben Ihre Gutachter irgendwelche Rückstände gefunden, in denen z.B. Bleioxyd oder Pechblende vorkamen?«

»Ja und nein«, entgegnete ein immer noch außerordentlich freundlicher Baustellenleiter, »Bleioxyde wurden früher oft zur Herstellung von Farbstoffen und sonstigen Chemikalien verwendet. Offensichtlich hat die Fa. Scheuermann & Storb ebenfalls damit hantiert, denn wir haben bei den Baugrunduntersuchungen leider einige Spuren davon gefunden. Deren Beseitigung hat ziemlich viel Zeit und Geld gekostet, denn die Stadt hatte uns aufgegeben, den gesamten Oberflächengrund abzutragen und durch neutralen Mutterboden zu ersetzen. Welch unnötiger Aufwand – denn anschließend haben wir doch alles wieder abgebaggert, um die Baugruben auszuheben. So agiert auch nur die Bürokratie in Deutschland…«

»… und Pechblende?«

»… haben wir hier nicht gefunden. Das ist so eine Art Uranmineral, nicht wahr? Nein, damit kann ich leider nicht dienen, ein AKW stand hier wohl nicht! Meine Herren, wenn Sie keine weiteren Fragen mehr haben…«

Ernesto Hatschy stand auf und unterstrich sein offensichtlich knapp bemessenes Zeitkontingent mit einer ausladenden Handbewegung in Richtung Baustelle, doch beide Kriminale blieben sitzen. »Wir haben noch Fragen zu Ihrem Sicherheitsdienst«, sagte Bader und der Baustellenleiter ließ sich seufzend wieder in seinen Sessel fallen.

»Woher kommen die Hussa-Leute und welche Aufgaben haben Sie?«

»Die Hussa Serviciu de Securitate ist eine rumänische Sicherheitsfirma. Ich arbeite bereits seit Jahren mit denen zusammen, sie sind zuverlässig, korrekt und diskret. Sie haben hier auf der Baustelle vor allem darauf zu achten, dass alle Sicherheitsvorschriften eingehalten werden, keine Unbefugten das Gelände betreten und natürlich auch Diebstähle unterbleiben. Ein Beispiel: Wir errichten hier über 100 neue Wohneinheiten und wenn wir Bäder einbauen, versuchen wir das für alle Wohneinheiten parallel zu organisieren – also 100 Badewannen und Duschen, Waschbecken, Toiletten, Spiegel usw. Das sind ganz erhebliche Werte und wenn wir die Securitate nicht hätten, würden uns am nächsten Morgen bestimmt 50 Prozent der neu eingebauten Bäder fehlen.«

»Das ist nachvollziehbar – wie viele Leute umfasst der Wachdienst?«

»In der Regel vier Personen plus Vorarbeiter.«

»Und wo finden wir die Hussa-Leute?«

»Ich muss zugeben, sie haben keine besonders wohnlichen Unterkünfte. Und da sie rund um die Uhr, vor allem aber nachts, aufpassen müssen, bietet es sich an, sie immer in direkter Baustellennähe zu beherbergen. Wir haben deshalb im Erdgeschoss mehrere Container für die Securitate hergerichtet – dort haben sie Wohnung, Büro und Aufenthaltsraum für den Schichtdienst in einem.«

»Sehr praktisch, wir werden uns später auch dort einmal umsehen…«

»Gerne, aber Sie sollten wissen«, säuselte der Baustellenleiter weiter, »dass wir die Leute alle vier Wochen austauschen. Sie haben dann genug Schichtdienst geleistet, sind ausgelaugt und brauchen Erholung. Wir halten uns insoweit genau an die Vorschriften der deutschen Arbeitszeitordnung. Die letzte Besatzung ist gestern Abend nach Rumänien abgereist und die neue Mannschaft wird gerade eingewiesen.«

»Von wem?«

»Von Chef der Sicherheitsfirma Carlo Paseriu! Er ist das Herz der Hussa und ich arbeite schon seit Jahren sehr erfolgreich mit ihm zusammen. Er spricht übrigens ausgezeichnet Deutsch!«

»Der Vorarbeiter ist also nicht abgereist?«

»Nein, natürlich nicht, er ist unsere personelle Konstante im Wachdienst und nimmt auch nicht am Außen- und Schichtdienst teil. Und wegen der anderen Hussa-Leute fragen Sie am besten ihn.«

»Noch eine letzte Frage«, bohrte PRA von Bennerle nach, »wissen Sie, ob es schon einmal Ärger zwischen den Hussa-Leuten und Karl Funkel gegeben hat?«

»Nein, nicht dass ich wüsste! Und wenn, dann hätte man es mir bestimmt gesagt. Und jetzt entschuldigen Sie mich bitte, ich habe wirklich viel zu tun!«

Man erhob sich, die Kriminalen bedankten sich artig für die Informationen und H-U auch noch für den Kaffee. Ernesto Hatschy begleitete die Ermittler an einem böse blickenden Fräulein Mausach vorbei zur Außentür des Bürocontainers, schnaufte einmal kräftig durch, ging zurück in sein Büro und sagte sodann gefährlich leise: »Und jetzt, Mausach, verbinden Sie mich mit dem Politik-Fuzzy Gerstelmann!«

Marvin Gerstelmann hatte es früh nach dem Mauerfall in den Westen geschafft, ein Jurastudium angefangen und über lange Semester hingezogen, um es dann doch noch hinzuschmeißen. Als ewiger Student hatte er mangels besserer Beschäftigung die Politik für sich entdeckt und hier vor allem die Lokalpolitik, von der er wusste, dass sich ohne allzu viel Aufwand ein hoher Ertrag erzielen ließ. Einmal hatte er es sogar zum Stadtverordneten geschafft, konnte dann aber im Stadtrat erwartungsgemäß nicht reüssieren. Deshalb zog er sich später in seinen Wahlkreis zurück, blieb stets in der Lokalpresse präsent und baute nebenbei ein kleines Beratungsbüro auf. Da er weder einen Studien- noch einen sonstigen Abschluss besaß, wusste niemand so recht, wen und vor allem zu welchen Themen er beriet. Aber das Geschäft war einträglich und so bewahrheitete sich wieder das alte Sprichwort: ›Kontakte sind das halbe Leben!‹

»Hier Gerstelmann!«

»Was glauben Sie eigentlich, weshalb ich Sie als Berater engagiert habe?«, blaffte ein hörbar erregter Baustellenleiter Hatschy in den Apparat. »Ich lasse Ihnen jeden Monat zwei große Scheine rüberwachsen, und wofür? Sie sollen uns den Rücken freihalten, damit wir in Ruhe bauen können und keinen Behördenärger kriegen…«

»Was ist passiert?«

»Was passiert ist – lesen Sie denn keine Zeitung? Erst kommt so ein Penner jeden Morgen und sammelt Proben und jetzt schnüffeln die Bullen hier 'rum und stellen unangenehme Fragen.«

»Sie wissen, ich habe mit dem alten Funkel gesprochen, konnte ihn aber nicht davon abhalten, weiter kleine Steinchen zu sammeln. Hätte ich ihn erschlagen sollen?«

»Das haben jetzt gottseidank schon andere besorgt, selbst dazu wären Sie wohl nicht fähig gewesen…«

»Heißt das etwa, dass Ihre Leute nachgeholfen haben?«

»Quatsch, bei uns geht alles mit rechten Dingen zu«, lenkte der Baustellenleiter versöhnlicher ein. »Aber sorgen Sie in Zukunft dafür, dass unser Geld sinnbringend angelegt ist. Ich will keinen Ärger hier, jetzt mitten in der heißen Bauphase.«

»Was soll ich konkret tun? Wenn Sie einen Rechtsrat haben wollen…«

»Sie sind weder Rechtsanwalt noch haben Sie irgendeine Ahnung vom Baurecht; Sie können noch nicht einmal einen Hühnerstall bauen. Doch ich erwarte eine ordentliche Gegenleistung für mein Geld – gehen Sie zur Kripo und stellen Sie klar, dass wir den Alten nicht erschlagen haben, oder unternehmen Sie im politischen Bereich irgendwas, schließlich will doch auch die Stadt, dass wir hier zügig zu Ende kommen.«

»Ich werde sehen, was ich machen kann. Bei der hiesigen Kripo kenne ich niemanden, wohl aber beim LKA in Düsseldorf. Vielleicht kann man von dort die Ermittlungen etwas steuern…«

»Ich zähle auf Sie!«, und damit war das Gespräch beendet.

XXI.

»Welch schöne Überraschung!«, und das schien offensichtlich ziemlich ernst gemeint, denn Gunter Kastor strahlte über das ganze Gesicht, als sein alten Kumpel Bobby Marek die Eingangstür des RuZ-Archivs durchschritt. »Ich hätte nicht erwartet, dich so bald wiederzusehen. Möchtest du in die Fußstapfen von Karl Funkel treten?«

»So absolut falsch liegst du gar nicht«, entgegnete Bobby feixend, »wir haben neue Erkenntnisse und der Chef meinte, ich sollte doch selbst einmal in die alten Zeitungsschätzchen gucken. Könntest du mir dabei ein bisschen helfen?«

»Wenn ich konkret weiß, was du suchst – bestimmt!«

»Funkel hat in den alten Blättern Hinweise dafür gesucht, dass es früher in seinem Zustellgebiet eine Umweltsauerei gegeben haben muss. Du kennst doch sicher das Neubaugebiet ›Ruhr-Karussell‹ – schön gelegen am Fluss und nicht ganz billig. Ich werde mir mit meinen paar Flöhen da bestimmt kein Häuschen kaufen können, aber ich will ja auch gar nicht aus der Stadt weg. Seinerzeit produzierte auf dem Gelände eine Fa. Scheuermann & Storb Maschinenteile oder so was, später waren sie pleite. Genaues weiß ich nicht, aber es muss irgendeinen Skandal gegeben haben, jedenfalls spekuliert man bei uns unter der Hand darüber. Und die RuZ hatte damals sogar einen Reporter auf die Sache angesetzt.«

»Ich habe ein gutes Gedächtnis«, sinnierte der Archivar, »aber an einen Umweltskandal bei euch draußen erinnere ich mich nicht. Wann soll das gewesen sein?«

»Nichts Genaues weiß man nicht!«, zuckte der Hilfspolizist die Achseln, »vielleicht Mitte der 70er Jahre, aber wir wissen noch nicht einmal bestimmt, ob es diesen Skandal tatsächlich gegeben hat. Deshalb soll ich doch nachforschen.«

»Dann musst du wohl oder übel wie Kollege Funkel riesige Folianten wälzen und Staub schlucken. Die RuZ-Jahrgänge werden immer monatsweise im Ganzen gebunden und kartoniert, haben also ein ziemliches Gewicht. Nur die Werbung lässt man weg, aber die Klein- und Todesanzeigen sind alle mit dabei. Die RuZ wird seit alters her im Rheinischen Format gedruckt und hat einen Satzspiegel von 315 zu 445 mm; unsere gebundenen Sammelfolianten sind also einen halben Meter hoch und ziemlich dick. Mitte der 70er Jahre heißt zumindest von 1973 bis 1977, das sind sechzig Monate und in dieser Zeit sind rund 1.500 RuZ-Exemplare erschienen – wir sind schließlich eine Tageszeitung. Das Gewicht pro Quadratmeter Zeitungspapier liegt bei rund 50 Gramm«, Gunter Kastor war nicht zu stoppen, »unsere Tageszeitung hatte damals im Schnitt 15 Seiten und das heißt für dich weit mehr als eine Tonne Zeitung durchforsten. Eine wunderschöne, wenn auch kraftraubende Aufgabe!«

Bobby Marek war sichtlich beeindruckt. »Das ist ja eine echte Syphilis-Aufgabe«, stammelte er und nahm den etwas irritierten Blick seines Gegenüber nicht wahr, »gibt es denn gar keine Hilfe?«

»Doch, wir haben auch einen Findex, also eine Art Schlagwortregister, mit dem wir bestimmte Ereignisse, Personen usw. in der Vergangenheit aufstöbern können. Aber da du noch nicht einmal weißt, was du konkret suchst, nützt dir das auch nichts. Wenn du wenigstens wüsstest, wen die RuZ damals als Redakteur angesetzt hatte…«

»Das weiß ich, das weiß ich«, rief Bobby begeistert, »das war der alte Seefelder!«

»Unser heutiger Chef?«, echote Kastor, erneut etwas irritiert.

»Genau der, er wohnte damals wohl auch bei uns in der Oberstadt.«

»Da wohnt er wohl noch immer, wenn ich mich recht erinnere«, murmelte der Archivar, um dann lauter fortzufahren: »Dann gucken wir mal in die Redakteursdateien aus dieser Zeit. Komm mit!«

Wie ein Pfadfinder auf Entdeckungstour zog Gunter Kastor den Kriminalen mit und führte ihn ein kleines Nebenzimmer. Bobby war ein wenig enttäuscht, hatte er nun dort riesige Karteikästen mit Namen, Daten und Fakten erwartet. Stattdessen gab es nur einen Tisch mit zwei Stühlen davor und auf dem Tisch stand ein ziemlich neuer PC. Kastor rief mit ein paar Klicks den Redakteurskatalog auf, gab Bernd Seefelder und als Jahreszahlen 1973 – 1975 ein und nach wenigen Sekundenbruchteilen stand dort eine wunderschöne Liste mit allen Artikeln, zu denen Seefelder in der fraglichen Zeit recherchiert hatte. Der junge Redakteur von damals war ziemlich fleißig gewesen und hatte sich zu Diesem und Jenem ausgelassen und zum Glück gab der Computer nicht nur den Autorennamen, sondern jeweils auch die Headline des betreffenden Artikels wieder. Meist hatte Seefelder gesellschaftspolitische Essays geschrieben – auch schon Mitte der 70er Jahre ein beliebter Tummelplatz für junge Redakteure – oder Ereignisse der aktuellen Tagespolitik kommentiert. Drei Artikel passten allerdings gar nicht in dieses Muster:

16. Juli 1974: ›Scheuermann & Storb – eine Drecksschleuder?‹

31. Juli 1974: ›Sondermülldeponie im Landschaftsschutz?‹

10. August 1974: ›Immer noch keine Ergebnisse im Giftskandal‹

»Das ist ja ein Ding«, fasste sich Bobby als erster, »kann man diese Artikel einmal lesen?«

»Gerne, wenn du des Lesens kundig bist! Ich gehe ins Archiv und hole dir die Monate Juli und August 1974 hoch. Setz dich so lange wieder nach vorne in mein Büro und blättere ein bisschen in der RuZ von heute. Viel steht allerdings nicht drin…«

Lange brauchte Bobby nicht zu warten, denn schon nach wenigen Minuten war der Archivar wieder oben. Er wirkte ein wenig verstört und kam zudem mit leeren Händen.

»Und?«, fragte Bobby aufgeregt.

»Ich verstehe das nicht – die beiden Monate sind nicht da. Und was ich noch weniger verstehe ist, dass ordnungsgemäß Ausleihscheine an

Stelle der beiden Monatsbände eingelegt sind. Dabei weiß ich genau, dass ich sie nicht ausgeliehen habe.«

»Kann man erkennen, wer der Ausleiher ist?«

»Ja, und das verstehe ich am allerwenigsten: Es ist der Chef, Bernd Seefelder. Der muss vorgestern mit seinem Zentralschlüssel nach Feierabend hier unten gewesen sein und hat die Bände wohl mitgenommen.«

»Donnerlittchen!«, entfuhr es Bobby, »stellst du mich mal zu seinem Vorzimmer durch?«

»Klar!« Gunter Kastor hatte seine Überraschung schnell überwunden, obwohl er sich den gesamten Vorgang immer noch nicht ganz erklären konnte, zum Telefon gegriffen, gewählt und bei »Jakoby« den Hörer an Bobby weitergereicht.

»Guten Tag, Frau Jakoby, mein Name ist Marek, Kriminalpolizei, wir waren gestern Morgen bei Ihrem Chef zu Besuch. Bitte verbinden Sie mich mit Herrn Seefelder, ich habe noch ein paar dringende Fragen.«

»Tut mir leid«, flötete es aus dem Telefonhörer, »Herr Seefelder ist heute den ganzen Tag auf einer Redaktionskonferenz in Berlin und nicht zu erreichen. Ich …«

»Wann ist er zurück?«, fauchte Bobby dazwischen.

»Das wollte ich Ihnen doch gerade sagen. Herr Seefelder ist morgen früh wieder im Haus und er hat mir aufgetragen, Ihnen im Falle einer Nachfrage anzubieten, dass er gerne für ein weiteres Gespräch zur Verfügung steht, und zwar am besten morgen, Freitag, um 10 Uhr hier im Büro. Ist das in Ihrem Sinne?«

»Gut, wir kommen morgen um 10 Uhr«, stotterte ein etwas verdatterter Hilfspolizist, der mit dieser überraschenden Wendung der Geschichte noch nicht so recht klarkam.

KOM Borkowski hatte sich weisungsgemäß beim LKA erkundigt, ob dort schon neue Erkenntnisse vorlägen, und aus Düsseldorf die niederschmetternde Antwort erhalten, dass die gestrigen Proben ›natürlich‹ noch nicht abschließend analysiert werden konnten. Als alter Hase kannte er die Abläufe im LKA genau und wusste, dass die Herren dort sich bestimmt kein Bein ausreißen würden, wenn es nicht um wichtige, sprich landeshauptstädtische, Belange ging. Und ein ungeklärter Todesfall in der Provinz genoss nun einmal keine besondere Priorität.

Borkowski verließ, durch die überhebliche LKA-Antwort schon leicht angefressen, das Kommissariat und machte sich auf den Weg zu Karl-Rainer Senorius, um diesen zu befragen, weshalb er frühmorgens mit einem Hammer spazieren gehe. Anders als Bobby Marek hatte er den bunten Vogel aus dem alten Bahnhof bislang nicht auf der Liste der Hauptverdächtigen, trotz dessen persönlicher Nähe zur Witwe Funkel. Aber was zum Teufel soll dieser Hammer-Spaziergang bedeuten? Kein normaler Mensch läuft morgens um sechs mit einem Vorschlaghammer durch die Stadt, es sei denn … Oder ob sich die Bäckersleute vielleicht geirrt haben? Mit diesen Gedanken näherte sich der Kriminale dem Roten Bahnhof und beschloss, seine Befragung besonders investigativ zu gestalten. Was allerdings unter dem Begriff ›investigative Recherche‹ zu verstehen ist, wusste der gute Borkowski nicht so ganz genau. Er hatte die schöne Wortschöpfung während seines Bewährungsaufstiegs aufgeschnappt und sich dazu nur gemerkt, dass es die Hintergründe eines Ereignisses zu recherchieren gebe, auch weniger Offensichtliches aufgedeckt und sodann alles miteinander in Zusammenhang gebracht werden müsse. Das hatte ihn sehr überzeugt und so wollte er jetzt vorgehen.

Von seinen Kollegen hatte KOM Borkowski gehört, dass der Rote Bahnhof ebenso wie sein derzeitiger Betreiber zur Kategorie ›Eigenwilligkeit‹ zu zählen sind, und war deshalb auf einiges gefasst – etwa Sesam-Öffne-Dich-Türen, gleißende Lichteffekte und eine wunderbare Eisenbahnwelt. Doch nichts dergleichen, der Bahnhof war geschlossen und auch auf mehrmaliges Klopfen tat sich nichts. Der Kriminale umrundete das Gebäude einmal und versuchte durch die tiefen Gitterfenster einen Blick ins Innere zu erhaschen, doch alles war und blieb dunkel.

»Der Vogel wird doch wohl nicht ausgeflogen sein?«, fragte er sich leise und ging zurück zum Eingang. Dort zuckte er dann ein bisschen zusammen, als neben ihm unvermutet der Bahnhofschef auftauchte.

»Wollen Sie die Eisenbahn sehen oder Antiquitäten kaufen?«, fragte eine sonore Stimme.

»KOM Borkowski, und ich möchte weder das eine noch das andere. Ich bin vielmehr auf der Suche nach der Wahrheit in Sachen Todesfall Karl Funkel.« Der biedere Kriminalobermeister hielt diese Darstellung seines Ermittlungsauftrages für sehr gelungen, hatte die Rechnung allerdings ohne den Wirt gemacht, der diese Steilvorlage natürlich liebend gerne aufnahm.

»Sie sprechen eine welthistorisch bedeutungsvolle Frage sehr gelassen an«, dozierte Karl-Rainer Senorius freundlich, »denn was ist Wahrheit? Schon Pontius Pilatus hat damals von Jesus keine Antwort bekommen, vielleicht wollte er auch gar keine haben. Ist diese Frage – wie Carl Schmitt meint – nur Ausdruck eines müden Skeptizismus oder eher als Agnostizismus, als Ausdruck überlegener Toleranz oder als früher Fall einer weltanschaulichen Neutralität von Staat und Verwaltung zu interpretieren? Oder müssen wir darin vielleicht sogar die grundsätzliche Hinterfragung der Möglichkeit sehen, Wahrheit überhaupt richterlich und damit mit staatlicher Autorität feststellen zu können? Was meinen Sie?«

Dem guten KOM Borkowski ging es nun ähnlich wie Bobby Marek bei dessen Besuch im Roten Bahnhof, als er auf die Frage nach einem eventuellen Reiseland Thailand eine solche Fülle von asiatischen Zauberzielen genannt bekam, dass ihm buchstäblich nichts mehr einfiel. Um den Redefluss seines Gegenüber zu stoppen, wandte er deshalb nun die Methode des qualifizierten Nichtwissens an und sagte einfach: »Ich könnte viel dazu sagen, aber mir geht es nicht um die Bibel, sondern um ein handfestes Verbrechen. Ich möchte wissen, wo Sie in der

Nacht zwischen Sonntag und Montag gewesen und wann Sie nach Hause gekommen sind.«

»Schade, ich hätte unseren philosophischen Diskurs gerne fortgesetzt, sehe aber ein, dass Sie wohl rein dienstlich hier sind. Kommen Sie doch erst einmal rein!«

Wie von Geisterhand öffneten sich beide Türflügel und gaben den Blick frei in die Wunderwelt des Karl-Rainer Senorius. Es wäre nicht nur eine kleine Untertreibung, wenn man behaupten würde, der Kriminale sei nachhaltig beeindruckt gewesen. Sein Mund stand vielmehr weit offen und seine Augen suchten Fixpunkte in dieser vielfältigen Glitzerwelt, denn inzwischen hatte der Eigentümer sein Lichtermeer angezündet und mehrere Miniaturzüge auf die Reise durch die Lande geschickt.

»Toll« war alles, was dem staunenden Polizistenmund entfleuchte. Mit den Worten »Sie wollten mich wegen Karl Funkel sprechen!«, wurde er jedoch wieder aus allen Kinderträumen gerissen und versuchte nun, auf die Sachebene zurückzukommen.

»Genau, wo waren Sie in der Nacht zwischen Sonntag und Montag und wann sind Sie nach Hause gekommen?«

»Mhm, Sonntag …?« Senorius blickte nachdenklich und kraulte sich am Kinn. Sein Blick ging nach oben und dann sagte er: »Sonntagnachmittag habe ich kurz die Witwe Funkel getroffen und abends habe ich meinen alten Freund Dr. Fürste besucht, wir …«

»Wer ist Dr. Fürste?«

»Mein Gott, den kennen Sie nicht? Das ist der bester Knochenspezialist in der Stadt, Sportler aus ganz NRW lassen sich bei ihm behandeln.«

»Und wo finde ich diesen berühmten Dr. Fürste – Adresse, Telefonnummer …?«

»Finden Sie alles im Telefonbuch und im Internet. Und wenn Sie ihn außerhalb der Praxiszeiten sprechen wollen, dann brauchen Sie abends nur zur Casa Todalo zu gehen, dort pflegt er regelmäßig zu speisen.«

»So auch am Sonntag, vielleicht mit Ihnen?«, fragte Borkowski lauernd.

»Keinesfalls, wir haben uns erst spät abends bei ihm getroffen. Wie üblich haben wir von alten Zeiten erzählt, Erkenntnisse über die Damenwelt ausgetauscht und ziemlich einen gepichelt!«

»Ge… was?«

»… zunächst einen Haufen Kaltgetränke in Form besten pfälzischen Weißweins gesoffen und später handwarm angefeuerte französische Cognacs draufgekippt – wenn Sie das besser verstehen.«

»Ja danke, das verstehe ich besser. Wie lange ging das etwa?«

»Genau kann ich Ihnen das nicht sagen, aber ich weiß noch, dass es schon hell wurde, als ich Richtung Bahnhof zog. Die Vögelchen zwitscherten schon…«

KOM Borkowski ließ nicht locker, seinen Haupttrumpf hatte er noch nicht ausgespielt. »Und Sie sind alleine nach Hause gegangen?«

»Ja, natürlich. Freund Fürste konnte schon nicht mehr gehen und war froh, dass sein Bett in der Nähe war. Und ansonsten war niemand dabei, ich schwöre es!« Das süffisante Lächeln des Bahnhofvorstehers war nicht zu übersehen, wusste er doch genau, worauf sein Gegenüber hinauswollte.

»Wirklich alleine, ohne jedes Gepäck?«

»Klar, ich wollte doch nicht bei Dr. Fürste pennen. Doch halt«, und Karl-Rainer Senorius beschloss, das Spielchen etwas abzukürzen, »ich hatte meinen Hammer dabei, diesen schönen Vorschlaghammer, den Sie dort hinten sehen. Ohne den gehe ich nachts nie aus dem Haus, ist mir sonst viel zu gefährlich.« Dabei deutete er mit dem Daumen hinter sich auf ein kleines Podest, das mit einem Spitzendeckchen geschmückt war und auf dem – aufrecht stehend wie eine Madonnenfigur – ein einfacher Vorschlaghammer thronte.

»Wollen Sie mich verarschen?«, fragte ein immer wütender werdender KOM, »was soll das?«

»Sie haben mich gefragt und ich habe wahrheitsgemäß geantwortet!«

»Was ist denn Wahrheit?« kam es postwendend, denn auch Friedel Borkowski war nicht auf den Mund gefallen, und er fuhr sehr formal fort: »Ich stelle fest, dass Sie zur Tatzeit mit einem gefährlichen und als Tatwaffe durchaus tauglichen Gegenstand am Tatort waren, ihr Verhältnis zu Frau Funkel ein wunderschönes Motiv ist und Sie sogar von Zeugen beobachtet worden sind. Karl-Rainer Senorius, ich verhafte Sie wegen des dringenden Verdachts des Mordes oder Totschlags an Karl Funkel.« Und schon schloss sich ein Paar Handschellen um die Handgelenke des Beschuldigten.

Der Delinquent war völlig verdattert. So eloquent er normalerweise auch sein mochte, nun war Senorius sprachlos, denn mit dieser Wendung des Schicksals hatte er partout nicht gerechnet. Er glotzte den Kriminalbeamten verständnislos an und stammelte immer nur: »Halt, warum, wieso? Ich habe doch gar nichts getan!«

»Das wird der Untersuchungsrichter entscheiden«, lächelte KOM Borkowski, der sich der Bedeutung seiner Rolle durchaus bewusst war. »Ich rufe jetzt einen Streifenwagen, der Sie zunächst zur Zentrale bringt und später in der Untersuchungshaft abliefern wird; dann wird man weitersehen!« Sprach's, nahm sein Handy und nach wenigen Minuten kam ein Peterwagen, der die beiden Antagonisten ins nahegelegene Kommissariat chauffierte.

XXII.

Es war kurz nach 11 Uhr und der Rest der Ermittler saß schon wieder heiß diskutierend im Kommissariat zusammen. Bader und von Bennerle hatten als erste ihren Lagebericht abgegeben, über den Besuch bei Ernesto Hatschy berichtet und ihrer Überzeugung Ausdruck verliehen, dass man dort wohl noch einmal intensiver nachforschen solle. Vor allem die im Vorzimmer des Bauleiters schlummernden Gutachten müsse man einsehen, aber auch einmal mit dem Vorarbeiter der Hussa sprechen, welche Bewandtnis es mit dem von Bolko Bommes angedeuteten Zwischenfall habe. Bobby kam als nächster an die Reihe und konnte sich nicht genug über die Verschleierungstaktik des früheren rasenden Reporters und jetzigen RuZ-Geschäftsführer aufregen: »Schreibt drei Artikel über frühere Umweltsauereien bei Scheuermann & Storb, erzählt uns nix davon, lässt dann seine alten Artikel verschwinden und hat die Frechheit, uns für morgen 10 Uhr zum Gespräch einzubestellen. Unglaublich, den verhaften wir!« Die anderen teilten seine Erregung und fragten sich ebenfalls nach dem Sinn und Zweck des Ganzen, konnten allerdings Bobbys kriminologischer Schlussfolgerung – oder war mehr der Wunsch der Vater des Gedankens? – keine wirkliche Chance einräumen.

Gerade wollte Anna Nork zu ihrem Rapport ansetzen, als sich die Tür öffnete und zwei Polizisten mit dem handgeschellten Bahnhofschef eintraten, während der zuletzt erscheinende KOM Borkowski seine große Befriedigung kaum zu verbergen wusste.

»Borkowski, was ist passiert?«, fragte ein entgeisterter KHK Bader.

»Wir haben ein sauberes Geständnis, Chef. Herr Senorius hat zugegeben, dass er zur Tatzeit mit einem als Tatwaffe tauglichen Vorschlaghammer am Tatort gewesen ist. Ich habe das Corpus Delicti selbst gesehen, er verehrt den Hammer wie eine Göttin, echt pervers! Er ist – wie wir wissen – von Zeugen zur Tatzeit am Tatort beobachtet worden und sein Verhältnis zu Frau Funkel ist ein wunderschönes Motiv.«

»Nein, nein, nein«, stammelte ein verzweifelter Karl-Rainer Senorius, »ist alles gar nicht wahr. Wir haben uns doch nur einen kleinen Scherz erlaubt, der Karl-Heinz und ich. Ich habe niemanden umgebracht, Karl Funkel war doch mein Freund, weshalb hätte ich dem Alten den Schädel einschlagen sollen?«

»So so, einen Scherz! Und was ist mit Ihrem Geständnis von vorhin?«, fauchte ein erboster KOM Borkowski.

»Nun mal schön der Reihe nach«, mischte sich der Kripochef ein, »Herr Senorius, würden Sie uns freundlicherweise erläutern, um was für einen netten Scherz es sich handeln soll?«

»Ja, also – ich war am späten Sonntagabend bei meinem Freund Dr. Fürste zu Besuch und wir haben ordentlich gepichelt, Wein und Cognac getrunken. Der Karl-Heinz ist wie ich ein Hobby-Frickler, er hantiert gern an alten Autos rum und bringt sie wieder zum Laufen. Er besitzt eine gut eingerichtete Feinmechaniker-Werkstatt, aber manchmal braucht er auch größeres Gerät, wenn er beispielsweise Karosseriearbeiten macht. Ich besitze so was aus den alten Bahnbeständen und hatte ihm letzte Woche einen dicken Vorschlaghammer geliehen. Und da ich mein Zeug nur ungern verleihe und immer auf rechtzeitige Rückgabe achte, habe ich den Hammer Sonntagnacht wieder mit nach Hause genommen. Mein Gott, wir konnten doch nicht ahnen, dass kurze Zeit später im Mühlenteich eine Leiche gefunden wird und Sie ernsthaft auf die Idee kommen könnten, ich hätte den Karl erschlagen…«

»Weiter im Text!«, donnerte KHK Bader dazwischen. »Wo bleibt der Scherz?«

»Am Dienstagabend war ich mit Dr. Fürste essen und wir haben uns natürlich über die Leiche im Mühlengraben unterhalten. Dabei habe ich dem Karl-Heinz erzählt, dass ich wegen des Hammers ein komisches Gefühl hätte, weil ich doch morgens früh den Bäcker Brasch gesehen und der mich auch noch freundlich gegrüßt hatte…«

»Von vertraulichem Grüßen hat mir der Zeuge Bäckermeister nichts berichtet«, dachte H-U laut vor sich hin. »Weiter!«

»Karl-Heinz ist ein Spaßvogel und ihm gefiel der Gedanke sehr, dass man mich in der Nacht mit dem Hammer gesehen hatte. Er wollte die Geschichte etwas aufheitern und – Entschuldigung – die Kripo ein wenig an der Nase herumführen. Oh nein, wie kann man nur so dumm sein…«

»Weiter!«

»Er wusste genau, dass Bäcker Brasch früher oder später von seinen morgendlichen Beobachtungen berichten und ich dann genau in Ihr Fahndungsraster fallen würde.«

»Und die Verehrung des Hammers wie eine Madonna?«

»… war seine Idee und ich Blödmann habe mitgespielt!«

»Der Vorschlaghammer jedenfalls war nicht die Tatwaffe«, mischte sich nun Anna Nork ein. »Entschuldigung, bei diesem rasanten Polizeitheater bin ich noch nicht dazu gekommen zu berichten, dass der Doc angerufen hat. Er wird uns eine genaue Analyse der bei Funkel gefundenen Chemikalien zusenden und weitere Einzelheiten zur Tatwaffe benennen. Es handelt sich höchstwahrscheinlich um ein Vierkantholz, wie es gelegentlich bei Bauverschalungen oder im Gerüstbau eingesetzt wird. Feinste Holzsplitter sind in der Kopfwunde gefunden worden.«

»Nehmen Sie ihm die Handschellen ab«, seufzte der Kripochef, »Dummheit und Unverfrorenheit sind leider nicht strafbar in Deutschland. Herr Senorius, wir werden Ihre Angaben trotzdem nachprüfen und Herrn Dr. Fürste befragen. Sie haben unsere Arbeit erheblich behindert, aber leider sieht das Strafgesetzbuch dafür keinen entsprechenden Tatbestand vor. Gehen Sie nach Hause und spielen Sie mit Ihrer Eisenbahn. Sollten Sie uns noch einmal in irgendeiner Weise in die Quere kommen, so verspreche ich Ihnen, dass wir Sie als Störer einer Amtshandlung festnehmen und zur Not auch wegen Widerstands gegen Vollstreckungsbeamte einbuchten lassen. Das ist sehr ernstgemeinter Rat!«

KOM Borkowski sah leidend aus, als er Karl-Rainer Senorius die Armbänder abnehmen musste, aber er tat es mit Anstand und Größe. Der solchermaßen vom Stahl Befreite sagte kleinlaut »Danke!« und huschte wie ein Schatten aus dem Kommissariat.

»Gut gemacht, Borkowski«, wandte sich KHK Bader wieder an seine Kollegen, »ich hätte genauso gehandelt. Und auch gut gemacht, Frau Nork, die wichtigsten Fakten zur richtigen Zeit. Haben Sie übrigens noch was rausgefunden über die früheren Aktivitäten von Steuermann & Storb, über Produkte, Skandale usw.?«

»Leider negativ, keiner von meinen Freunden und Bekannte hat irgendwelche konkreten Erinnerungen. Wir müssen wohl oder übel auf die morgige Aufklärung durch Herrn Seefelder warten.«

Eine gewisse Ermattung machte sich in der Runde breit und H-U wollte gerade mit der Neuverteilung von Aufgaben beginnen, als das Telefon bimmelte. Bader ging zu seinem Schreibtisch, hob den Hörer ab, meldete sich und lauschte äußerst interessiert. Das Gespräch dauerte nur wenige Minuten, aber es hatte die Mimik des Kripochefs deutlich verändert.

»Das war das LKA, sie haben außerordentliche Neuigkeiten für uns. Aber zunächst soll ich Sie, Herr von Bennerle, herzlich von Ihrer PRA-

Kollegin Eckelhöffer grüßen; ich wusste gar nicht, dass auch Frauen in dieser Laufbahn zugelassen sind.«

»Gestatten Sie, dass ich an Artikel 3 des Grundgesetzes erinnere: Männer und Frauen sind gleichberechtigt und niemand darf wegen seines Geschlechts benachteiligt werden. Natürlich steht auch Frauen die höhere Polizeilaufbahn offen, wobei …«, von Bennerle verzog etwas das Gesicht, »die mich grüßende Kollegin wohl höchstens für den einfachen Polizeidienst taugt. Trotzdem danke für die Grüße!«

»Was wollte das LKA?«, fragte KOM Borkowski, »heute Morgen hatten die unsere Gesteinsproben noch gar nicht ausgewertet.«

»Ich glaube, die haben uns auf eine heiße Spur gebracht. Gerade eben hat dort ein gewisser Gerstelmann angerufen und sich über uns beschwert. Der ist wohl Berater des belgischen Investors, der hier unser ›Ruhr-Karussell‹ in die Höhe zieht. Er hat einen seiner Parteigenossen im LKA kontaktiert und behauptet, wir würden den Baustellenleiter Hatschy und dessen Leute belästigen. Der belgische Investor sei ebenso wie die Hussa-Sicherheitsfirma untadelig und ausschließlich dem Wohle unserer Stadt verhaftet …«

»… wenn ich so etwas schon höre«, warf von Bennerle verächtlich ein.

»Dem LKA-Mann war das Ganze wohl etwas zu heiß, weil er natürlich von unserer Wasserleiche weiß, und er hat Gerstelmann direkt auf einen Zusammenhang damit angesprochen. Und was hat Gerstelmann dazu gesagt?«

»Geleugnet! Die Frage verneint! Nebelkerzen geworfen!«, schwirrten die Antworten bunt durcheinander.

»Nichts dergleichen«, und H-U betonte jedes Wort, »er hat einfach aufgelegt!«

»Das ist ja 'n Ding!«, sagte Bobby und die anderen nickten.

»Jetzt werden wir uns die Sache erst recht genauer ansehen!« KHK Bader wurde staatstragend, seine unvermeidliche Fliege balancierte wippend und nervös aus dem Adamsapfel: »Wir müssen strategisch vorgehen. Ich rufe gleich die Staatsanwaltschaft an, teile das wesentliche Ergebnis unserer Ermittlungen mit und lege den dringenden Tatverdacht gegen Hatschy und Co. dar. Den Durchsuchungsbeschluss für das gesamte Baustellengelände sollten wir dann in einer Stunde haben. Herr Borkowski, Sie besorgen sich das Papier mit Hilfe der Staatsanwaltschaft direkt beim Amtsgericht, sausen hierher zurück und Bobby organisiert uns in der Zwischenzeit zwei Streifenwagen. Punkt 13 Uhr treffen wir uns alle wieder hier. Bis dahin – Mahlzeit!«

XXIII.

Die Mühlen der Justiz mahlen langsam, aber unerbittlich. Ist aber Gefahr im Verzuge oder glaubt die Staatsmacht aus welchen Gründen auch immer, dass dem so sei, dann kann es auch einmal verdammt schnell gehen. In der Tat war die Staatsanwaltschaft heute ziemlich flink und die zuständige Amtsrichterin ebenso; binnen Stundenfrist lang ein schöner und mit Siegel versehener Durchsuchungsbeschluss ›für das Baugelände ›Ruhr-Karussell‹ mit allen Gebäuden und Gebäudeteilen‹ in Borkowskis Händen. Als er damit im Kommissariat ankam, standen bereits zwei Streifenwagen nebst tatendurstiger Besatzung vor der Tür. Drinnen tagte der Krisenrat, dem – natürlich – das gesamte Team angehörte und jetzt auch die Besatzungen der beiden Streifenwagen.

»Wir wollen strategisch vorgehen«, begann der Chef die Sitzung, ohne zu merken, dass er das gleiche vor einer Stunde bereits schon einmal angemahnt hatte und das Vorgehen eines Kriminalhauptkommissars nebst Mann- und Frauschaft sich eigentlich immer nach dieser Maxime richten sollte. Unstrategisches Management ist in kriminologischen Ermittlungsfällen stets mit dem Makel des drohenden Scheiterns verbunden, alldieweil strategisches Denken allein auch nicht immer vor Misserfolgen schützt, wie KHK Bader selbst noch merken sollte.

H-U fuhr fort: »Wir brauchen eine ständige Kontaktperson im Kommissariat, die mit uns Funkkontakt hält. Ich denke, das sollte Frau Nork sein.«

Anna Nork wusste, dass sie immer wieder gerne bei den Kriminalen aushelfen durfte, aber als angehende Schutzpolizistin nicht zum ›Stall‹ gehörte und deshalb meist die weniger interessanteren Aufgaben zugeteilt bekam. Deshalb nickte sie auch jetzt ergeben.

»KOM Borkowski nimmt sich Streife 1, biegt von der Durchgangsstraße auf die Uferpromenade ab und nähert sich langsam und ohne Blaulicht den Bürocontainern. Aber haltet bitte Abstand, man soll euch nicht sofort von den Büros aus erspähen. Streife 2 bleibt unsichtbar in Rufnähe auf der rückwärtigen Seite des Baugeländes und überwacht das Areal von dort; falls sich wirklich jemand dünnemachen möchte, sollte er bei euch in guten Händen sein. Bobby und ich werden uns mit dem Durchsuchungsbeschluss offiziell in die Büroetage begeben und euch per Funk informieren, wenn die Lage gesichert ist und Akten, Unterlagen und PCs beschlagnahmt werden können. Ich hoffe, dass uns die Hussa keinen Ärger macht; deshalb schlage ich vor, dass Herr von Bennerle und jemand von der Streife dort parallel zu uns einen Besuch abstatten und die Herren davon überzeugen, dass es derzeit am schönsten und sichersten im Inneren des Containers ist.«

»In Ordnung«, sagte von Bennerle, »bei Bedarf kommen wir einfach die paar Stufen rauf zu Ihnen.«

Die Aktion lief zunächst wie geplant ab. KOM Borkowski und Streife 1 bogen von der Durchgangsstraße auf die Uferpromenade ab und näherten sich dem Baugelände im Schritttempo. Um diese Zeit herrschte kaum Verkehr, so dass die Polizeipräsenz am Wasser gar nicht auffiel. Streife 2 hatte ihre Position auf der rückwärtigen Seite des Baugeländes bezogen und wartete unsichtbar auf das Zeichen zum weiteren Einsatz. PRA von Bennerle und sein Streifenpolizeibegleiter hatten zeitgleich mit KHK Bader und Bobby Marek die Baustellencontainer erreicht. Das erstere Duo öffnete die nur angelehnte Tür zur Hussa-Unterkunft und fand dort drei der vier neuangekommenen Sicherheitsleute vor; diesen war leicht zu vermitteln, dass ein Verlassen des Containers derzeit nicht im Sinne der deutschen Staatsmacht sei. Der vierte Mann befand sich auf Streife irgendwo auf der Baustelle und war ebenso wie der Hussa-Chef nicht zu sehen. Bader und Marek waren inzwischen in die erste Etage vorgedrungen, hatten dort ordnungsgemäß bei ›Bauleitung‹ geklingelt und sofort Einlass gefunden. Fräulein Mausach sah die Besucher sehr missbilligend über ihren Brillenrand an, hatte aber durch den vorangegangenen Besuch der Kriminalen gelernt, dass ein Sich-Widersetzen zwecklos ist. So blieb ihr nur passiver Widerstand im Sinne ausgesuchter Unhöflichkeit und davon gedachte sie ausgiebig Gebrauch machen. Allerdings kam sie nicht dazu, denn die Kripobeamten hoben erneut die in der Mitte des Tresen befindliche Klappe an, die den Durchgang ins Büro freigab, und marschierten schnurstracks auf das Büro des Baustellenleiters zu. In diesem Moment schoss die Vorzimmerdame an ihnen vorbei, riss die Tür zum Chefbüro auf und brüllte: »Überfall, Überfall!«

Neben Ernestio Hatschy saß ein vierschrötiger Mann, den Bader noch nie gesehen hatte. Er war wettergegerbt, trug schicke saubere Arbeitskleidung und schien mit dem Baustellenleiter in ein wichtiges Gespräch vertieft. Vor ihnen lagen Baupläne und sonstige Unterlagen, die auf den ersten Blick nicht zu entziffern waren. Bei dem Besucher handelte es sich offensichtlich weder um einen Vor- und erst recht nicht um einen einfachen Bauarbeiter, Kleidung und Hände bezeugten das Gegenteil, eher um einen Vertrauten des Patrons, und so lag die Vermutung nahe, dass Carlo Paseriu, der Chef der Hussa, dort als Zweiter saß. Beide Männer waren zutiefst erschrocken aufgesprungen, nachdem Fräulein Mausach die Tür aufgerissen hatte, starrten die Kriminalen entgeistert an und noch bevor der Kripochef sein Sprüchlein loswerden konnte, dass sie wegen einer Hausdurchsuchung gekommen seien und einen schönen Durchsuchungsbeschluss hätten, zog der Hussa-Chef eine Pistole, feuerte zweimal in die Luft und schrie: »Sofort hinlegen!«

H-U Bader folgte diesem deutlich formulierten Wunsch augenblicklich und winkelte beide Arme um den Kopf – im Innersten seines Herzens war er eben ein fliegengeschmücktes Weichei. Bobby folgte dem Befehl ebenfalls, versuchte aber gleichwohl, den Überblick zu bewahren. Aus den Augenwinkeln sah und hörte er, wie der Baustellenleiter seinen Sicherheitschef anbrüllte: »Bist du jetzt total übergeschnappt?«, dann aber eine im Hintergrund befindliche Tür aufriss, durch die beide Männer flugs entschwanden. Bobby sprang auf, schaltete sein Funkgerät ein und rief mit sich überschlagender Stimme: »An alle: Der Hatschy ist getürmt und mit ihm ein weiterer Bursche. Sie rennen auf's Baugelände und Achtung, einer ist bewaffnet!« Dann stürmte er über die Außentreppe nach unten und nahm die Verfolgung auf.

Als der Kripochef merkte, dass die schlimmste Gefahr vorüber war, stand er auf, glättete seine Kleidung und nahm sich das Fräulein Mausach vor: »Hier ist ein hübscher Durchsuchungsbeschluss und nun öffnen sie mal ihre Giftschränke!«

Inzwischen waren auch von Bennerle und sein Schutzpolizist aus der Streife 2 – von den Schüssen alarmiert – nach oben geeilt, wollten sich ebenfalls auf die Verfolgung der Flüchtigen machen, blieben aber dann doch zur Unterstützung des Chefs vor Ort.

Ernesto Hatschy und Carlo Paseriu hatten offensichtlich in wilder Panik und ohne nachzudenken das Hasenpanier ergriffen. Sie liefen zunächst auf den hinteren, etwas mehr abgeschirmten Bereich der Baustelle zu, wo sich auch der Fuhrpark mit ihren Privatwagen befand. Dort sahen sie aber Streife 2 stehen, die inzwischen informiert worden war und das Blaulicht eingeschaltet hatte. Wer auf der Flucht ist und auf ein blaues Rundumblinklicht zuläuft, weiß, dass das nicht der rechte Weg sein kann. Also Kehrtwendung und Richtung Ruhr – für beide schien das der letzte Ausweg. Doch inzwischen hatte auch Streife 1 das Blaulicht aktiviert und kam langsam die Uferstraße heruntergerollt. Beim Blick zurück erkannte Paseriu zudem einen Verfolger, der mit fuchtelnden Händen und lauter Stimme rief: »Halt, stehenbleiben! Polizei, Hände hoch!« Das war Bobby Marek, der mit einem Einsatz der Waffe drohte, obwohl er gar keine hatte. Denn als

Hilfspolizist durfte er keinesfalls eine Waffe tragen, er besaß noch nicht einmal einen Waffenschein. Doch das wussten die Flüchtenden nicht – von vorne drohte ein Streifenwagen mit Blaulicht und von hinten rollte ein wütender Hilfssheriff heran. Was tun? Der Blick zum Wasser schien Rettung zu bringen, denn dort ankerte die ›Moros‹, ein recht schmuckes und seetüchtiges Schiff, welches offensichtlich kurz davor stand, in See zu stechen. Die Flüchtenden liefen auf den Schiffssteg zu, enterten das Schiff, Paseriu brüllte: »Sofort Leinen los und ablegen!« und schoss zur Bekräftigung seiner Forderung erneut einmal in die Luft.

Nun wurde beiden Männern zum Verhängnis, dass sie sich zu sehr mit ihrem Bauvorhaben und der Sicherung desselben und weniger mit den Schönheiten und Lokalitäten der Unterstadt vertraut gemacht hatten. Außerdem hätte ihnen schon der Schiffsname zu denken geben müssen: ›Moros‹ ist in der griechischen Mythologie der Gott des Verhängnisses und des Untergangs. Warum der Schiffseigner früher gerade diesen Namen gewählt hatte, bleibt sein Geheimnis. Viel treffendere Namen hätten sich für ein Schiff dieser Provenienz finden lassen: Poseidon etwa, Bruder des Zeus und Gott der Weltmeere, oder Aurora, Göttin der Morgenröte, oder eine der vielen schönen Nymphen des Meeres, Amathia, Halimede, Kalypso oder Thetis, allesamt Töchter des Nereus und der Doris, die Schiffbrüchige zu beschützen und Seeleute mit Spielen zu unterhalten wussten. Aber nein, es musste ›Moros‹ sein, und damit bestätigte sich nun ein Menetekel für die

beiden Neuankömmlinge. Der Kapitän glotzte die beiden Eindringlinge an, schaute ungläubig von einem zum anderen, lächelte dann versonnen und hob ergeben beide Hände in die Höhe.

Die Geschichte begann kurz nach dem Krieg, als am Stausee in der Unterstadt ein ungewöhnlich stabil gebautes Schiff aus genietetem Stahlblech mit dickem Eichenholzboden festmachte. Die Aufregung in der Bevölkerung war groß, denn auf dem Oberdeck war eine

Schiffsbar geplant, die nur abends Einlass gewähren sollte. Zum einen befand sich das Land noch im Wiederaufbau und beileibe nicht jeder wurde ausreichend satt – was sollte da eine abendliche Schiffsbar? Zum anderen erwogen insbesondere die klerikal-moralisierenden Saubermänner aus der Oberstadt, dass es zum Schutze der Jugend nicht angehe, hier an exponierter Stelle einen Lusttempel zu platzieren, zauberte die ›Moros‹ doch mit roten Kokosläufern, rotledernden Barhockern, dezenter Musik, einem kleinem Tanzparkett und sehr reizenden Damen eine wunderbare Stimmung auf dem Oberdeck hervor. Gelegentliche rotglühende Sonnenuntergänge unterstrichen das abendliche Erlebnis stilvoll. Eine feine Speisekarte und kleine gemütliche Séparées, in denen man zur Not auch übernachten konnte, rundeten diese außergewöhnliche schwimmende Einladung ab. Der Widerstand aus der Bevölkerung war jedoch immens, die Gäste blieben aus und so entschloss sich der Eigner der ›Moros‹ über Nacht, sein Glück woanders zu suchen, und schipperte ruhrabwärts. Das plötzliche Verschwinden des Schiffs löste im Stadtrat jedoch eine Parteigrenzen überschreitende Rückholkampagne aus, und das aus zweierlei Gründen: Einerseits konnte man sich plötzlich gut vorstellen, dass ein solcher Lusttempel jede Menge Besucher anziehen und damit auch die Steuereinnahmen der Stadt lustig sprudeln lassen würde. Die Tatsache der potentiellen Jugendgefährdung einer solchen Attraktivität musste dann eben schweren Herzens hingenommen werden, zumal man das Schiff ja auch jederzeit wieder hätte wegschicken können. Zum zweiten hatten diverse Stadtväter aus Sorge um das Wohlergehen ihres Nachwuchses vor Ort selbst das Gefährdungspotential der ›Moros‹ überprüft und dabei außergewöhnlich schöne und lustvolle Stunden verbracht. Kurzum – es wurde ein Ratsbeschluss gefasst, die ›Moros‹ zurückzuholen!

Das vernahm der Schiffseigner mit Wohlgefallen, hatte ihm die Lage an Stausee doch sehr zugesagt. Nach einigen Wochen Bedenkzeit – schließlich hatte man ihn ziemlich vergrault – tauchte die ›Moros‹

wieder auf und machte an alter Stelle fest. Die früheren Vorbehalte waren wie weggeblasen, die Geschäfte liefen bestens und nach und nach wurde das Angebot der ›Moros‹ erweitert. Auf dem Oberdeck im Vorschiff entstand ein gepflegter Restaurationsraum, von dem aus sich ein wunderbarer Blick auf die südlichen Ruhrhöhen bot. Im Heck befanden sich drei Hotelzimmer und im Unterdeck nun die kleine Bar. Äußerlich bot die ›Moros‹ aber weiterhin das Bild eines schnittigen Schiffs, obwohl sie inzwischen fest am Ufer vertäut war und ein gut befestigter Steg für jederzeitig sicheren Zugang sorgte. Letzteres war den Auflagen der Ordnungsbehörden geschuldet, denn es sollte doch niemand nach durchzechtem Vergnügen ins Wasser plumpsen. Dass dieser Steg in einem Kriminalfall einmal zum letzten Ausweg werden sollte, konnte man nun wirklich nicht ahnen.

All das hatten die Herren Hatschy und Paseriu in ihrer Fluchthektik total übersehen, zumal sie sich auch früher nicht um die touristischen Perlen der Unterstadt gekümmert hatten. Sie waren wie blind auf das Schiff gestürmt und dies wurde ihnen nun zum Verhängnis. So erklärte sich auch das versonnene Lächeln des Kapitäns, denn an ein Ablegen war in Anbetracht der festen Vertäuung und mangels intakter Maschine überhaupt nicht zu denken. Bei erster näherer Inspektion des verkappten Fluchtvehikels entdeckte nun auch der Baustellenleiter die halbrunde Theke mit Zapfanlage und Kuchenvitrine, einige weiß eingedeckte Tische und ihm wurde schlagartig klar, dass Paseriu einen Restaurantchef mit der Pistole bedrohte, der schon seit langen Jahren kein Kapitän mehr war.

»Oh, du Idiot!«, brüllte er. »Warum muss ich auch auf dich hereinfallen?«

Draußen hatten Streife 1 und Bobby Marek zeitgleich die ›Moros‹ erreicht und den Zugang hermetisch abgeriegelt; die Ganoven saßen in der Falle.

»Legen Sie die Waffen nieder und kommen Sie mit erhobenen Händen heraus!« KOM Borkowski hatte als der Ranghöchste vor Ort das

Kommando übernommen, seine Schusswaffe gezückt und sich zur Vorsicht hinter dem Streifenwagen verschanzt. Dort hockte auch schon die Zwei-Mann-Besatzung von Streife 1, ebenfalls mit schussbereiter Waffe. Bobby stand etwas abseits, hatte sich am Ufer hinter einem dicken Poller verkrochen und schnappte noch nach Luft, die ihm bei der wilden Hatz etwas ausgegangen war. Über Funk meldete er: »An alle: Die Burschen sitzen auf der ›Moros‹ in der Falle, wir trocknen sie aus!«

Eine Zeitlang geschah nichts, es herrschte absolute Ruhe. Inzwischen war auch KHK Bader am Ort des Geschehens aufgetaucht, nachdem PRA von Bennerle und Streife 2 die Beschlagnahme der Büro-PCs und aller wichtigen Unterlagen und Akten, über die das Fräulein Mausach nun nicht mehr wachen konnte, übernommen hatte. »Okay, warten wir ein paar Minuten ab und schauen, was passiert. Wegschwimmen werden sie uns ja wohl nicht!«

Fünf, sechs Minuten krochen ohne jede Aktion wie eine Ewigkeit dahin und Bader hatte schon über Funk das Megaphon von Streife 1 angefordert, als plötzlich eine weiß gekleidete Gestalt aus der ›Moros‹ auf den befestigten Steg trat und beide Hände steil in die Höhe hielt. Es war der Küchenchef und in der linken Hand hielt er zwischen Daumen und Zeigefinger wie eine heiße Kartoffel – eine Pistole.

»Waffe weg!«, brüllte Bader und sofort ließ der Angesprochene das Corpus Delicti vor sich auf den Steg fallen, von wo aus es ins Wasser platschte.

»Langsam weitergehen«, befahl er und die weiße Gestalt ging behutsam auf den Uferstreifen zu. Bobby behielt angestrengt das Schiff im Auge, doch auf der ›Moros‹ regte sich nichts. Als der Küchenchef beim Streifenwagen angekommen war, sagte er zu KOM Borkowski, den er für den Einsatzleiter hielt: »Sie können jetzt hineingehen, die Herren warten auf Sie!«

»Sie tun – was?«, erkundigte sich dieser verdutzt, und Bader brüllte aufgeregt: »Halten Sie uns nicht zum Narren!«

»Um Gottes willen – nein! Die Herren haben sich offensichtlich in der Funktionsfähigkeit unseres Schiffes getäuscht, waren ob dieser Erkenntnis ziemlich geschockt und haben den Chef dann gebeten, ihnen einen dreifachen Cognac einzuschenken. Als ich ihn serviert hatte, hat mir der eine seine Pistole in die Hand gedrückt und der andere hat gesagt: ›Gehen Sie langsam raus und lassen Sie uns den Cognac in Ruhe austrinken. Dann können die Bullen kommen‹.«

Das am Ufer versammelte Polizeiaufgebot guckte ziemlich verdattert, so etwas war ihnen noch nie untergekommen. Bader fand als erster die Sprache wieder, fand die Schilderung des Küchenchefs irgendwie glaubwürdig und befahl deshalb: »Borkowski und Marek, ihr geht beide rein, Borkowski zuerst und mit entsicherter Waffe. Wir geben euch von hier aus Deckung.« Und durch das inzwischen eingetroffene Megaphon rief er in Richtung Schiff: »Wir kommen jetzt rein. Heben Sie die Hände hoch und verzichten Sie auf jeglichen Widerstand. Wir machen sofort von der Schusswaffe Gebrauch!«

Wie der Küchenchef zutreffend berichtet hatte, saßen die beiden Flüchtigen jeweils vor einem großen Cognacschwenker und schütteten den Rest des Getränks gerade in sich hinein. Hatschy versuchte ostentativ Ruhe und Gelassenheit auszustrahlen, während sein Kompagnon deutlich zerknirschter wirkte und zusammengesunken auf seinem Barhocker kauerte.

»Wollen Sie auch etwas trinken?«, fragte der Baustellenleiter.

KOM Borkowski hatte die Waffe weggesteckt und sagte pflichtbewusst: »Wir verhaften Sie beide wegen des Verdachts des Mordes oder des Totschlags an Karl Funkel!« Er war stolz, sein Sprüchlein heute schon zum zweiten Mal anbringen zu können, auch wenn man den Senorius wieder hatte laufen lassen müssen. Das sollte ihm mit diesem Fang nicht noch einmal passieren.

»Sie machen sich lächerlich«, meinte Ernesto Hatschy verächtlich, »ich habe damit nicht das Mindeste zu tun. Ich habe ein wasserdichtes Alibi.«

Paseriu sagte gar nichts – auch nicht, als die Handschellen an seinen Handgelenken zuschnappten. Hatschy schwieg zu diesem auch an ihm vollzogenen Vorgang staatlicher Gewalt ebenfalls, musste aber zur Hergabe der Handgelenke schon mit etwas mehr Nachdruck aufgefordert werden.

»Haben Sie die Cognacs auch brav bezahlt?«, ächzte Borkowski, als sie die beiden Verhafteten aus dem Schiff führten.

Und Bobby sorgte trotz eigentlich geklärter Sachlage für zusätzliche Verwirrung, als er in Verkennung der korrekten Reihung lateinischer Kardinalzahlen anfügte: »Na, ihr seid mir ja ein feines Trio!«

Draußen hatte sich die Anspannung gelegt und alle Schusswaffen waren wieder in ihren Holstern verschwunden. KHK Bader hatte das Megaphon abgesetzt und gab Anweisung, die beiden zu einem ersten Verhör auf's Kommissariat zu bringen. Borkowski hatte Hatschy und Marek den Paseriu fest im Griff; sie führten die Verhafteten an die hinteren Wagentüren von Streife 1, legten ihnen wie im Film die Hand auf den Schädel und bugsierten ihre kriminelle Ware rechts und links auf den Rücksitz. KOM Borkowski schlüpfte auch noch in den Fond, die beiden Streifenpolizisten stiegen vorne ein und so verließ Streife 1 den Ort des Geschehens. Bader rief per Funk von Bennerle und Streife 2 herbei, die inzwischen alle wesentlichen Beweismittel aus den Containern gesichert und eingepackt hatten. Marek und Bader quetschten sich zu den beschlagnahmten Akten und Festplatten und so verließen auch sie die Uferstraße, nicht ohne der Schiffsbesatzung noch einmal herzlich für ihre mannhafte Mithilfe bei der Lösung des Falles gedankt zu haben.

XXIV.

Im Kommissariat herrschte Aufregung. Anna Nork hatte den gesamten Einsatz per Funk miterlebt und war nun erst recht sauer, weil sie nicht live dabei gewesen war und am Funkgerät hatte hocken müssen. Ihren Frust ließ sie die zurückkommenden Helden deutlich spüren und so musste Bobby Marek den fälligen Kaffee kochen. Ernesto Hatschy war unter größtem Protest in eine der beiden winzigen Haftzellen verfrachtet worden, über die die Dienststelle noch aus alter Zeit verfügte. Er tobte dort trotz seiner Handfesseln und drohte ständig mit diplomatischen Verwicklungen, weil er Albaner sei und völkerrechtliche Immunität besitze. Erst als man ihn warnte, dass ihm bei fortgesetztem Widerstand auch noch Fußfesseln angelegt würden, hielt er sich etwas zurück. Carlo Paseriu hingegen ließ sich ohne Umschweife in die andere Haftzelle einsperren, er hatte sich offensichtlich in sein Schicksal gefügt. KHK Bader dankte den Besatzungen von Streife 1 und 2 herzlich für ihren tatkräftigen und umsichtigen Einsatz, stellte ihnen heute Abend in der ›Waldesruh‹ eine Runde in Aussicht und entließ sie dann wieder in ihren polizeilichen Schichtdienst. Für den Rest gab es nun Kaffee und von Bennerle spendierte eine Dose Kekse. Alle schnatterten aufgeregt durcheinander und jeder gab seine Version der vergangenen Stunden zum Besten.

»Wir haben zwei Tatverdächtige verhaftet«, dämpfte der Chef die allgemeine Euphorie, »die getürmt sind und in der Gegend herumgeschossen haben, aber noch keine handfesten Beweise, wer für was verantwortlich ist. Für den Untersuchungsrichter reicht das noch nicht!«

»Stimmt«, sagte PRA von Bennerle, »wir müssen ihnen die Tat und die näheren Umstände auch noch nachweisen. Da müssen wir ein bisschen Psychologie einfließen lassen, beide getrennt vernehmen, sie möglichst etwas verunsichern …«

»Aha, und wie willst du das machen?«, fragte Friedel Borkowski.

»Wir haben auf der Polizeischule ein richtiges Fach ›Vernehmungslehre‹ und von daher weiß ich, wie sich gute Fragestellungen auf den Aussageinhalt auswirken und wie ergebnisorientiert das Ziel einer ›richtigen‹ Antwort erreicht werden kann.«

»Na, da sind wir aber gespannt«, schaltete sich Bader ein, »wie wollen Sie hier konkret vorgehen?«

»Wir vernehmen erst den Hatschy. Der ist immer noch ziemlich selbstsicher und wird uns nicht viel sagen. Wir lassen uns ein bisschen Zeit, stellen unsere Fragen – und in der Zwischenzeit schmort der Paseriu in der Zelle und weiß nicht, was der andere erzählt. Und diese Unwissenheit werden wir später ausnutzen.«

»Okay, versuchen wir es so. Herr von Bennerle und ich werden die Vernehmung leiten und der Rest verhält sich als stille Zuhörer im Hintergrund.«

Bobby holte den Baustellenleiter aus der Zelle, nahm ihm die Handschellen ab und wies ihm einen Stuhl an. Ihm gegenüber hatten sich der Kripochef und PRA von Bennerle platziert. Auf dem Tisch zwischen ihnen befand sich nur das bereits laufende Tonbandgerät und eine volle Tasse Kaffee, die Anna Nork bereitgestellt hatte.

»Milch und Zucker?«

»Ein bisschen Milch, bitte.«

Anna Nork brachte das Gewünschte und KHK Bader begann das Vernehmungsgespräch: »Können Sie uns nun etwas Genaueres über den Tod von Karl Funkel berichten?«

»Nein, warum sollte ich auch? Ich habe Ihnen bereits früher gesagt, dass ich überhaupt nicht weiß, was ich damit zu tun haben könnte.«

»Er ist auf dem Gelände des Neubauvorhabens ›Ruhr-Karussell‹ erschlagen worden und …«

»Wirklich?« Hatschy tat erstaunt, »das wusste ich nicht. Hat man die Leiche nicht im Wasser gefunden?«

»Tatort und Fundort müssen nicht immer identisch sein«, warf von Bennerle ein.

»Stimmt!«, gab ihm sein Gegenüber Recht, ohne sich indes weiter auf diese Problematik einzulassen.

So kam man also nicht weiter. »Sagen Sie uns bitte, welche konkreten Aufgaben Ihr Sicherheitsdienst hat«, schaltete sich PRA von Bennerle erneut ein.

»Die Hussa sichert die Baustelle im Sinne einer umfassenden Gefahrenabwehr nach innen und außen. Sie überwacht die Einhaltung der Unfallverhütungsvorschriften, achtet auf die Vermeidung von Arbeits- und innerbetrieblichen Wegeunfällen und betreibt Prävention, also den vorbeugenden Schutz vor allen Gefahren, die von einer Großbaustelle ausgehen können.«

»Mehr nicht?«

»Doch, sie ist außerdem dafür zuständig, dass sich kein Unbefugter auf dem Baugelände aufhält, kein Arbeiter unerlaubt Dinge von dort entfernt und vor allem, dass die tagsüber eingebauten Materialien nicht des Nachts stibitzt werden.«

»Ist die Hussa in irgendeiner Form einmal mit Karl Funkel aneinander geraten?«

»Das weiß ich nicht, da müssen Sie Herrn Paseriu fragen.«

»Das werden wir auch«, übernahm Bader die Leitung des Verhörs wieder, »aber was ich gerne noch von Ihnen hören möchte: Warum sind Sie denn bei unserem Auftauchen aus dem Büro getürmt?«

»Getürmt, ich? Wie kommen Sie darauf?« Hatschy schien erneut sehr erstaunt über die Fragestellung und lächelte spitzbübisch.

»Na, wie würden Sie denn Ihren plötzlichen Aufbruch schildern? Sie sind Hals über Kopf abgehauen und Ihr Komplize hat uns mit der Pistole bedroht und sogar noch zwei Schüsse abgegeben!«

»Langsam, Herr Polizist, so bitte nicht! Carlo Paseriu ist mit seiner Hussa Serviciu de Securitate bei uns als Subunternehmer angestellt, mehr nicht. Und er ist erst recht nicht mein Komplize; noch so eine Unterstellung und ich sage hier gar nichts mehr. Richtig ist, dass Paseriu den Kopf verloren und geschossen hat. Warum, das müssen Sie ihn fragen, ich weiß es jedenfalls nicht. Ich bin lediglich hinterher gerannt, weil ich sowieso gerne jogge und zum anderen Schlimmeres verhindern wollte; mit der Hussa arbeite ich schließlich schon seit Jahren zusammen und da hat man Verantwortung. Letztlich habe ich auf dem Schiff ja auch erfolgreich zur Deeskalation beigetragen!«

»Sie wollten mit der ›Moros‹ abhauen«, warf ein böser Bobby Marek von hinten ein.

»Was reden Sie für einen Unsinn, junger Mann, mit einen fest vertäuten Restaurantschiff?«

Das Verhör drohte sich in einer Sackgasse zu verfahren und deshalb schaltete sich erneut der Praktikant von der Polizeihochschule ein: »Sie sind vor meinen Kollegen davongelaufen, das wollen Sie doch nicht ernstlich abstreiten?«

»Nun ja«, lenkte Ernesto Hatschy ein, »die Mausach ist mit dem Schrei ›Überfall‹ ins Büro reingeplatzt, der Paseriu hat mit der Pistole gefuchtelt und Sie hatten sich uns noch nicht vorgestellt – da dachte ich wirklich, es sei etwas Schlimmes passiert. Kopflos bin ich dem Hussa-Chef hinterher gerannt …«

»Und warum haben Sie dabei gebrüllt: ›Carlo, was hast Du für einen Scheiß gemacht? Jetzt sind wir beide dran!‹«

»Ich weiß gar nicht, ob ich in der Situation überhaupt was gesagt habe, jedenfalls nicht den Satz, den Sie mir jetzt unterstellen wollen. Denn er ergäbe gar keinen Sinn«, entgegnete der Baustellenleiter selbstsicher.

»Und die Sache mit dem Cognac?«

»Trinken wir beide gern und es war doch in der Tat eine verkorkste Situation«, lächelte Hatschy, »und verboten ist es auch nicht!«

»Noch eine Frage: Warum ist die bisherige Hussa-Besatzung gerade gestern abgezogen worden?«

»Wahrscheinlich turnusgemäß, weil sie bereits vier Wochen vor Ort waren. Das machen wir immer so, dann brauchen die Männer Erholung.«

»Wissen Sie die Namen der abgelösten Truppe?«

»Nein, auch insoweit kann Ihnen nur Herr Paseriu weiterhelfen.«

Damit war die Vernehmung Hatschys vorläufig beendet, das Fragepotential schien erschöpft. Von Bennerle ging zwar im Geiste sein Skript zur Vernehmungslehre noch einmal durch und suchte verzweifelt nach weiteren Anstoß-, Situations- oder Auswahlfragen, aber auch das blieb ergebnislos. Der Baustellenleiter hatte sich keine Blöße gegeben. Trotz großen Protestes legte Bobby ihm wieder die Handschellen an und führte ihn mit den Worten »Mit dir sind wir noch nicht fertig, Bürschchen!« zurück in die Arrestzelle.

»Guter Versuch, ihm einen verdächtigen Satz in den Mund zu legen…«

»… aber leider schiefgegangen!« Von Bennerle war selbstkritisch. »Es war einen Versuch wert, obwohl ich selbst nicht damit gerechnet hatte, dass unser Freund Hatschy darauf hereinfällt. Aber unsere Chance kommt jetzt, bei Carlo Poseriu. Er scheint ziemlich verunsichert, er hat geschossen und – er hat damit echt was zu verlieren!«

»Na, Bobby, dann holen wir Delinquent Nr. 2 einmal her.«

Bobby guckte etwas irritiert. Er ahnte zwar, was der Chef von ihm verlangte, aber nichts Genaues wusste er nicht. Hätte man ihm aufgetragen, Untersuchungshäftling Nr. 2 vorzuführen, kein Problem, aber so? Zum Glück mischte sich nun von Bennerle ein und meinte, man solle doch erst noch in Ruhe einen Kaffee trinken, die Vernehmung könne warten und Paseriu solle noch ein bisschen schmoren.

»Kennt ihr eigentlich Cesare Lombroso?«, fragte er in die Runde.

»Hat der nicht gestern das dritte Rennen in Grafenberg gewonnen?« fragte Bobby Marek feixend.

»Bobby, bitte!«, rüffelte ihn KHK Bader und ergänzte: »Wenn ich mich recht erinnere, hat der die Lehre von den Verbrechertypen erfunden.«

»Ziemlich genau«, lobte von Bennerle und Anna Nork bewunderte wieder das umfassende Wissen dieses schmächtigen Mannes. »Lombrosos Lehre von der Typisierung von Verbrechern anhand bestimmter Körpermerkmale geht davon aus, dass äußere Merkmale auf tief verwurzelte Anlagen zum Verbrecher hindeuten, die auch durch Aneignung sozialer Verhaltensweisen nicht überdeckt werden können. So sollen zum Beispiel eine bestimmte Schädelform oder zusammengewachsene Augenbrauen ein Hinweis auf eine niedrige und gewaltbereite Entwicklungsstufe sein. Als angeblichen Beweis für seine Theorie hatte Lombroso an zahlreichen Schädeln Messungen durchgeführt, insbesondere von Hingerichteten. Mit dieser Theorie vom geborenen Verbrecher glaubte er die Kriminalitätsrate senken zu können, und zwar durch die Früherkennung verbrecherischer Neigungen bei Kindern und Jugendlichen, die entsprechende kriminelle Schädelformen aufwiesen.«

»Toll«, staunte KOM Borkowski, »gilt das auch heute noch?«

»In gewissem Sinne ja! Friedel, du hast einen runden Schädel, nicht zu groß und nicht zu klein, kein fliehendes Kinn, Augenbrauen normalständig und Ohrläppchen nicht angewachsen, du bist wohl kein typischer Verbrecher. Allerdings ist die Stirn etwas niedrig und die Nase dominant«, von Bennerle legte den Zeigefinger nachdenklich an die Wange, »verbirgt sich in dir vielleicht doch mehr kriminelles Potential als wir vermuten?«

Alles lachte, doch der Kriminologe fuhr fort: »Bei Bobby Marek hingegen, da hätte Lombroso seine helle Freude. Er würde zwar die Schädelform als angemessen und Augen und Ohren als normal bewerten, aber schmale Lippen diagnostizieren, einen unzivilisierten Drei-Tage-Bart sowie Tätowierungen auf den Unterarmen feststellen und daraus zwangsläufig auf aggressives, nicht kulturell domestizierbares Verhalten schlussfolgern. Also sofort einsperren, den Mann, um Schlimmeres zu verhindern.«

»Scheißkerl«, presste Bobby hervor, das anfängliche Lachen der anderen erstarb und von Bennerle wusste, dass er zu weit gegangen war.

»Das ist doch nur ein Scherz«, wiegelte er ab, »tut mir leid, Bobby. Diese ganze Lehre von der Typologie des Verbrechers ist heute längst überholt und wird in der modernen Kriminologie nicht mehr vertreten.«

»Wir holen jetzt unseren zweiten Verdächtigen«, kürzte der Kripochef das Geplänkel ab und machte sich selbst zur Arrestzelle auf, um Carlo Paseriu zum Verhör zu bringen.

Der Hussa-Chef versuchte, einen souveränen Eindruck zu vermitteln, aber so recht wollte ihm das nicht gelingen. Seine Schultern hingen leicht nach vorn und er hatte den Kopf ein wenig eingezogen – wie ein angeschlagener Boxer, der jederzeit auf den finalen KO-Schlag wartet. PRA von Bennerle hatte sich etwas abgewandt und widmete sich einem dünnen Aktenordner, auf dem ›Personal Hussa‹ stand und den er sich offensichtlich aus den beschlagnahmten Firmenunterlagen hinter sich geangelt hatte.

»Nun erzählen Sie einmal«, begann KHK Bader das polizeiliche Interview, »warum Sie auf uns geschossen haben. Haben Sie eigentlich einen Waffenschein?«

»Natürlich, Waffenschein und Waffenbesitzkarte, ich lege Ihnen beides gerne vor. Und ich habe keinesfalls auf Sie oder Ihre Kollegen geschossen.«

»Ist die Waffe von selbst losgegangen, und das gleich dreimal innerhalb weniger Minuten?«

»Natürlich nicht«, entgegnete Paseriu, »wir saßen im Büro des Baustellenleiters und besprachen gerade den Einsatz der neuen Wachmannschaft, als die Mausach mit dem Schrei ›Überfall‹ ins Büro reingeplatzt ist. Ich habe einen Riesenschreck gekriegt – Sie hatten sich ja auch nicht vorgestellt – und dachte, es sei wirklich was Schlimmes passiert. Zu unserer Verteidigung habe ich die Pistole gezogen, dabei muss sich wohl ein Schuss gelöst haben, ich verstehe das gar nicht! Und plötzlich ist Herr Hatschy aus dem Büro gestürmt und ich bin ihm aus Angst einfach kopflos hinterher gerannt …«

»Und warum hat er dabei gebrüllt: ›Carlo, was hast Du für'n Scheiß gemacht? Jetzt sind wir beide dran!‹«

»Hat er das? Ich kann mich nicht daran erinnern. Warum sollte er so was sagen?«, fragte der Hussa-Chef.

»Warum haben Sie dann das Schiff gekapert und den Wirt bedroht?«, fragte Bader weiter, »wohin wollten Sie fliehen?«

»Ich habe den Wirt nicht bedroht, im Gegenteil! Wir wollten von der Straße weg, weil wir die vielen Polizisten sahen und den Einsatz nicht stören wollten – wir dachten ernsthaft, dass irgendetwas Schlimmes passiert sein muss, Banküberfall, Geiselnahme oder so. Von Flucht kann doch gar keine Rede sein, warum auch?«

»Und dann haben Sie sich gemütlich einen Cognac genehmigt!« Der Kripochef kochte innerlich vor Wut und es wurde immer offensichtlicher, dass die beiden Ganoven die Cognac-Auszeit auf der ›Moros‹ gut genutzt hatten, um sich eine wasserdichte Vernehmungsstrategie zurechtzulegen.

»Herr Hatschy meinte, wenn wir schon mal hier sind, trinken wir doch einen. Und es war ja auch eine unübersichtliche Situation«, lächelte Carlo Paseriu, »die vielen Polizisten da draußen, da konnte wirklich einem Angst und Bange werden…«

»Noch eine Frage: Warum ist die bisherige Hussa-Besatzung gerade gestern abgezogen worden?«

»Turnusgemäß, weil sie bereits vier Wochen rund um die Uhr Wache geschoben hatten. Das machen wir immer so, dann brauchen die Männer Erholung.«

»Wissen Sie Namen und Adressen der abgelösten Truppe?«

»Namen ja, aber leider keine Adressen, da kann Ihnen nur Herr Hatschy weiterhelfen. Der hat die Leute auch immer bezahlt.«

»Schau an«, mischte sich nun Vernehmungsspezialist von Bennerle ein, »da haben Sie sich ja echt gut abgesprochen …«

»Wieso abgesprochen? Es ist alles genau so gewesen …«, protestierte der Hussa-Mann.

»Leider hat uns der ehrenwerte Herr Hatschy eine etwas andere Geschichte erzählt und dabei kommen Sie gar nicht gut weg. Aber alles der Reihe nach«, und mit diesen Worten legte von Bennerle den Aktenordner mit der Aufschrift ›Personal Hussa‹ so vor sich auf den Tisch, dass Paseriu ihn gut sehen konnte.

»Doch zunächst eine andere Frage: Wie gut kannten Sie Karl Funkel?«

»Den kannte ich gar nicht. Er ist zwar ein paar Mal bei uns auf der Baustelle gewesen und hat die Arbeiten gestört; einmal mussten wir ihn sogar von einem Lastwagen mit Bauschutt herunterholen. Da hat der Kerl Hausverbot gekriegt und …«

»Wer hat ihn Montagmorgen um halb sechs mit dem Kantholz erschlagen? Das waren Sie selbst, nicht wahr?«

Nicht nur Carlo Paseriu schluckte zweimal und wechselte die Farbe, auch die übrigen Zuhörer fanden diese Frage sehr überraschend und überdeutlich.

»Wer behauptet das? So ein Schwachsinn, ich weiß gar nicht, wovon Sie reden!«

»Sind Sie vorbestraft, und zwar wegen gefährlicher Körperverletzung?«

»Ja, aber das liegt doch Jahre zurück und ich konnte …«

»Ihr Patron, der Baustellenleiter, hat Ihnen mehr als einmal gesagt, dass der Funkel stört und weg muss. Verkaufen Sie uns doch nicht für so dumm!« Von Bennerle wurde laut und sah richtig drohend aus.

Paseriu stemmte sich gegen das drohende Unheil und schrie: »Sie können mir nichts, auch rein gar nichts beweisen!«

»Brauche ich auch nicht, steht alles hier drin«, lächelte PRA von Bennerle betont sachlich und deutete auf die vor ihm liegende Akte. »Ihr Spezi Ernesto Hatschy hat uns diese Liste zur Verfügung gestellt, wollen Sie einmal hineinsehen? Dort sind die Namen und Adressen aller Hussa-Leute aus den letzten vier Monaten aufgeführt und ebenso alle Einsatzzeiten. Wir wissen also, wer wann und zu welcher Zeit Dienst geschoben hat. Wir wissen auch, dass Ihre Männer den erschlagenen Karl Funkel am Montagmorgen früh in einen Sack gepackt, zum Mühlengraben geschleppt und dort sauber ersäuft haben. Und unser Vögelchen hat weiter gezwitschert, dass Sie selbst der maßgebliche Drahtzieher waren …«

»Dieses Schwein!«, tobte Carlo Paseriu. »Er hat mir gesagt, er regelt das alles mit der Polizei. Dabei sollte uns der Polit-Fuzzy Gerstelmann den Rücken freihalten – war aber nix! Und jetzt setzt er selbst, diese albanische Missgeburt, noch einen drauf: ›Bleib ruhig, Carlo, die können uns nix, ich habe alle Unterlagen von der letzten Hussa-Mannschaft vernichtet.‹ Hat er noch auf dem Schiff gesagt, ich bringe ihn um …«

In der aufkommende Stille setzte allein von Bennerles Stimme den Kontrapunkt: »Ist es wirklich wahr, wie Herr Hatschy ausgesagt hat, dass Sie den Auftrag gegeben haben, den armen Karl Funkel zu erschlagen?«

»Quatsch, der will nur seine Haut retten. Er selbst kam letzten Samstag zu uns in den Aufenthaltscontainer und tobte herum. Er hat mir gedroht, dass ich meine Aufträge verliere, wenn wir den Störenfried nicht bald kirre machen. ›Ich gebe dir zwei Tage‹, hat er gesagt, ›dann ist der Kerl weg. Wenn nicht, seid ihr alle bald Geschichte!‹ Was sollte ich denn machen?«

»Und«, fragte KHK Bader, »was haben Sie gemacht?«

»Wir haben ihm Montagmorgen aufgelauert und wollten ihm eine tüchtige Abreibung verpassen. Ein paar Schläge mit den Holzlatten sind wohl zu kräftig ausgefallen. Er ist plötzlich umgekippt und hat keinen Pups mehr gemacht. Ich hab den Ernesto angerufen und er har nur gemeint: ›Entsorgen, und zwar weit weg!‹ Die Jungs sollten ihn in die Ruhr werfen, haben ihn aber versehentlich nur in den kleinen Graben geschubst …«

»Ja, so ein Pech! Und deshalb haben wir die Leiche gefunden, Spuren und Hintergründe aufgedeckt und nun sogar ein Geständnis. Bobby, sperre ihn wieder in die Arrestzelle, bis wir beide gleich beim Untersuchungsrichter vorführen.«

Nachdem der gebrochene Hussa-Chef wieder sicher verwahrt worden war, lehnte sich PRA von Bennerle zurück und lächelte vor sich hin. Von allen Seiten prasselten Glückwünsche auf ihn ein, bis der Kripochef meinte: »Woher wussten Sie das alles?«

»Was?«

»Die Sache mit der Vorstrafe …«

»…wusste ich nicht, Schuss ins Blaue. Aber meistens haben diese Typen schon mal was auf dem Kerbholz gehabt!«

»Die Tatsache, dass der Hatschy der Anstifter ist …«

»Liegt doch nahe, wer ist denn die treibende Kraft auf der Baustelle?«

»Und die Akte aus dem Container-Büro …?«

Von Bennerle nahm den dünnen Aktenordner mit der Aufschrift ›Personal Hussa‹ und öffnete ihn vorsichtig. Der komplette Ordner war – leer! »Während Sie den Paseriu aus der Arrestzelle geholt haben, habe ich mir einfach eine Akte zurechtgezimmert und groß ›Personal Hussa‹ draufgeschrieben. Ich hatte weder Namen noch Adressen oder Dienstpläne, nur Vermutungen. Aber das wusste der gute Hussa-Mann natürlich nicht. Ich hoffe, dass wir die rumänischen Mittäter bald über das LKA und Interpol ermitteln können.«

»Donnerwetter!«, sagte KOM Borkowski und »Au Backe«, fügte Bobby Marek hinzu, während KHK Bader und PMA'in Anna Nork nur erstaunt schwiegen. Das gesamte Kommissariat musste bewundernd feststellen, dass sie den Fall mit einer gemeinen List ihres Praktikanten gelöst und so ein wasserdichtes Geständnis bekommen hatten. Materia perstat …

Die Vernehmungsprotokolle waren schnell geschrieben. Zunächst ließ man Ernesto Hatschy seine Aussage unterzeichnen, natürlich ohne ihm die weiterführenden Erklärungen seines Komplizen zur Kenntnis zu bringen. Sodann bestätigte auch Carlo Paseriu die ihn betreffende Niederschrift, ohne sich den vorformulierten Text überhaupt noch einmal anzusehen.

»Ich habe die Staatsanwaltschaft angerufen, sie haben schon Haftbefehle beantragt. Ich begleite die Herrschaften zum Untersuchungsrichter und lege das Ergebnis unserer Ermittlungen dar – das dürfte mit den Aussageprotokollen allemal ausreichen.« KHK Bader war sichtlich zufrieden. »Heute Abend ›Waldesruh‹, sagen wir 20 Uhr, okay?«

Alles nickte zustimmend und dann verfrachtete die inzwischen wieder herbeigerufene Streife 1 zwei Delinquenten nebst Kripochef zum Amtsgericht.

XXV.

Donnerstagabend war es in der ›Waldesruh‹ immer wuselig voll. Grundsätzlich konnten sich die Eheleute Primus zwar nie über mangelnde Beschäftigung beklagen und Dorothea hatte zwischen 18 und 22 Uhr in der Küche immer ein wahres Hochleistungspensum zu verrichten. Doch donnerstags kamen traditionell mindestens zwei größere Stammtische zusammen, Bolko Bommes und seine Paddelfreunde waren da und in einem Nebenraum trafen sich die ›Rotkehlchen‹, ein Kränzchen waschechter mittelalterlicher Unterstädter. Wie schon der Name sagt, war der Hauptzweck ihres Treffens auf's gemeinsame Singen gerichtet, doch nach ein paar Bierchen oder Weinchen pflegten die Damen vor allem den neuesten Klatsch und Tratsch auszutauschen. Im Mittelpunkt stand heute natürlich der Fahndungserfolg der hiesigen Kripo, der man einen solchen Erfolg gar nicht zugetraut hätte. »Es soll eine wilde Schießerei gegeben haben!«, hieß es, was sofort die bange Frage provozierte »Gab es Tote?«, um dann mit der beruhigenden Antwort zu enden: »Hab nix davon gehört!« Ein paar fröhliche Lieder brachten die ›Rotkehlchen‹ sodann wieder in unaufgeregtes Fahrwasser.

Hermann Primus zapfte fleißig Bier um Bier und errechnete dabei für sich den heutabendlichen Gewinn. Er kam auf ein rundes Sümmchen, doch wirklich zufrieden stimmte ihn das nicht. Zum einen hatte Schalke gestern wieder mal schlecht gespielt und hoch verloren und das betrübte ihn sehr. Noch betrüblicher fand er allerdings, dass ihm der Hausarzt drei Wochen Selterswasser verordnet hatte, unter strikter

Meidung jeglicher Alkoholika. Ein Gastwirt, der kein Bier trinken darf? Kaum vorstellbar, aber sowohl die unbestechlich festgestellten Leberwerte als auch die ebenso sichtbare Zunahme seines Leibesumfanges waren deutliche Zeichen, die man nicht ignorieren durfte. Am Montagmorgen hatte sein persönlicher Jakobsweg begonnen und da waren die späteren Leidens- und Entzugserscheinungen noch nicht absehbar, im Gegenteil – Euphorie machte sich breit und die Dinge des täglichen Lebens fielen ihm leichter als sonst. Aber schon Montagabend kam die erste harte Bewährungsprobe, als ihn sein alter Freund Horst-Ulrich mit einem kühlen Bierchen beglücken wollte. Sein »Nein, heute nicht!« wurde erst akzeptiert, nachdem er ein umfassendes ärztliches Bulletin von sich gegeben hatte. Damit glaubte der Wirt, das Schlimmste überstanden zu haben, doch er hatte die Rechnung offensichtlich ohne seine Stammtischrunde gemacht. Denn von da an wurde er – anders als sonst – bei jeder Runde bedacht, und zwar jeweils mit einen kühlen Selterswasser. Aus Höflichkeit musste Hermann Primus stets mittrinken und es wurmte ihn mächtig, dass ihm die anderen mit ihren Bierchen fröhlich zuprosteten und daran besonderen Spaß fanden. Äußerlich blieb er gelassen und ruhig, musste aber oft an Wilhelm Tell denken, der dem Feldschützen Stüssi in ähnlicher Situation geantwortet hatte: »Es kann der Frömmste nicht in Frieden leben, wenn es dem bösen Nachbarn nicht gefällt!« Nun war Donnerstag, die anfängliche Euphorie verflogen und zum Spott der Freunde gesellte sich in unheiliger Allianz auch noch ein wahnsinniger Durst auf Gerstensaft. Noch konnte er die bösen Dschinns vertreiben, doch würde ihm das auch drei Wochen lang gelingen?

Im völligen Gegensatz zu dem vom Entzug gestressten Gastwirt strahlte Lisa über das ganze Gesicht. Sie hatte ihre Klausur geschrieben und der Prüfungsstoff war ihr wider Erwarten nicht ganz unbekannt gewesen. Mit einiger Gewissheit konnte sie davon ausgehen, dass sie das Semesterziel erreichen würde. Sie hätte dann das Grundstudium beendet und als nächstes würde das Erste Staatsexamen warten. Irgendwie wurde es auch Zeit und H-U hatte Recht, sie immer wieder an den Abschluss zu erinnern, denn ewig als Kneipenbedienung arbeiten? Nein, danke!

Das komplette Kommissariat hatte sich am Ecktisch direkt neben dem Stammtisch eingefunden, dazu noch jeweils ein Beamter von Streife 1 und Streife 2. H-U gab eine Runde aus und Hermann Primus auf den Erfolg der Fahndungsarbeit direkt noch eine, für sich allerdings ohne ein Selterswasser. Die Stimmung lockerte sich schnell und auch der alte Richter beglückwünschte das Team vom Nebentisch aus, indem er eine Runde Samtkragen spendierte. »Es ist doch bestimmt so«, fragte er unverfänglich, »dass ihr die Reid-Methode angewandt und ein Geständnis erschwindelt habt?«

»Ersteres bestimmt nein und Letzteres vielleicht ja!« antwortete von Bennerle schnell und präzise.

»Was ist denn die Reid-Methode?«, fragte KOM Borkowski irritiert.

»Sie ist im Prinzip unzulässig, aber durchaus effektiv; der Chef wird es euch bestimmt erklären können«, lächelte der alte Richter süffisant.

»Du hast mir immer gepredigt, ein guter Chef muss auch delegieren können. Also, Herr von Bennerle, wollen Sie?«

»Gerne, Chef!« Auch er lächelte nun und sagte: »Ganz kurz: Die Methode stammt aus Amerika und wurde nach dem 2. Weltkrieg von einem Polizeibeamten namens Reid erfunden. Er hatte aus einem Bauchgefühl heraus eine Technik entwickelt, mit der er in seinen Verhören selbst die härtesten Hunde knackte. Dabei mischte er harmlose mit provozierenden Fragen und beobachtete aufmerksam die Reaktionen der Verdächtigen. Er begann mit banalem Smalltalk und dann erzeugte er Stress durch knallharte Provokationen und Beschuldigungen. Stundenlange Verhöre, Schlafentzug, Drohungen, falsche Beweismittel – all das gehörte zu seiner Vernehmungsstrategie. Man nannte ihn ehrfürchtig den ›menschlichen Lügendetektor‹.«

»Und das ist heute zu Recht verboten«, schaltete sich Anna Nork ein, »es verstößt gegen die Menschrechte!«

»Richtig, man bekommt zwar oft Geständnisse, aber die Methode führt auch zu einer hohen Anzahl von falschen Aussagen. Denn viele können dem bewusst aufgebauten Stress nicht standhalten und sehen in einem falschen Geständnis den momentan einzigen Ausweg. Deshalb gehört die Reid-Methode hier bei uns nicht mehr zum kriminalistischen Schulungsprogramm. Außerdem haben wir ein eigenes Instrumentarium entwickelt, das Verhaltens-Analyse-Interview.«

»Was ist das schon wieder?« KOM Borkowski war immer noch irritiert.

»Eine verharmlosende Übersetzung der Reid-Methode ins Deutsche!«, lachte Bader und schloss die Diskussion mit den Worten ab: »Unser Geständnis ist echt und ohne Druck entstanden; wir waren nur ein bisschen listig. Und jetzt haben wir Feierabend!«

H-U hatte bei seinem Eintreffen in der ›Waldesruh‹ kurz vertraulich mit dem Wirt gesprochen und wedelte ihm nun mit der flachen Hand zu. Hermann Primus sah das Zeichen, verließ seinen Platz hinter der Theke und näherte sich dem Stammtisch mit einem silbernen Tablett. Darauf lag – eine Blockflöte. Er setze das Tablett unmittelbar vor dem alten Richter ab, wischte das Instrument mit einem Küchentuch umständlich ab, legte es wieder aufs Silber und sprach salbungsvoll: »Herr Dr. Pabst, die Polizei hat sehr gut gearbeitet und eine kleine Belohnung verdient. Wollen wir ihr nicht ein kleines Nasenständchen bringen?«

»Du schon wieder mit deiner Flöte«, meckerte der Angesprochene zurück, schien aber dann doch geschmeichelt, nahm die Blockflöte vom Tablett und betrachtete sie liebevoll. »Ein schönes Instrument, die Leute verstehen es nur nicht, richtig darauf zu spielen.«

Wie man weiß, wird das Mundstück einer Blockflöte in aller Regel gerade, also genau unter der Nasenwurzel, zwischen den Lippen angesetzt. Die Tonlöcher werden mit den Fingerspitzen bedient und Musik entsteht, indem Atemluft in den Schnabel geblasen wird und durch Öffnen bzw. Schließen der Tonlöcher eine mehr oder weniger schöne

Melodie erklingt. Der alte Richter hatte sich zur Gaudi seiner Stammtischfreunde allerdings eine alternative Spielvariation ausgedacht, indem er die Flöte nicht am Mund, sondern an der Nase ansetzte und die Töne allein durch seine Nasenluft erzeugte.

»Nein, heute nicht«, sagte er in die Runde, »ich habe Schnupfen und das schadet dem empfindlichen Instrument.«

»Oh bitte, nur ein kleines Lied, ich kann sonst gar nicht glauben, dass das wirklich geht«, bettelte Anna Nork und sah den Musikanten dabei so verführerisch an, dass diesem gar keine Wahl blieb.

»Na schön«, brummte er, »für die Lady!« Seine Hände streichelten die Flöte, er holte tief Luft und setzte das Mundstück am rechten Nasenloch an. Die Fingerkuppen öffneten und verschlossen diverse Tonlöcher, Nasenluft wurde in den Schnabel geblasen und es erklang ein kräftiges ›Hänschen klein‹.

Der Beifall für den Musikanten fiel überwältigend aus, auch wenn er nicht die Marseillaise gespielt hatte und wegen seiner Erkältung keine Zugabe mehr geben wollte. Trotzdem war man sich einig, einer musikalischen Sternstunde beigewohnt zu haben. Der Aufforderung des alten Richters an Anna, es doch auch einmal mit einem Liedchen zu versuchen, wollte diese partout nicht nachkommen. Zum einen fürchtete sie sich zu blamieren und zum anderen – nun ja, die Spuren des nicht regelkonformen Gebrauchs des Mundstücks waren doch recht deutlich zu erkennen.

XXVI.

Der nächste Morgen brachte für das Kripoteam reine Routinearbeiten. Der Fall Funkel war mit der Verhaftung von zwei dringend Tatverdächtigen und einem Geständnis vorläufig abgeschlossen. Die Ermittlungen hierzu hatten in der zu Ende gehenden Woche aber alle Kräfte gefordert, weshalb das übliche kriminalpolizeiliche Tagesgeschäft naturgemäß liegengeblieben war. KOM Borkowski und Hilfspolizist Bobby Marek saßen missmutig vor einem Berg unerledigter Post und versuchten, zumindest den Bodensatz lapidarer Kleinanzeigen wegzuarbeiten. Für derartige Fälle ohne öffentliches Interesse hat der Gesetzgeber dankenswerter Weise den Weg der Privatklage vorgesehen und die Staatsanwaltschaft entsprechende Formblätter entwickelt, mit denen Anzeigende an das örtlich zuständige Schiedsamt verwiesen werden konnten. PRA von Bennerle hatte sich einen Termin beim Polizeipräsidenten geben lassen, um dort die längst überfällige Vorstellungsvisite zu absolvieren; natürlich würde er dabei auch die hervorragende Zusammenarbeit mit den neuen Kollegen gebührend erwähnen. Anna Nork versah wieder ihren Dienst bei den Schupos und KHK Bader war frühmorgens mit dem Dienstwagen zum LKA nach Düsseldorf aufgebrochen, um die notwendigen Interpol-Ermittlungen zur Vernehmung und Festsetzung der vier Hussa-Leute in Rumänien in die Wege zu leiten. Man hatte auf der Baustelle im Aufenthaltscontainer der Hussa sehr ordentlich geführte Personalunterlagen gefunden, in denen die Namen und Daten aller bisherigen Mitarbeiter gespeichert waren. Erfahrungsgemäß würde es nur wenige Stunden dauern, bis man die Beschuldigten gefunden hatte. Sie würden nach rumänischen Standards vernommen und der Kripochef zweifelte nicht daran, dass es schnelle Geständnisse geben würde. Offensichtlich hatten die Vier die Tat gemeinschaftlich mit dem Hussa-Chef ausgeführt und waren hierzu von Ernesto Hatschy kräftig angestiftet worden.

Pünktlich um halb zehn war Bader wieder im Büro, lud Bobby Marek ins Dienstauto und fuhr mit ihm weiter zum Hauptquartier der RuZ. Kurz vor zehn standen beide pünktlich im Vorzimmer bei Frau Jakoby, die die Besucher gar nicht beim Chef anzumelden brauchte, denn Bernd Seefelder kam selbst aus seinem Office, begrüßte die Kriminalen überschwänglich und führte sie freundlich lächelnd zu dem schon bekannten Konferenztisch, nicht ohne rückwärtig »Frau Jakoby, bitte drei Kaffee für uns!« zu bestellen.

Der Kaffee wurde stante pede angeliefert und dazu auch noch eine schöne Schale mit teuren Keksen, alles natürlich wieder in ›Maria weiß‹. Anders als beim letzten Mal wurde aber nicht mit einem Vorgeplänkel in das Gespräch eingeführt, der RuZ-Chef kam vielmehr selbst sofort zur Sache: »Meine Herren, ich muss mich wohl bei Ihnen entschuldigen!«

Bader lehnte den Kopf leicht nach rechts und deutete ein Nicken an, während Marek deutlicher wurde. »Kann man wohl sagen!«, brummte er.

Bernd Seefelder deutete auf die beiden dicken Folianten, die vor ihm lagen und offensichtlich Zeitungen aus den Monaten Juli und August 1974 enthielten und wandte sich an Bobby Marek: »Die haben Sie bei Ihrem gestrigen Besuch in unserem Archiv gesucht, nicht wahr?«

Bobby nickte und H-U sagte streng: »Jetzt schildern Sie uns mal die ganze Geschichte von Anfang an, Herr Seefelder, und recht vollständig, wenn ich bitten darf!«

»Ja, natürlich, deshalb habe ich Sie ja auch heute zu diesem Gespräch gebeten. Doch lassen Sie mich Ihnen vorher noch meinen herzlichen Glückwunsch aussprechen; Sie haben tolle Arbeit geleistet und die Umstände des Todes von Karl Funkel sehr professionell aufgeklärt. Wenn die Polizei doch immer so schnell und zuverlässig wäre!«

»Herr Seefelder, Sie wollten …«

»Ja ja, ich komme schon zur Sache! Sie wissen vielleicht, dass das sächsisch-böhmische Erzgebirge eine der bedeutendsten Quellen für die Urangewinnung war? Nein? Dann will ich ein wenig weiter ausholen: Schon im 17. Jahrhundert wurde bei der dortigen Förderung von Silber und Zinn ein weiteres schwarzes und offensichtlich nutzloses Mineral abgebaut, dem man den Namen ›Pechblende‹ gab. Später stellte man fest, dass es sich chemisch gesehen um ein Uran-Oxid handelt und so hat sich der heutige Name ›Uraninit‹ eingebürgert. Mit einem Urangehalt von weit über 80% ist Uraninit eine der stärksten natürlichen Quellen radioaktiver Strahlung. Im Erzgebirge fanden sich im Laufe der Zeit immer mehr Uranquellen und so wuchs die Region nach dem Ende des 2. Weltkriegs zum viertgrößten Uranhersteller nach der UdSSR, den USA und Kanada.«

»Das wusste ich in der Tat nicht«, meinte Bader überrascht, während es Bobby in Anbetracht derartig vieler Fremdworte vorzog, den stillen Zuhörer zu spielen.

»Wohlgemerkt im Erzgebirge, also auf dem Gebiet der ehemaligen DDR«, fuhr Seefelder fort, »und das hatte in den Zeiten des kalten Krieges natürlich seine besondere Bedeutung. Hinzu kam, dass der sowjetische Einfluss in diesem Sektor 1954 durch Gründung einer Sowjetisch-Deutschen Aktiengesellschaft – kurz: SDAG genannt – erheblich zunahm, was wiederum die junge Bundesrepublik sehr störte, wurde das im Erzgebirge gewonnene Uran doch für die Atombombenprojekte der UdSSR verwandt, die damit wiederum den Westen erheblich unter Druck setzte. Insgesamt produzierte man im Erzgebirge bis 1990 weit über 200.000 Tonnen Uran, das in Form verschiedener Produkte an die Sowjetunion geliefert wurde. Mit dem Zusammenbruch der DDR war dieser Spuk endlich vorüber, zumal die dortige Uranförderung schon länger nicht mehr kostendeckend gearbeitet hatte …«

»… und im Westen?«, fragte Bobby.

»Sie stellen die richtige Frage, junger Mann, in der Bundesrepublik gab es demgegenüber nur kleine unattraktive Uranvorkommen im Schwarzwald, im Bayerischen Wald und im Fichtelgebirge, aber nur eine einzige Lagerstätte, die wirklich über das Erkundungsstadium hinauskam, und zwar nahe der Schweizer Grenze. Dort wurden zwischen 1973 und 1991 knapp 500 Tonnen metallisches Uran abgebaut, also Peanuts im Vergleich zu Ostdeutschland. Folglich musste Uran aus Amerika und Kanada zugekauft und gegebenenfalls hier vor Ort gelagert und aufbereitet werden. Das geschah dann auch, zum Teil offiziell und im großen Stil, oft aber am Rande der Legalität in kleinen und nur wenig gesicherten Anlagen, die im Wirtschaftswunderland Deutschland nicht besonders auffielen. Und für unsere Story wichtig – eine kleine, aber sehr aktive Lager- und Aufbereitungsstätte soll sich auf dem Gelände der Fa. Scheuermann & Storb befunden haben, also da, wo jetzt das ›Ruhr-Karussell‹ gebaut wird.«

»Woh!«, kam von Bobby und H-U sagte: »Jetzt schließt sich der Kreis!«

»Nicht so voreilig! Ich war damals junger Redakteur der RuZ und kannte die beiden Firmenbosse ganz gut. Als ich von dem Gerücht hörte, sie wollten hier Uraninit lagern oder sogar weiter verarbeiten, habe ich recherchiert und mehrfach mit beiden gesprochen. Storb sagte mir, es sei alles nur ein Gerücht und er habe es selbst in die Welt gesetzt, um die Firma nach außen attraktiver zu machen, aber er war ein Fuchs und so recht glaubte ich ihm nicht. Ich bin selbst vor Ort mit Detektoren und Geigerzählern rumgelaufen, habe Ordnungsamt und Gewerbeaufsicht eingeschaltet und sogar den Regierungspräsidenten informiert, aber alles blieb nebulös und am Ende auch ergebnislos. Der Umweltschutz war damals noch nicht so weit entwickelt wie heute und letztlich ließ sich eine Verbindung zur Atomlobby nicht konkret nachweisen. Deshalb auch mein Fazit in der RuZ vom 10. August

1974 ›Immer noch keine Ergebnisse im Giftskandal‹; selbst bis heute gibt es keine Klarheit.«

»Wurden denn nicht später bei der Genehmigung der Bebauung ›Ruhr-Karussell‹ Bodenproben genommen und die Altlasten entsorgt?«

»Doch, sicher, aber vieles stammte noch aus der Zeit, als auf dem Gelände Farben hergestellt und später Glasfaserteile produziert wurden; man fand in geringen Mengen Spuren von Pechblende und Bleioxyd, aber das ist bei ehemaligen immissionsträchtigen Industriebetrieben nicht ungewöhnlich. Der Bauträger musste sogar Teile des Bodengrundes abtragen und neu kultivieren, das war bestimmt nicht billig. Aber wirklich belastbare Hinweise auf eine atomare Lager- oder Verarbeitungsstelle fanden sich nicht. Obwohl – ich bin nach wie vor davon überzeugt, dass damals …«

»Ich nehme an, Karl Funkel war derselben Überzeugung?«, fragte KHK Bader dazwischen.

»Er hatte wohl früher schon mal von dieser Geschichte gehört, als er noch für uns im Logistikbereich gearbeitet hat, wusste aber auch nichts Genaueres. Er hat sich dann im Archiv eingelesen und ist auf meine früheren Artikel gestoßen. Wir haben uns auch einmal über diese Fragen ausgetauscht, allerdings ohne greifbares Ergebnis. Er hat weiterhin auf eigene Faust vor Ort recherchiert und wohl auch Proben genommen, aber das wissen Sie ja alles besser als ich.«

»Und warum haben Sie uns nicht schon beim ersten Besuch von dieser Geschichte erzählt? Sie hätten uns viel Arbeit erspart …«

»Schauen Sie: Ich habe diese Artikel damals als junger Redakteur geschrieben; sie sind reißerisch, emotional übertrieben und wenig professionell verfasst. Ich wollte nicht mehr mit diesen Jugendsünden konfrontiert werden, zumal noch in einem Mordfall. Deshalb habe ich die beiden Bände auch zu mir ins Büro bringen lassen, um Ihnen die Hintergründe persönlich erklären zu können. Das war nicht korrekt, ich weiß es jetzt, und bitte Sie wegen meiner Eitelkeit noch einmal um Entschuldigung.«

»Tja«, und dabei guckte Bobby ein Loch in die Luft, »wenigstens durften wir zweimal Kaffee bei Ihnen trinken.«

»Was glauben Sie«, fragte der Kripochef, »sind die Böden des ›Ruhr-Karussell‹ noch immer kontaminiert oder nicht? Oder anders ausgedrückt – warum hat der Gerichtsmediziner bei Karl Funkel Spuren von Pechblende, Bleioxyd und sogar von Polonium gefunden?«

»Zum ersten Teil Ihrer Frage kann ich nur auf die offiziellen Statements der Stadt und der zuständigen Behörden verweisen; alle halten das Gelände nunmehr für altlastenfrei. Zum zweiten Teil, da bin ich etwas zwiegespalten: Karl Funkel hat überall auf dem Gelände gebuddelt und gegraben, er hat Erd- und Gesteinsproben gesammelt und zu Hause katalogisiert, da kann durchaus etwas Bleioxyd und vielleicht sogar Pechblende von früheren Industriebetrieben haften geblieben sein. Aber Polonium – ausgeschlossen. Entweder hat sich Ihr Gerichtsmediziner geirrt oder meine Theorie von damals erhält neuen Nährboden, dass nämlich die Herren Steuermann und Storb vielleicht doch etwas am Rande der Legalität gefischt haben. Welche Version der Geschichte gefällt Ihnen besser?«

»Wir lassen uns nicht zu Spekulationen hinreißen«, entgegnete Bader leichthin, »wir haben unsere kriminalistische Arbeit erledigt und den Fall abgeschlossen. Nur das zählt!«

»So werde ich es wohl auch sehen!« Der RuZ-Chef trank einen letzten Schluck Kaffee und erhob sich. »Wenn Sie noch Fragen haben …«

»Nein, ich denke, es ist Zeit, sich wieder dem ungeliebten Schreibtisch zu nähern. Herzlichen Dank für den Kaffee und die schlussendlich doch noch zufriedenstellenden Erklärungen.«

Das Kriminalen-Duo war ebenfalls aufgestanden und verabschiedete sich, nicht ohne Frau Jakoby für die guten Kekse zu loben.

Draußen vor der RuZ-Zentrale schien die Sonne warm und ließ erste Frühlingsgefühle erwachen. KHK Bader und Bobby Marek blinzelten ein bisschen und gewahrten aus den Augenwinkeln zwei junge Leute, die fröhlich Hand in Hand durch die Straße liefen. Sie kamen gerade aus der großen Buchhandlung gegenüber und blätterten glücklich in einem bunten Reiseführer, der sich mit dem schönen Inselstaat Malta befasste.

Umschlaggestaltung: KNSYS
Printed in Germany

ISBN 3-938834-80-0